Fiancee of the W rd
魔法使いの婚約者12
そして同じ空の下で

魔法使いの婚約者12

そして同じ空の下で

中村朱里

illustration サカノ景子

ICHIJINSHA IRIS NEO

CONTENTS

この作品はフィクションです。
実際の人物・団体・事件などには関係ありません。

魔法使いの婚約者12

そして同じ空の下で

1

心地よい風が頬を撫《な》でていく。冬の凍えるような、肌を切り裂くように冷たい風ではない。そっと慈しむような愛撫《あいぶ》にも似た、吐息のごとき優しい風だ。

ああ、春が来たな。薬草茶を口に運びながら、私、フィリミナ・フォン・ランセントは、そうしみじみと思った。冬の間はまどろみの中にいらっしゃるという、このヴァルゲントゥム聖王国の守護神たる女神がようやくお目覚めになられたらしい。

まあまどろみの中にいらっしゃったと言っても、かの女神様はしっかりばっちりこの国を見守ってくださっていたらしく、我らが生ける宝石と尊ばれるクレメンティーネ姫様の元に、驚きの託宣を授けてくださったのだけれど。

そう。先達《せんだつ》て、姫様の元に、お眠りになられているはずの女神からの託宣が下った。その神託のもとに、私は異世界からの——もとい、前世の『私』にとっては故郷にあたる日本という国からの来訪者、新藤千夜春《しんどうちよはる》少年と。そして、その双子の妹である新藤朝日夏《あさひな》嬢と出会った。

千夜春少年は、女神から、姫様のお相手……つまりは未来の我が国の女王陛下の王配という役目を与えられ、神殿、そして王宮に保護された。

そんな彼と、遅れて発見された彼の妹である朝日夏嬢のことを、私と、私の夫であり、王宮筆頭魔法使いであり、救世界の英雄であり、そして何より稀代《きたい》の黒持ちであるエギエディルズ・フォン・ランセントは、自宅であるランセント家別邸で一時預かることとなった。

雪が降るほど寒い日々の中で、私達……というか、主に私と、新藤兄妹はぶつかり合うことになり、結果としてなんとか和解するに至った。

驚くことに私がいわゆる異世界からの転生者であることを知っていた新藤兄妹は、幸いなことに、そのことを誰にも告げずに、我が家から王宮へとその拠点を移動した。千夜春少年が、いよいよ未来の王配殿下としての教育を受けるためだ。

あれから、二か月。

新藤兄妹が去ってからというもの、それまでことさら賑《にぎ》やかだった我が家は、急にしんと静まり返ってしまった。あと数か月で二歳になる私と夫の実子、新藤兄妹と同じく双子の兄妹であるエリオットとエルフェシアは、その静けさが寂しくてならなかったらしい。ふとした拍子に「はるくんどうしてるかなぁ」「なっちゃん、いつ来てくれるの？」としょんぼりしたものだ。いい子にしていたら来てくれるかと期待する、その愛らしくもいじらしい姿に、私や男は何度胸を痛めたことだろう。

そして私達にとっては義理の息子であり、エリオットやエルフェシアにとっては最愛の義兄であるエストレージャは、そのたびにめいっぱい二人と遊んであげてはその心を慰めてあげていた。つくづくいいお兄様だ。三兄妹の仲がよくて、お母様は本当に嬉《うれ》しい。

そういう経緯《へ》を経て、本日、国民の祝日である。つまりは休日である訳だ。いつも王宮にてそれぞれ忙しく働いている我が夫と我が義息子が、久々に一緒にくつろいでくれている中で、エリオットとエルフェシアにとっては待望のお客様が、我がランセント家別邸にやってきていた。

場所はランセント家別邸における中庭のテラスだ。アフタヌーンティーを催すにふさわしい春先の心地よい日差しが降り注ぐ中、子供達がはしゃぐ声が愛らしく響き渡る。

「はるくん、にいしゃまと剣のおけいこして！」

「ええ？　俺、今日はゆっくりするつもりでお邪魔したんだけどなぁ」

「おけいこして！　エリーがにいしゃまのこと応援するから、はるくんはね、ちゃんとね、んと、えと、うわーって負けてね。にいしゃまがいちばんだからね、はるくんはうわーってなるの！」

「えっ酷《ひど》くない？」

「ひどくないよ。にいしゃまがいちばんだもん」

「いや酷いでしょ!!」

エリオットの、幼いからこそ許されるかわいい理不尽に、白銀の髪とわずかばかりの青が混じる焦げ茶色の瞳の美少年が悲鳴を上げた。女神からの加護の証として、美少年、もとい新藤千夜春少年の元は黒髪であったという髪が姫様と同じ白銀となったのだという。陽光の下で、きらきらと輝く白銀は、思わず見惚《みと》れてしまいそうなくらいに美しい。

千夜春少年の少々オーバーな反応に、エリオットはきゃらきゃらと嬉しそうに笑う。そのくりくりとした頭を、千夜春少年が、両手でぐしゃぐしゃと撫で繰り回す。きゃー！　とエリオットがこれまた嬉しそうな悲鳴を上げて、その手から逃れて、二人の様子を微笑《ほほえ》ましそうに見守っていたエストレージャの元まで駆け寄り、その背後に隠れた。

「ふっふっふっ。追い詰めたぞー」

千夜春少年が、わきわきと両手をぐーぱーさせながら、じりじりとエストレージャの陰に隠れているエリオットににじり寄る。ぴゃっと小さな身体《からだ》を竦《すく》ませたエリオットが、「はるくん、やー！」と悲鳴を上げ、エストレージャの足にしがみつく。そんな弟を抱き上げて、我が家の頼れる長男坊が、その凛々《りり》しく整った顔に苦笑を浮かべた。

「ごめん、ハル。悪いけどこの辺にしておいてくれないか？」

「甘いな、エージャ。俺はどんな相手だろうとも基本的に徹底的に叩《たた》き潰す男なんだ。さあ、エリーを渡してもらおうか！」

「そういうことなら、なおさらエリオットは渡せない」

「にいしゃまぁ、はるくんがこあーい！」

お互いに大真面目《おおまじめ》な顔になって冗談の応酬を交わすエストレージャと千夜春少年、そしてここぞとばかりにエストレージャに甘えるエリオット。かわいらしい男の子達の仲良しぶりは、見ているだけでもつくづく楽しいものだ。

うーん、繰り返すが、なんともかわいい。あの生真面目なエストレージャがこんな風に冗談を言える相手ができたことが改めて嬉しく感じられる。千夜春少年にはつくづく感謝せねばなるまい。

そう私がティーカップを口に運びながら微笑んでいると、隣から、ふう、と聞こえよがしな溜息《ためいき》が聞こえてきた。それから続いてもう一つ、ふーっと、前者の溜息を真似てなんとか吐き出された幼い溜息が。

「お兄ちゃん、あんまりエージャくんを困らせないでよ。私まで恥ずかしいじゃない」

つん、と眉尻をつり上げたすまし顔で、千夜春少年によく似た、芍薬《しゃくやく》の花を思わせるかわいらしい顔立ちの黒髪の美少女——千夜春少年の双子の妹である朝日夏嬢が、じろりと自らの兄を睨《にら》み付けた。

強い魔力を持ち合わせているという証《あかし》である黒い髪、すなわち『黒持ち』でありながら、朝日夏嬢は一切魔力を持ち合わせていない。この世界においては特に奇異なる体質である朝日夏嬢は、主に神殿から散々な目に遭《あ》わされたと聞かされている。

千夜春少年も、朝日夏嬢も、それぞれがそれぞれ、この国、ひいてはこの世界において、大層稀《まれ》なる存在として扱われている。片方は、尊き白銀。片方は、忌《い》むべき黒。その扱いの差は歴然としたものだ。それでもどちらも、今ではこうして一緒になってくつろいでくれている。その事実が、ただただ嬉しい。

「エリーにいしゃま、にゃさ、にゃ、な、にゃしゃ、なしゃけにゃいのよ！」

朝日夏嬢の膝の上にちょこんと座った我が娘、エルフェシアも、エストレージャに抱き上げられているエリオットのことを『情けない』と断じ、きっと睨み付けている。

その大きくぱっちりとした朝焼け色の瞳の中で燃えているのは、幼いながらにしてそうとはっきりと解《わか》る、嫉妬の炎である。ああ、我が家のお姫様は、エージャお兄様に抱っこされているエリーお兄様が羨ましくて仕方がないのだろう。

あらあら、と私がその様子を微笑ましく思いながら愛《め》でていると、私のその不埒《ふらち》な視線にすぐに気付いたエルフェシアは、「おかあしゃま、や！」と、つれなくそのかわいらしい顔を背けてしまう。

あらあらあら、本当につれないことだ。手を伸ばして綺麗《きれい》な蜂蜜色の髪をいただく頭を撫でたくても、エルフェシアは「やー！」と更に顔を背け、そのまま自分を膝に乗せてくれている朝日夏嬢にしがみつく。

じっとりと兄のことを睨み付けていた朝日夏嬢は、そんな幼子の様子に相好《そうごう》を崩し、私の代わりにエルフェシアの頭を、その蜂蜜色の髪を梳《す》くように優しく撫でた。

「エルちゃんは、私と仲良しだもんね？」

「そうなのよ！　エルはなっちゃんとなかよしなのよ！」

ぎゅーっと抱き締め合う美少女達の姿に、この場の残りの男性陣全員の顔が思い切り緩んだ。千夜春少年については言うに及ばず、エストレージャとエリオットは一緒になって妹の愛らしい様子ににこにことしている。なんと我関せずとばかりに本を読んでいたはずの我が夫すら、ページをめくる手が動かなくなっており、その本の陰でくつくつと喉を鳴らしている。

私？　私についてだって言うまでもない。鏡で見るまでもなくデレデレに顔が崩れている。つくづく自慢にもならない。

男にまで笑われたことで、私達の微笑ましげな視線が改めて気恥ずかしくなったのか、かぁっと朝日夏嬢がその花のかんばせを朱に染めた。そんな表情もかわいらしくて余計ににこにこしてしまう私をきっと睨み付けた後に、彼女はそのまま八つ当たりのように千夜春少年に「大体お兄ちゃんがいけないんじゃない！」と、膝の上のエルフェシアを驚かせない程度の声量で怒鳴った。

「お兄ちゃんがちーっとも姫様に釣り合うようにならないから、だから私までフィリミナさん達に会いに来れなかったんだからね！　その辺のこと解ってるの!?」

「うわっ！　それ言う⁉　その件については正直悪かったと思ってるけどさぁ、でも、でもひな、朝日夏さん、俺だってな⁉」

「でもも何もないの！」

「わーん！　ひながいじめる‼　エリー、エル、ほら、こっちおいで！　そんで俺のこと慰めて‼」

情け容赦《ようしゃ》のない朝日夏嬢の辛辣《しんらつ》な指摘に、千夜春少年はわっと顔を両手で覆って泣き真似をしてから、今度はその両手をばっと広げて、エリオットとエルフェシアに呼びかけた。

「や」

「や」

「酷すぎる‼」

だがしかし、さあカモン！　とばかりにわざわざしゃがみ込んで幼い双子を迎え入れる体勢になった千夜春少年の願いを、エリオットはにこにこと笑顔で、エルフェシアはびっくりするほどの真顔で、きっぱりと断った。あまりにも取り付く島もない拒絶である。

がーん！　と解りやすく千夜春少年の顔が固まった。朝日夏嬢もまさかそこまではっきりとエリオット達が拒絶するとは思っていなかったのか、若干焦《じゃっかんあせ》った様子だ。生真面目かつお人好しが過ぎる部類に入るエストレージャに至っては、おろおろと見るからにうろたえている。

「ふ、ふふふふっ！」

駄目だ、面白すぎる。みんなかわいそうでかわいすぎる。耐え切れなくなって笑い出すと、全員の視線が私の元へと集まった。

や

いや本当に駄目だ。無理である。千夜春少年の冗談混じりの悲痛な視線も、朝日夏嬢の気恥ずかしさを隠そうとして鋭くなっている視線も、エストレージャの困惑がにじむ視線も、エリオットとエルフェシアのきょとんとした視線も、何もかも面白すぎて次から次へと笑いが募《つの》る。

「本当、皆仲良しさんね。ふふ、本当にかわいらしいったら。ねぇエディ、あなたもそう思うでしょう？」

こんなにもかわいいが集まる我が家はなんて倖《しあわ》せなのだろう。まるで奇跡のような光景にうっとりとしながら問いかけると、ようやく読書を諦《あきら》めた我が夫は、重々しく頷《うなず》いてくれた。

「ああ、まったくだ。だが」

「はい？」

「お前ももちろんかわいらしいぞ？　そして美しいし愛らしい。なんなら最も、と付けても過言ではないほどにな」

言うまでもないことだが、と、実にもっともらしく男は続ける。いやいやいやいや、こんなにも様々な種類の美形が揃《そろ》っている中でそんなことを言われても。

それはどう考えても贔屓目《ひいきめ》だと思うのだが、男のとんでもなく整った中性的な美貌は、驚くほどに大真面目な表情を浮かべていた。じっとそのまま見つめられ、うっと言葉に詰まりそうになる。だがここで負けてたまるものか。だってその顔。間違いない。これは。

「エディ、あなた、わたくしのことをからかっていらっしゃるでしょう」

「本音なんだが」

「だったらぜひとも眼鏡をかけることをお勧めしますわ」

「それはそれでいいな。より一層お前の顔がよく見えるのならば」

夜の妖精すら恥じ入ると称《たた》えられる美貌が、凄絶《せいぜつ》に微笑む。本気で本音であるらしかった。よりにもよって私に『冗談』と評されたことがよほどお気に召さなかったらしい。すっと伸びた手が、私の頬を撫でていく。

色と熱を孕《はら》んだ手のぬくもりに、ひえ、とつい顔を赤らめた私は、そうしてようやく、周囲の視線に気が付いた。あ、と思っても遅い。

新藤兄妹はげっそりとした顔で溜息を吐いており、エストレージャは苦笑を浮かべ、エリオットとエルフェシアはにこにこと「おとうしゃま、めがねかけるの？」「フェルおじしゃまとおそろいね！」なんて呟《つぶや》いている。

こ、これは、やらかしてしまった……！

「エディ！」

「なんだ？」

「……なんでもありませんわ！」

恥ずかしげもなくいけしゃあしゃあと首を傾《かし》げられてしまっては太刀打《たちう》ちできない。悔しさに歯噛《はが》みする私に、にやりと薄い唇の端をつり上げて笑う夫のその得意げな笑顔が小憎たらしくてならない。

いかにも恨みがましげになってしばらくその顔を睨み付けていた私であったが、このままいつまでも睨み付けていたってどうにもならない。エリオットとエルフェシアに「おかあしゃまこあいお顔よ」「こあいの、めっ！　なのよ」と諭《さと》されてしまってはもうこれ以上その『怖い顔』でいられる訳もない。

すー、はー、と、深く深く深呼吸をして、気を取り直したところで、私は努めて穏やかな笑みを浮かべてみせた。

「せっかく千夜春さんと朝日夏さんがいらしてくれたんですもの。エリー、エル、お二人にあんまりわがままを言っては駄目よ？」

「だいじょぶよ！」

「エル、いい子なのよ！」

「エリーも！」

大変いいお返事なのだが、王宮において厳しい王配教育を受けているのだという千夜春少年に無理を言ったり、王配教育ではないものの、この世界における常識やマナーなどを千夜春少年とともに学んでいるのだという朝日夏嬢の膝を独占したりと、我が家の王子様とお姫様は我が道を突き進んでいらっしゃる。

新藤兄妹はどちらも笑顔で「大丈夫」と言ってくれているけれど、ちっとも大丈夫ではないのではなかろうか。夫や長男坊から伝え聞くに、相当絞られているらしいから、せめてせっかくの休日に遊びに来てくれた我が家では気を休めてゆっくりしてほしいのだけれど、そうすると我が家の王子様とお姫様の気は済まない訳で……うーん。

どうにもこうにも悩ましい。どうしたものかと思っていると、自然と眉根が寄ってしまう。そんな私に、千夜春少年が「本当に大丈夫なんだってば」と重ねて笑った。

「エリーとエルのわがままなんて、わがままの内に入んないって。王宮の人達の無茶ぶりに比べたら、これくらい軽い軽い。なぁひな？」

「うん。一日で五百年分の歴史覚えろとか、三日でワルツのステップをもっと完璧にしろとか、そういうのに比べたらぜんぜん平気よ」

「あー、あれなぁ。できなかったら更に課題が増えるとかどんなスパルタだよって感じだよな」

「寝てる暇もないもんね……」

深い青色を一匙《ひとさじ》混ぜた焦げ茶色という、どこか神秘的な色を宿した綺麗な瞳で、果てしなく遠いところを見つめながら新藤兄妹は頷き合う。二人のよく似た芍薬を思わせるかんばせに浮かぶ笑みは、どこかどころでなくはっきりとげっそりしていた。

「どの科目も、高校の定期テストよりもしんどいもん。まず文字が読めないし」

「だよなぁ。テスト勉強よりもよっぽど頑張らなくちゃいけない勉強なんて、大学受験くらいなもんだと思ってたのにな。あ、そういえば俺達、もうそういう心配はしなくていいのか」

「ちょっとお兄ちゃん、ラッキーとか思ってない？」

「うーん、どうだろうな」

じっとりと朝日夏嬢に睨み付けられ、千夜春少年の瞳が魚のようにうろうろと泳いだ。ああ、そうか。定期テスト。大学受験。どちらもとても懐《なつ》かしい単語だ。私も……正確には『前』の『私』も、どちらにも散々苦しめられたものだけれど、千夜春少年も、朝日夏嬢も、もうそういうものとは無縁の世界にやってきてしまったのだ。

どことなく二人が寂しげであるように見えるのは、気のせいだろうか。何せ、二人にとってこの異世界転移とやらは、本当に前触れのない唐突なものであったに違いないのだから。テストだの受験だのといったもの以上に、もっと別れがたいものと別れさせられてしまった二人に、どう言葉をかけるべきか。

とりあえず、この様子を見るに、王宮における教育により、二人は私が小耳に挟んでいた話以上に相当厳しい状況に追い込まれていると見た。私にとって最高の友人であってくださる姫様のお相手になるには相応の努力を重ねていただきたいとは思っていたけれど、実際にこうして疲れ切っている様子を見ていると、無責任にそうとも言っていられなくなってくる。

「王宮での指南では、俺もたまに同席するけど、二人ともすごく頑張ってると思う。だから余計に先生達は期待して厳しくしてしまうんだろうな」

エストレージャがしみじみとそう呟くと、うえぇ、と、千夜春少年が情けない呻《うめ》き声を上げ、はあああ、と、朝日夏嬢は重苦しい溜息を吐く。どちらももう勘弁してくれと言いたげだ。

「期待してるから厳しくって、もう今時流行《はや》んないって。俺は鞭《むち》よりも飴《あめ》が好きなタイプなのに！」

「私はそこまでとは言わないけど、でも流石《さすが》にあそこまでだと付き合ってられなくなりそう……」

「まあやるしかないんだけどな」

「……うん」

さらりと千夜春少年が言い放てば、一瞬息を呑《の》んでから、朝日夏嬢も遅れて頷く。

おや、と少し意外に思う。私はてっきり、朝日夏嬢の方が真面目に王宮の教育に取り組んでいるとばかり思っていた。けれど、この会話から察するに、どうやら千夜春少年の方が前に出て立ち向かっているらしい。

『前』の世界への決別のつもりもあるのかもしれないし、それ以上に、黒持ちでありながら魔力を一切持たない朝日夏嬢を守るためなのだろう。けれど、それでも彼なりに姫様のお相手として努力を重ねてくれているというのならば、私としては素直に嬉しいし、心から応援したくなる。

って、そうだ。そうだった。

「朝日夏さん、王宮で、まさかとは思うけれど、いじめられたりとかしていない？　何かあったらすぐに仰《おっしゃ》ってね。わたくし、いつでも王宮に乗り込む所存よ」

黒持ちを忌避《きひ》する傾向の強い我が国において、魔力を持たない朝日夏嬢は何かとやっかみの対象になってしまう。何かあればどんな手を使ってでも私が相手に報復してみせる、と息巻いてみせると、朝日夏嬢の顔色がぽっと薄紅色に染まった。

「べ、別に平気よ。フィリミナさんに守ってもらうほど、私、弱くないもん」

「一昨日も嫌味言ってきたメイドさんに笑顔で青虫ぶん投げてたよな」

「そうそう、あの女、悲鳴上げて逃げて……ってお兄ちゃん！　フィリミナさんには言わないでって言っておいたでしょ!?」

顔を真っ赤にして怒鳴る朝日夏嬢に、けらけらと千夜春少年は笑いながら「ごめんごめん」と謝っている。その笑顔といい軽い口調といい、まったく悪いだなんて思っていないのだろう。

「お兄ちゃん!!」と朝日夏嬢はますます肩を怒らせるが、そんな朝日夏嬢を見つめる私の視線に気付いたらしい彼女は、はっと息を呑み、ぎゅっと膝の上のエルフェシアを抱き締め、こわごわとこちらを窺《うかが》ってくる。

「ふぃ、フィリミナさん……その、これは違くて、あの」

懸命に言葉を探して視線をさまよわせる朝日夏嬢の膝の上で、エルフェシアが不思議そうに首を傾げ、私と朝日夏嬢を見比べた。

「なっちゃん、どうしたのぉ？」

「ひなはフィリミナさんに幻滅されたくないんだってさ」

幼い問いかけに、笑いをこらえながら千夜春少年が答えると、きょとん、と、エルフェシアと、そしてエリオットの、大きな朝焼け色の瞳が瞬《またた》いた。相変わらずエストレージャの腕に抱かれているエリオットが、大好きな兄を見上げて口を開く。

「にいしゃま、げんめちゅってなぁに？」

「そう、だな。解りやすく言えば、嫌われたくないってことかな」

「そうそう。ひなはフィリミナさんのことが大好きだからさぁ、自分が王宮でうまくやってるってことを知って安心してもらいたいけど、でも同じくらい心配もしてもらいたいんだよな」

「エージャくん！　お兄ちゃん！」

やめてよ!!　と顔を真っ赤にして悲鳴を上げる朝日夏嬢のかわいさ、プライスレス。何この子ちょうかわいい。いっそ感動してしまう。ほんの二か月前、恐らくは彼女にとって世界で一番憎くてたまらなかったであろう私に、ここにきて嫌われたくないなんてそんな、そんなかわいいことを言ってくれるのかこの少女は。

そう私が感動に打ち震えていると、にこぉっとエリオットとエルフェシアが満面の笑みを浮かべてみせた。

「だいじょぶよ、なっちゃん」

「おかあしゃまもなっちゃんのことだいしゅきだもん」

「きらいになんてならないよ」

「だいじょうぶなのよ！」

口々に『大丈夫』を繰り返す幼い双子に対して照れ隠しに怒鳴ることなどできる訳もなく、朝日夏嬢は蚊の鳴くような、今にも消え入りそうな声で、「ありがと」と呟いた。胸がほっこりする光景である。ああ、いいものを見た。

「大丈夫そうなら安心したわ。でも朝日夏さん、本当に、遠慮なく何でも仰ってちょうだい。わたくしにできることならなんでも……」

「大丈夫だってば‼」

なんでもしてみせるわ、と続けるはずが、顔を真っ赤にしたままの朝日夏嬢の悲鳴のような怒声にかき消されてしまう。

あら、と口をつぐむ私に、朝日夏嬢は懸命に照れを隠した末にむっすりとした表情になって、「私より」と綺麗なピンク色の唇を尖《とが》らせた。

「私よりお兄ちゃんのが大変なんだもん。私ばっかり弱音吐いてる場合じゃないわよ」

「俺に気ぃ遣わなくていいんだけど」

「うん。基本的に遣ってないからその点は安心してね、お兄ちゃん」

「お前、俺のこと心配してんのかしてないのか、ほんとどっち？」

千夜春少年に問いかけられた朝日夏嬢は、そこでようやく気を取り直したのか、かわいらしくにっこりと笑ってみせた。眼福の笑顔だ。さてどちらでしょう？　とでも言いたげである。

そんな朝日夏嬢の笑顔につられてにこぉっと膝の上のエルフェシアも笑顔になり、その笑顔を見たエストレージャ、エリオットもまた笑顔になる。もちろん私も笑顔になった。そして、男もまたくつくつと喉を鳴らす。四面楚歌の戦場にたった一人取り残されたかのようになった千夜春少年が、がっくりと肩を落とした。

「いいよ、解ったよ……俺は俺で俺なりに頑張ります……」

「そうして」

「そうするよ！　ちくしょう！」

かわいい妹に素っ気なく言い切られ、わっと千夜春少年はまたしても両手で顔を覆う。その様子を見ていたエリオットとエルフェシアが、それぞれエストレージャと朝日夏嬢から離れ、とことこと千夜春少年の元に歩み寄った。そして、小さなもみじのような手で、よしよし、と千夜春少年を撫でる。

「いい子ねぇ、はるくん」

「がんばるのね、えらいいねぇ」

……私と男の子供達はなんて偉いのだろう。まだ二歳にもなっていないというのに、他人をねぎらい、労《いた》わることを知っているなんて、これも兄であるエストレージャがいてくれるおかげだろうか。幼い双子の留まるところを知らないかわいさに私が心のカメラのシャッターを切りまくっていると、その双子を、がしぃっと両腕でそれぞれ千夜春少年が抱え込んだ。

「二人とも優しい……！　俺、泣いちゃいそう!!」

「はるくん、泣かないで」

「はるくん、泣いたらめっ！　よ」

「うんうん、俺、泣かない！」

なでなでなでなで、と、幼い二人に左右から慰められ、そのぬくもりを両腕に抱いた千夜春少年は満面の笑顔で頷いている。朝日夏嬢が呆《あき》れたような溜息を吐いているけれど、彼にとってはどうやらいつものことらしく、「羨ましいだろ？」なんて言いながら鼻高々になっている。

そんな彼と幼い弟妹のやりとりをじいと見つめていたエストレージャが、どこか安堵《あんど》した様子で三人の元に近寄り、両手でそれぞれエリオットとエルフェシアの頭を撫でた。大好きな兄に撫でられて上機嫌に「えへへ」「うふふぅ」と笑う弟妹に笑いかけてから、エストレージャは続ける。

「俺が言うのも何だけど、本当にハルは頑張ってるよ。もちろんナツも。今日をちゃんと休日にできたのだって、二人がちゃんと与えられた課題をこなしたからだし。姫様も、ハルもそれなりに物になってきたって褒めてたよ」

「え、マジで？　ティーネちゃんとはほとんど会ってないけど、そんなこと言ってくれたの？」

「ハルへの教育内容とその結果については、逐次姫様の元に報告されてるから。あの姫様が褒めてるんだから、ハルは……もちろんナツも、二人とも自信を持っていいと思う」

エストレージャに至極真面目に言い切られたせいか、ようやくふざけてばかりだった千夜春少年の白いかんばせに朱が走る。

「そ、そっか」と頷きつつも、うろうろと視線をさまよわせる彼は、よっぽど気恥ずかしいらしい。ぎゅううう、と、照れ隠しに両腕の双子を強く抱き締める彼の姿は年相応のもので、実に微笑ましい。

私の隣にいる朝日夏嬢の、そんな彼を見つめる瞳はどことなく誇らしげだ。

なんだかんだ言いつつ、朝日夏嬢だって千夜春少年が自身のことを思ってくれているのに負けないくらいに彼のことを好いているのだろう。

ほんのわずかな間一緒にいるだけの私ですらそうと解るほど仲の良い彼らを見つめる私の個人的な総評としては、つくづくみんなかわいいな、というその一言に尽きる。まさに、仲良きことは美しきかな。そんな気持ちでうんうんと頷きつつ、改めて千夜春少年が思っていた以上に真面目に王配教育に取り組んでくれているらしいことに安堵する。

姫様ご自身が高評価を下しているのならば確実だ。千夜春少年は、私の予想よりももっとずっと真摯《しん し》に、いずれ王配となる自らの境遇に向き合ってくれている。そのことがただただ嬉しいと思えた。

女神からの託宣なんて、にわかには信じられないようなものに命じられて結婚相手を決めるなんて、日本で生まれて日本で育った千夜春少年には受け入れがたいものであってもおかしくないのに、彼はきちんとそれと向き合ってくれている。

ここで私が「ありがとうございます」なんて言うのはお門違いの押し付けであるに違いない。だから何も言わないけれど、その代わり、私は私にできるお手伝いはなんでもしたいと思うのだ。

「せいぜい頑張ることだ。あの跳ねっ返りの相手など、さぞかし骨が折れることだろうがな」

私のそういう決意に気付いているのかいないのか。おそらくは前者であろう我が夫が、意地悪く千夜春少年を激励する。いや、もう少し別の言い方があるだろうに。

そう呆れ返りながら内心で突っ込み、半目になる私の視線に対し、男はフンと鼻を鳴らして肩を竦める。自分だって姫様のご結婚については心配しているに違いないくせに、本当にこの男ときたら素直じゃない。

エディ、と思わず咎《とが》めるようにその名を呼ぼうとしたのだが、それよりも先に、「ひっでぇ！」と千夜春少年本人が声を上げた。

「そーいう言い方、俺はよくないと思うね！　ティーネちゃんに言いつけてやる！」

「勝手にしろ」

「そうさせてもらいますー！　勝手にしますー！　という訳でフィリミナさん、手始めに俺と手を取り合って一緒に逃避行でも……」

千夜春少年がさっと私の右手をさらい、ぎゅっと両手で握り締めてくる。うるうるとわざとらしく潤んだ青の混じる焦げ茶色の瞳にすがるように見つめられ、あらまあ、と私がつい笑ってしまった次の瞬間、私達の周りの人々の反応は早かった。

まず朝日夏嬢が問答無用で千夜春少年の手をすぱんっ！　と叩き落とし、続いてエストレージャが私と千夜春少年の間にささっと割り込んできた。そして男が持っていた分厚い魔導書の角を、こっちが心配になるくらいの勢いで容赦なく千夜春少年の脳天に落とし、ぎゃっ⁉　と悲鳴を上げる千夜春少年のことを、エリオットとエルフェシアが小さな拳でぽかぽかと叩く。

「いってええええええっ！　え、ちょ、なに⁉　冗談じゃん‼　ここまですることなくない⁉」

「これでも足りないくらいよ。お兄ちゃん、さいってー！」

「母さんはうちの母さんだから」

「おかあしゃまはエリー達と一緒にいるの！」

「はるくん、おかあしゃま取ったらめっ！」

口々に非難され、千夜春少年は頭をさすりながらなんとも情けない顔になる。せっかくの整った顔が台無しだ。まあこういう顔もできるからこそ、より彼は魅力的であるのだろうけれど。

いやあそれにしても、私、愛されているなぁ。千夜春少年には悪いけれど、なんとも心がほっこりとして、ついついくすくすと笑ってしまう。

そんな私の隣に移動してきた男に、肩を掴《つか》まれ、ぐいっと引き寄せられる。あら？　と瞳を瞬かせる私の唇の端に、ふに、と柔らかいものが押し付けられる。あらあら？　ともう一度瞬いてから、ようやく遅れて口付けられたことに気付いた私は「エディ⁉」と悲鳴を上げた。

しかし男は恥ずかしげもなくけろっとしたもので、更に私のことを抱き寄せ……どころではない。ひょいっと私を抱き上げたかと思うと、そのまま私のことを膝の上で横抱きにしてしまう。ひえええええ、と、私は声にならない悲鳴を上げた。

「ハル。たとえお前が相手だとしても、もしフィリミナを俺からさらうなどという、愚を犯してみろ。相応の報復を覚悟してもらうことになるぞ」

底冷えするような声だ。だがしかし、その表情は、怒りをあらわにしている訳ではなく、ただただ美しいばかりの笑顔なのである。老若男女を問わずに誰もがとりこになるに違いない、凄絶なまでに美しすぎるそれ。そのまま男は、千夜春少年に見せつけるように、私のこめかみに唇を落とす。

ひえええええええええええ、とますます内心で私は悲鳴を上げた。なんだこれ。千夜春少年に抗議するための行動なのかもしれないが、この場合、一番割を食っているのは私ではないか。

なんとか身じろぎして、男の膝から降りようにも、それよりも強い力で腰を固定されて動けない。完全に詰んでいる。

自分の顔が気恥ずかしさのあまり、もう既《すで》に赤からいっそ青にまで変じているのが解る。そんな私と、私とは対照的にけろっとした顔で、その顔色もいつも通りのままでいる男を見比べて、千夜春少年は、ようやく痛みが治まってきたらしい頭を自分でさすりながら、「ちぇっ」と唇を尖らせた。

「ちょっとした冗談なのに。いいじゃんちょっとくらいさ。俺だってフィリミナさんに甘やかされたい！　エギさんばっかずるい！」

「お兄ちゃんいい加減黙ってよ。大変なのは解るけど、少しは自重したら？　私まで恥ずかしいじゃない」

「なんだよ、ひなだってフィリミナさんに甘えたいくせに」

「そ、それは、その、そうだけど、でも、負担になりたい訳でもないもん……」

顔を赤らめてそのままもごもごと口籠る朝日夏嬢のかわいさはやはりプライスレスである。出会った当初は彼女がここまで私のことを慕ってくれるようになるとは思わなかった。嬉しい誤算だ。

赤らむ花のかんばせをついついにこにこと見つめていると、私の視線に気付いた彼女は更に顔を赤くして、顔を背けてしまった。うーん、そんな素直でないところまでかわいい。

「エディ、いい加減離してくださいまし。これではゆっくりお茶の続きができないではありませんか」

「茶菓子なら俺が手ずからその口に運んでやるし、薬草茶ならいっそ口移しで飲ませてやることだってできるが？」

笑みを含んだ声とともに小首を傾げられる。たったそれだけの仕草ですら絵になるのだから本当に嫌味だ。

そのご尊顔の鼻先をぴんっと指先で弾《はじ》いてやる。不意打ちに、む、と眉をひそめる男に、私はにぃっこりとめいっぱい笑いかけた。

「エディ」

いい加減にしやがれこの野郎。

いくらあなたがわたくしのかわいいあなたであったとしても、そろそろ本気で怒りますよ。

そんな気持ちをたっぷり込めた呼びかけに、ようやく男は私の腰に回している腕の力を弱めた。それをいいことに、その腕から抜け出して、改めて椅子に座り直す。よしよし、やっと落ち着けた。ほう、と安堵の息を吐いてから、再び朝日夏嬢と千夜春少年に向き直る。

「何度も同じことを言って申し訳ないのだけれど、本当に、困ったことがあったらなんでも仰って。わたくしじゃなくて、エディやエストレージャにでも構わないわ。一人で……ううん、二人で抱え込んだりなんてする必要はないのだから」

二か月前に起こった事件に至るまでの経緯においての一番の問題は、きっと、千夜春少年と朝日夏嬢が、それぞれの悩みを二人だけで共有して、他からの助けが得られなかったことなのではないかと思う。互いしか頼れる存在がいない中で、朝日夏嬢の鬱屈が爆発したのがあの事件だ。うっかり殺されかけた私が言うのも何だけれど……いいや、その私だからこそ、もう二人には悩みを抱え込んでほしくない。

私の言葉に、エストレージャもまた深く頷き、男は男で「俺達に気を遣う余裕があるくらいなら、自分達のことをもっと気遣ってやるべきだな」と続けて薬草茶をすすっている。

「はるくん、だいじょぶ？」

「なっちゃん、へいき？」

エリオットとエルフェシアが、それぞれ千夜春少年と朝日夏嬢に問いかける。稚《いとけな》い、何の裏表もない、純粋な労わりの問いかけだ。

まさかこんなにも幼い子供達にまで心配されるとは思っていなかったのか、新藤兄妹の双眸《そうぼう》がそれぞれ見開かれ、やがてその眦《まなじり》が優しく緩む。二人は手を伸ばしてエリオットとエルフェシアを思い切りぎゅっとすると、きゃー！　と、幼い歓声の二重奏が上がる。

ぎゅむぎゅむとまるでパンの生地でもこねるように幼子をこれでもかと抱き締めてから、千夜春少年と朝日夏嬢は花のように笑った。

「だーいじょうぶだって！　衣食住が保障されてる上に、こうやって息抜きさせてもらえてるくらいなんだからさ。せめてその分は、俺だって頑張らなきゃ」

「うん。私も、最近は黒持ちとかなんとか言ってやっかんでくる奴らも減ってきたし、もちろんやられたらやり返し続けてるし、なんとかなるわ」

その言葉を頭から信じられるほど、私は素直でも馬鹿でもないつもりだ。ああそうか、とふいに思う。私の『大丈夫』をそう簡単に男が信じてくれない気持ちが、少し解ってしまった気がした。

——ねえ、強がりを言っているのではなくて？

そう問いかけることは簡単で、そして同時にとても残酷であることが解ってしまったから、結局何も言えなくなってしまう。

だって『前』の世界で死んだからこそこの世界にやってきた私ですら、幼かった当初はどうにもこうにもやり場のない感情に振り回されたものだ。〝転生〟ではなく〝転移〟という形でこの世界にやってきた新藤兄妹の感情は、もっとどうしようもなく手に余るものではないのだろうか。

けれどそんな私の疑問を跳ね飛ばすように、からからと千夜春少年は笑い、朝日夏嬢はうんうんと何度も頷いている。

「そういうことだから心配いらないって。あー、でも、王宮の飯よりフィリミナさんのご飯のが好みだから、どうだろうフィリミナさん。俺にこれから毎日ご飯を……」

「お兄ちゃんずるい！　そんなの私だって……！」

「おいこらひな、兄ちゃんの必死のプロポーズに水を差すなよ」

「これが黙っていられる訳ないじゃない！　お兄ちゃんにフィリミナさんを取られるくらいなら、私がフィリミナさんにプロポーズする!!　ね、フィリミナさん、お兄ちゃんより私のがいいよね!?」

「俺のがいいよな、フィリミナさん」

「え、ええと……」

個人的にはどっちもどっちである。いや、悪い意味ではなく、どちらも魅力的である、という意味で。

鬼気迫る様子で詰め寄られ、その迫力に顔を引きつらせる私のことを、横から伸びた手がぐいっと引っ張ってくる。そのまま力強い腕に抱き止められた。反射的に身を竦ませた私を抱き締めて、我が夫殿が、にやりと自慢げに笑う。

「生憎《あいにく》、こいつは永久売約済みだ。他を当たるんだな」

「もう、エディ！」

「なんだ。事実だろう」

「そ、れは、そうですけれども……」

そうだとも。非常に悔しいことに反論できない。私の隣は、もうこの男が一生分、そのすべてをかけて買い取ってくれている。同時に、この男の隣もまた、私が一生分をかけて買い取らせてもらっているのだ。だがしかし、だからと言ってこうも大人げなく主張しなくてもいいだろうに。

ああほら、エリオットとエルフェシアがきょとーんと瞳を瞬かせているし、エストレージャの苦笑がより深まっているではないか。

赤の他人にこの光景を見せつけるなんて気恥ずかしいことこの上ないけれど、身内、しかも子供達にこんな餓えた犬ですら食べてくれないようなやりとりを見られるのはもっと恥ずかしい。勘弁してくれ。

そういう私の、気恥ずかしさを隠すために非難で満たした視線に対し、男は、今度は「仕方がないだろう」と、いかにも物憂げな溜息を吐く。いやいやいや、溜息を吐きたいのはこっちなんだが。ついでに新藤兄妹もいい加減呆れ返っているようで半目になっている。

私達のなんとも微妙な視線に晒《さら》されても意に介した様子もなく、男はやはり物憂げな様子で続ける。

「本当に腹立たしい。お前を想うのは俺だけでいいのに、どうしてこうお前は面倒臭い奴にばかり好かれるんだ」

心底嘆かわしげな声音だった。私にも失礼だし、私のことを好いていてくれる人々に対しても失礼である。

というか。

「エディ、あなた、その筆頭が何を仰いますの？」

私のことをきっと世界で一番好いていてくれるこの男こそ、誰よりも何よりも面倒臭く厄介であるに違いないだろう。

だからこそついそう言ってしまったのだけれど、男はそう言われるとは思っていなかったらしく、薄い唇をへの字にして引き結んだ。文句を言いたくても、反論が思いつかないらしい。

その顔がやけに面白く、そしてかわいらしくて、ぷっと噴き出すと、周りの面々も同じようにくすくすと笑いだす。男の顔がますます不機嫌そうな、むっすりとしたものになった。

「エギさん、ブーメランじゃん」

「エギエディルズさんったら、見事なまでに自爆したわね」

「まあ父さんにとっては母さんが一番だから」

「おとうしゃまはおかあしゃまがだいしゅきだから！」

「おかあしゃまもおとうしゃまがだいしゅきだから、おんなじなのよ！」

新藤兄妹と子供達の追い打ちに、男が拗《す》ねたように顔を背ける。そんな仕草もまた絵になるけれど、それ以上にただ『かわいい』なんて思ってしまう私は相当末期だ。どうがんばっても、どんな治療を受けても治らない、治す気なんてちっともない病が、私に男のことをそう見せている。

不治の病、あるいは弱みと言っても間違いではないこの感情の名前を改めて思い知らされ、なんだか嬉しくなってしまう。ちっとも勝てやしない。

「エディ、機嫌を直してくださいな。ほら、あーん」

今朝、朝日夏嬢と一緒に焼いたチーズクッキーを男の口元まで運ぶ。むっすりとしたまま男が口を開き、そのままクッキーにかじりついた。いい食べっぷりだ。

「おかあしゃま、エルにもあーんして？　なっちゃんにはあとでエルがあーんしてあげるの」

「にいしゃまはエリーにして！　はるくんはちょっとまってね！」

私達両親のやりとりに、目を輝かせてエリオットとエルフェシアが身を乗り出してくる。チーズクッキーはまだ二人には味が濃すぎて食べられないから、別に作った薄味の、ほろほろとすぐに崩れる焼き菓子を私とエストレージャが口に運んであげると、エルフェシアとエリオットは、んふふ、と嬉しそうに焼き菓子を頬張った。

続いて新藤兄妹に更にせがむ幼い双子のかわいらしさにうっとりと見入っていると、顎《あご》を掴まれ、くいっと横を向かせられる。

「エディ？　な……っ⁉」

なんですか、と、問いかける間もなく、唇が奪われる。チーズの風味を感じた。固まる私を見下ろして、男はにやりと笑う。

「お裾分けだ」

「〜〜〜〜もう！」

子供達が焼き菓子に夢中になっていてくれて本当に助かった。おかげでキスシーンを見られずに済んだ。まあエストレージャや新藤兄妹は、しっかりばっちりこちらのやりとりに気付いているようで、その上で気付かないふりをしてエリオットとエルフェシアの相手をしてくれているようだけれど。ありがたいけれどやっぱり気恥ずかしい。

唇に残る柔らかなぬくもりに顔を赤くしながら、私はしみじみと、いつまでもこんな平和な日々が続いていってくれることを願った。

2

楽しかった休日は、あっという間に終わってしまった。近く、例年通り我が国では花祭りとも呼ばれる大祭が催される。その大祭において、姫様の正式な婚約者、未来の王配殿下として、千夜春《ちよはる》少年は国民の前に立つことになるのだ。そうそう遊んでばかりもいられず、新藤《しんどう》兄妹はその日の夜に王宮へと帰還した。

家族揃《そろ》って二人を見送ろうとしたのはいいものの、エリオットとエルフェシアが、それぞれ千夜春少年と朝日夏嬢にしがみついて、「いっちゃやだぁ！」「もっとあそぶのよ！」と散々ぐずってくれた点については本当に大変だった。いくら私や男が「また会えるから」と言い聞かせても、「やー‼」とますます力いっぱい二人にしがみつくものだから、どうしたものかと思ったものだ。

新藤兄妹は、愛らしい幼子達に「一緒にいて！」とせがまれて、困り果てながらもどこか嬉《うれ》しそうだった。気持ちは解《わか》る。とはいえ王宮に帰還することについては決定事項であったので、二人は、「また遊びに来るから」「絶対にまた遊ぼうね」と幼い双子を説き伏せてくれた。

最終的にエストレージャが、「今度はエリーとエルの方からハル達に会いに行こう。俺が姫様に許可をいただくから」と提案することで、なんとかエリオットとエルフェシアは頷《うなず》き、新藤兄妹の元から離れてエストレージャの足にしがみついたのである。母である私も、父である男も、兄であるエストレージャには敵《かな》わないのでは？　と思わされた瞬間であった。

思わずそう呟《つぶや》いたところ、「今更だろう」と男にははっきりと諦《あきら》めきった口調で断じられ、エストレージャ本人には「な、なんだかごめん……」と謝られてしまった。更に、そんなしょんぼりとした兄を見たエリオットとエルフェシアには、「おとうしゃま、おかあしゃま、めっ！」「にいしゃまのこといじめちゃや！」と叱《しか》られてしまったのである。

そういう風にかわいいが大渋滞を起こしたせいで、おかげさまで私の心はとても忙しくなった。かわいいは正義であり、同時に罪でもあることを、改めて学んだ。子供から教えられて学ぶことが多いとは本当であるらしい。閑話《かんわ》休題。

何はともあれ、ランセント家別邸は、今日も今日とて平和である。

大切な、その、愛《いと》しい、というのは未《いま》だになんともこそばゆくなってしまう夫と、かわいいが過ぎる子供達に囲まれて、私はこの世の春を謳歌《おうか》していた。もうすぐ大祭であることも手伝ってか、どうにもこうにも心が浮き立ち、ふわふわと足元がおぼつかない感覚に付きまとわれている。

だから、なのだろうか。近頃どうにも眠りが浅い。毎日のように夢を見る。嫌な夢ではない。ただ、無性に懐《なつ》かしく感じられてならない夢だ。

一口に懐かしいと言っても、幼い頃の記憶を繰り返し見ているという訳ではない。私が見る夢は、もっと前の夢――私が『私』であった頃。新藤兄妹にとっては故郷にあたる異世界の、日本という国で生きていた頃の夢だ。

それだけならば別段気にすることもなく、新藤兄妹という存在に引き摺《ず》られたのかな、くらいで済んだだろう。

だがしかし、どうにもこうにも不思議なのが、その前の『私』の夢が、生きていた頃の記憶ではなく、その後……つまりは、『私』が命を落とすきっかけとなったひったくり事件の後に続く物語なのだ。

だからそれは記憶ではない。

『私』が事故の後も当たり前のように生きて、日本で生活している夢なのである。

新たに紡がれていく私の知らない『私』の物語。不思議なこともあるものだとつくづく思う。けれどいくら不思議であっても、そこに嫌な感覚はない。むしろ、ただただ懐かしく感じられてならなくて、どうしようもないくらいに心地よい夢であり、目覚めるたびにどちらが現実なのか解らなくなってしまうほどである。

そして、今夜も、また。


「――――まただわ」

夜の帳《とばり》がとうに落ちた深夜、薄目を開けて天井を見つめた私は、深々と溜息《ためいき》を吐いた。隣では夫である男が眠っており、少し離れた場所にはベビーベッドが置かれ、その中でエリオットとエルフェシアが眠っている。三人分の寝息を確認してから、私はベッドの上で、男を起こさないように気を付けながら上半身を起こした。

また、夢を見た。案の定というかなんというか、やはり前の『私』の夢だった。

ひったくりに遭《あ》った後、一時入院していた私は、なんとか退院し、新たな職探しに奔走《ほんそう》していた。夢の中ですら職探し、と思うと、改めて就職氷河期の恐ろしさにぞっとしてしまう。

って、夢のそういう詳細《しょうさい》はこの際どうでもいい。いやよくはないが、本題はそこではない。問題とすべきは、全体としての総括の、それらの夢の内容だ。

いい加減、おかしいと思うべきだろう。こんなにも繰り返し、手を変え品を変えて前世での生活を夢に見るだなんて、そうそうあり得る話ではないはずだ。いくらなんでもここまで頻繁《ひんぱん》に前世の夢を見るなんて、何かしら誰かの意図が働いている気がしてくる。

それともあれか。新藤兄妹の存在により、私がホームシックにでもなっているということなのか。それこそまさかだ。今更すぎる。

うーん、とにかく、嫌な夢ではないのだ。ただただ楽しくて、嬉しくて、ずっとその夢を追いかけていたいという感情すら芽生えそうなほどに心地よい夢である。

……ん？　待てよ、それはそれでまずい気もする。だが、だがしかし、本当にとっても気持ちのいい夢なのだ。今の生活にこれ以上なく満足しているくせに、それでも最近見る夢を手放したくないとすら思えてしまうのだから相当であると言えよう。

どうしたものかと溜息を吐くと、もぞ、と隣が動いた。あら、と目を瞬《またた》かせると、寝入っていたはずの男が、寝そべったまま、夜闇の中ですら美しく輝く朝焼け色の瞳でこちらを見上げていた。

「まあ、エディ。申し訳ありません。起こしてしまいまして？」

元々眠りの浅いこの男が本当の意味で熟睡できるのは、私がいる時だけであることを知っている。だからこそ、私の隣ではゆっくりと眠ってほしいのだけれど、私がベッドの上で上半身を起こした振動のせいか、男は目を覚ましてしまったらしい。

大祭の準備に向けて、エストレージャとともに毎日を散々忙しく過ごしているのがこの男だ。悪いことをしてしまったと眉尻を下げると、男もまた上半身を起こした。

「……眠れないのか？」

男の白い手が伸びて、私の頬のラインをなぞっていく。その手から伝わってくる優しいぬくもりには、確かな労《いた》わりが込められていて、自然と笑みが浮かんだ。頬にあてがわれた男の手に自分の手を重ねて、私は「いいえ」とかぶりを振る。

「大丈夫です。なんでもありませんわ」

「お前の大丈夫はまったく当てにならない」

「まあ酷《ひど》い」

さくっ！　と言い切られてしまった。ここまで信用がないと、いっそ笑えてきてしまう。

その節……いやいや、様々な折については、うん、そうとも、本当に申し訳ないと思ってはいるのだ。これまたもっと申し訳ないことに、私はなかなか学習できていないのだけれど。

なんと言い訳していいものか解らず曖昧《あいまい》に笑い返すと、じっと朝焼け色の瞳が睨《にら》み付けるように見つめてくる。言い逃れなど一切許さないとでも言いたげなその瞳に、私は早々に白旗を上げた。無理だ。勝てない。

「その、眠れない訳ではないのです。むしろ逆と言うべきかもしれません」

「どういう意味だ」

「最近よく夢を見まして。それがあまりにも心地よくて、だから……」

「待て」

皆まで言い切るよりも先に、手を掴《つか》まれる。ぎゅうと力強く握り込まれ、思わず口をつぐむと、男がどこか険を帯びた、極めて厳しい表情で私の顔を覗《のぞ》き込んでくる。

相変わらずお美しいお顔だ。間近で見ても見るに耐えうるというか、むしろもっとずっとじっくり見ていたくなるような美貌。

何度見ても、慣れはしても飽きはしないな、とひとしきり感心する私を睨み付け、男は続けた。

「まさか、また呪いのたぐいか？　俺の感知できる範囲では、魔の気配は感じられないが……いや、俺にすら感知できない高等闇魔法の可能性もある。明日にでも姫の元へ」

「エ、エディ、落ち着いてくださいまし」

私の手を握り込み、至近距離で私の瞳を捕らえたまま、男は早口で畳み掛けてきた。どうどう、と掴まれていない方の手で前のめりになっているその肩を叩《たた》くが、男の雰囲気はますます硬質なものとなり、視線も更に鋭くなる。

ひえ、と思わず身を竦《すく》ませると、そんな私のことを、男は今度はぎゅうと抱き締めてきた。

「落ち着いていられるか。俺は……俺はもう、二度と、決して、同じ過ちを繰り返す気はない」

「エディ……」

どんな言葉をかけたらいいのか解らなくなってしまう。

この男の言いたいことは解る。結婚したばかりの頃、まだ私と男が結婚していることが表沙汰になっていなかった時、私はこの男のことを慕う少女と、彼女に協力していたその婚約者の青年によって、呪いをかけられた。夢を媒介にした呪いだった。魔族の力を借りた呪いによる夢は、いつだって恐ろしくて苦しくてたまらないものばかりだった。

私に呪いをかけた直接の犯人である青年のことを思うと、今でもずきりと胸が痛む。あの時私は、確かに『死』に直面した。

幸いなことに一命を取り留めたけれど、この胸には傷痕がはっきりと残り、男は未だにそのことを悔やんでいる。

もういいのに。私が望んで受けた傷なのに。

それでも男はずっとずっと悔やみ続けるのだ。自分を責め続けるのだ。そんなこと、私は望んでないんていないのに、この頑固者ときたら、つくづく融通が利《き》かないったらない。

男がこんなにも過剰に心配してくれているのは、あの時と同じく、私を今悩ませ……とまではいかなくとも、どうしたものかと扱いあぐねているのが、『夢』というものだからなのだろう。再び私が夢の淵《ふち》に沈んでしまったらと、この男はそういうことを案じている訳だ。

「大丈夫です。きっと、大丈夫ですから」

自分でもよく解っていないからこそ、結局男曰《いわ》く「当てにならない」と各方面において評判の『大丈夫』を繰り返すことしかできない。

私をぎゅうと抱き締めて、首筋に顔を埋《うず》める男の吐息が肌をくすぐる。そのこそばゆさに身じろぎすると、ようやく男の腕の力が緩んだ。それでも未だ背と腰に手は回されたままだけれど、一応真正面から男の顔を見つめることができるようになる。

あらまあ、情けないお顔ですこと。

「せっかくのお綺麗《きれい》なお顔が台無しですよ」

「誰のせいだと思っているんだ」

「わたくしのせいですね」

ごめんなさい、と謝ると、男は実にむっとした表情で、「謝らせたい訳じゃない」と吐き捨てた。おっと、それは失礼。

ついぷっと噴き出すと、ばちんっと額を指先で弾《はじ》かれる。結構……いやかなり痛かった。うっかり涙までにじんできて、「何をなさるんですか」と抗議をめいっぱい込めて睨み付けると、男は存外にあっさりと「悪かった。つい」と謝ってきた。ぜんぜん謝られている気がしない。今度は私が憮然《ぶぜん》となる番だった。

間近にある白皙《はくせき》の美貌をじろりと睨み付けると、てっきり目を逸《そ》らされるかと思いきや、男はまっすぐに私を見つめ返してきた。何もかもを見通すかのような朝焼け色に、何故だかぎくりとする私を見つめながら、男は口を開く。

「夢を見ると言ったな。どんな夢だ？」

「え？　ええと……」

どんな、と言われても。まさか「前世の夢です」なんて馬鹿正直に答えられる訳がない。そして私は考え抜いた挙句に、「昔の夢です」とだけ答えた。男が訝《いぶか》しげに首を傾《かし》げる。

「幼い頃の夢でも見たのか？」

「そう、ですね。たぶんそうなんだと思います」

「曖昧だな」

「だってはっきりと覚えている訳ではないんですもの」

嘘《うそ》だ。実ははっきりばっちり覚えている。事細かに情景まで語れるほど、近頃の夢ははっきりとしたものばかりだった。けれどそれを伝えたら、なし崩し的に前世関連のことまで白状させられるに違いなかったので、曖昧にごまかすことしかできない。

男は、納得しているのかいないのか、なんとも微妙な表情で「そうか」と頷いた。よしよし、このまま納得してくれ。そんな思いを込めて、「そうです」と私も頷く。

「本当に、以前のように怖い夢でも嫌な夢でもないのです。ただ、ただただ懐かしい夢で……」

そう。何もかもが懐かしい夢だ。もう二度と取り戻せない、『私』の夢。ただの日常の夢に過ぎなかったのに、何故だかどうしようもない幸福感が胸を満たしていく夢。

また眠れば、あの夢の続きが見られるのだろうか。そうどこかで期待している自分がいる。夢の中で紡がれる、『私』のもしかしたらの可能性の続きが、もっと知りたくてたまらない。

「……エディ？　どうなさいましたの？」

そんなことをぼんやりと考えていたら、また男に強く抱き締められた。男は震えてはいなかったけれど、何かに怯《おび》えているようだった。

逃がすまい、放すまい。そんな思いの丈を込めて抱き締められているような気がして、私は男の背に腕を回して抱き返す。

「大丈夫ですよ、エディ」

「――――ああ」

その声もまた震えてはいなかった。よかった、本当に。そう私はほっと安堵《あんど》した。

そうだとも、大丈夫なのだ。だってあの夢は不安を誘うような夢なんかではちっともないし、何より、この男がこうして私を抱き締めてくれるのだから。だから、絶対に大丈夫。

それなのに男の様子がどうにもおかしかったものだから、私は抱き締め合いつつも、首を傾げずにはいられなかった。

＊＊＊

晴れ渡る青空が美しい本日は、まさにお茶会日和《びより》である。

久々に姫様から私的なお茶会のお招きに与《あずか》った私は、意気揚々と手作りのお菓子を片手に、王宮における王家の居城、紅薔薇宮《べにばらきゅう》へとやってきた。

いつもならば一緒にこの宮殿に訪れることを許されているエリオットとエルフェシアだが、本日はお留守番だ。あの男の養父にして私にとっては義父にあたるランセントのお義父《とう》様が、今日は久々の休みだからぜひ孫と過ごしたいと仰《おつしや》ってくださったのだ。

大好きなランセントのおじい様と過ごせると知った幼い双子は、私に置いてきぼりにされることなんてちっとも気にせずに、むしろ満面の笑顔で「いってらっしゃい！」と送り出してくれた。二人がぐずらずに済んだことはありがたいけれど、それはそれとしてそこまでさっぱり「ばいばーい！」とされると、寂しくも感じられるのだから母親心とは実に複雑なものである。

さて、そんな訳で、私一人で訪れた紅薔薇宮。侍女に案内されて通されたのは、この国で最も美しいとされるこの宮殿の中庭である。真っ白な大理石が日の光の下で輝く東屋《あずまや》にて、クレメンティーネ姫様が、私に向かって片手を挙げて微笑《ほほえ》みかけてくださった。

春の日差しの下で輝く豊かな白銀の髪、光の加減で金色にも見える花の蜜を固めたかのような琥珀《こはく》色の瞳。大輪の白百合を思わせる麗しの姫君が、私などの友人であってくださるなんて、これこそまさに奇跡であるとしか言いようがない。

「久しぶりね、フィリミナ」

「はい、姫様。お会いできて嬉しゅうございます」

「あたくしもよ。さ、座りなさいな。もう一人が揃《そろ》ったら、早速お茶会を始めましょう」

促《うなが》されるままに、姫様が既《すで》に着席なさっている椅子の、円卓を挟んだ斜め反対側に腰かけつつ、はて？　と私は首を傾げた。

もう一人、とは誰のことだろう。姫様と私の私的なお茶会は、基本的にいつも二人きりだ。もちろん隠れたところに侍女の皆さんや護衛の騎士の方々が控えていらっしゃるけれど、実際にこうして円卓を囲むのは私と姫様だけの時が多い。

時折我が夫や、姫様の腹心である執務官のハインリヒ・ヤド・ルーベルツ青年といった面子《メンツ》もまざることもあるにはある。だがしかし、そういう場合は得てして政治的なあれそれについての話題が絡《から》む場合だ。となると私がその時点で退席することになる。今回はそういうたぐいの話のためのお茶会ではなかったはずなのだが、さて。

私のそういう疑問に気付いたらしい姫様は、ふふ、と美しくも愛らしく、大層魅力的に微笑んで、私の後方へと視線を向けた。

「来たようね」

「……？」

姫様の視線を追いかけて、肩越しに背後を振り返る。そして私は、あら！　と喜びの声を上げた。

「朝日夏《あさひな》さん！」

ピンク色のベールを深く被《かぶ》った少女が、侍女に伴われてこちらへと近づいてくる。そのベールは間違いなく、以前私が彼女に——新藤朝日夏嬢にプレゼントさせていただいたものである。私の呼びかけに気付いた朝日夏嬢が、ちらりとベールを片手で持ち上げて顔を覗かせ、なんとも照れ臭そうに笑いかけてくれた。

そして彼女はそのまま円卓のすぐ側《そば》までやってくると、ここまで連れてきてくれた侍女と一緒に、姫様に対して最大限の礼を取る。一分《いちぶ》の隙もない完璧な礼だ。

王宮にて思いの外うまくやっているのだと千夜春少年から聞かされていたけれど、その言葉は真実であったのだと思い知らされる。流石《さすが》、と感心しきりの私である。

姫様に片手で椅子を示され、朝日夏嬢が勧められた椅子に腰かける。なるほど、これで面子が揃ったという訳だ。

「もう一人とは、朝日夏さんのことでしたのね」

思わずそう呟くと、くすくすと姫様は楽しそうに声を上げて笑われた。人目がなくなったことでベールを被っている必要性がなくなり、早速そのベールを外している朝日夏嬢を見つめながら、姫様は続ける。

「ハルはエストレージャと一緒に剣の稽古でもなんでもして息抜きができるけれど、ナツはそういう訳にはいかないでしょう。フィリミナに会うのが一番だと思ったのよ」

「まあ、それは嬉しいことですわ」

「……ありがとうございます」

ついつい笑み崩れながら何度も頷く私とは対照的に、姫様を御前にした緊張と私に対する気恥ずかしさゆえに硬くなっている表情と声音で、朝日夏嬢はお礼を口にした。

あらあら、とその様子を微笑ましく思っていると、やがて姫様が「でも」とにっこりと笑みを深めた。

「まあいくらナツがフィリミナと仲良くなろうとも、あたくしとフィリミナの仲には敵わなくてよ」

だってあたくしは、フィリミナの結婚式の立ち合い人だし、何度もこうしてお茶をしているし、なんなら沐浴《もくよく》まで一緒にしているのだから。

そうにぃっこりと笑顔で続ける姫様の言葉に、あらあら？　と私はまたしても首を傾げる羽目になった。急にどうなさったのだろう。私と姫様の仲の良さを、姫様ご自身が保証してくださるのはとても嬉しいことだけれど、今このタイミングでわざわざ朝日夏嬢と比べる必要なんてないはずなのに。

んん？　姫様は本当にどうなさったのか。

私が不思議そうに何度もぱちぱちと瞳を瞬かせると、そんな私をじっとりと琥珀色の瞳で見つめてきた姫様は、「だって」と愛らしく唇を尖《とが》らせた。

「最近、通信用魔法石でやっと話をする機会が得られても、フィリミナったら、子供達の話か、ハルやナツの話ばかりなんだもの。ずるいわ。あたくしの方がフィリミナと先に出会ったのに！」

「姫様……！」

えっそれはつまりやきもちというやつですか。やきもちなんですか姫様。なんてかわいらしいことを仰ってくださるのだろう。

確かに時折夜に交わす姫様との通信における私からの話題は、姫様の仰る通り、子供達の話題か、もしくは新藤兄妹についてばかりであったと思う。言われてみて初めて気が付いた。

子供達についてはともかく、新藤兄妹については同郷のよしみもあって、どうにも心配でならなかったからついその話題ばかり振ってしまっていたけれど……まさか姫様がやきもちを焼いてくださるほどとは思いもしなかった。

これは申し訳ない。そしてすみません、ちょっぴり、いやだいぶ嬉しいです。

「という訳で、ナツ。フィリミナの一番のお友達の座はあたくしのものよ。絶対に譲らないからそのつもりでいらっしゃい」

「ひ、姫様、そんな……」

「フィリミナ、悪いけれど今は黙っていてくれるかしら？」

問いかけの形を取っていながら、その言葉には有無を言わせない王者としての風格と威厳が込められていた。内容が内容だけに、ここでそんな風格や威厳を使わなくてもいいだろうに、と言うのは野暮だろうか。

姫様ったら、そんな心配しなくとも、朝日夏嬢だってそこまで私に執着してくれてなんていないだろうから大丈夫だと思うのに、とつい苦笑を浮かべたその時、ガタッと音を立てて朝日夏嬢が立ち上がる。えっと思う間もなく、きっと顔を引き締めた朝日夏嬢が、びしぃっと姫様に人差し指を突き付けた。

「負けないんだから！　私だって、フィリミナさんとお菓子作ったり、お手紙のやりとりしたりしてるもん！　友情は、先に出会うとか、付き合ってきた時間の長さとか、そういうので決まるんじゃないんだから!!」

「あーら！　あたくしに盾突くつもり？　随分といい度胸をしていること。いくら寛大なあたくしでも、フィリミナについては譲れなくてよ」

「わっ、わた、私だって、私だってフィリミナさんのこと、その、だ、大好きだもん！　いっぱい

いっぱい迷惑かけちゃったから、その分ちゃんと恩返しして、もっと仲良くなりたいもん！」

「あら、そうなの。あたくしはずーっと前から、フィリミナの手助けをして、たくさん感謝されているけれど？　いつもお礼においしいお菓子を焼いてくれるのよ」

「そ、損得だけじゃ友情は成り立たないんだから！　私にだって、私が好きなイチゴのタルト焼いてくれたし！」

「フィリミナは何も言わなくてもいつもおいしいお菓子を作ってくれてよ？」

「〜〜〜〜っ！」

ハッ！　と得意げに姫様が鼻で笑う。そんな仕草もお美しいが、朝日夏嬢にとっては憎たらしい以外の何者でもないらしい。悔しげに唇を噛《か》み締めて、なんなら目尻に涙まで浮かべている。朝日夏嬢の姿も、それはそれでかわいらしい。かわいらしいのだが、なんだこれ。

これは、これはあれなのか。飛び抜けた絶世の美少女達が、まさかの私を巡って争っているということか。まさかすぎやしないか。

私にとっては姫様も朝日夏嬢も大切な友人であり、甲乙なんて恐れ多すぎて付けられないのだけれど、二人にとっては私の中での優先順位は譲りがたいものであるらしかった。

なるほど。つまりこれが。

「両手に花……！」

姫様は大輪の真白い百合。その芳《かぐわ》しい香りは、時に清楚《せいそ》であり、時に豪奢《ごうしゃ》であり、様々な表情を見せては周りの者を惹《ひ》き付ける。

対する朝日夏嬢は幾重にも花弁が重なる芍薬《しゃくやく》だ。華美でありながらも嫌味ではない気品をまとう花は、これはこれで見る者にとっては大層魅力的に見えるに違いない。

そんな花のような美少女二人に取り合いっこされる私は、誰もが認める雑草なのだが、まあそれはそれ。どうしよう、盆と正月が一緒に来たような気分だ……なんて思っていたら、姫様からはじろりと、朝日夏嬢にはキッと、それぞれ思い切り睨み付けられてしまった。

美少女二人のド迫力の表情に、ひえっと身体《からだ》を竦ませると、「フィリミナ」、「フィリミナさん」と低く呼びかけられる。

「貴女《あなた》の話をしているのよ？　当事者が何を浮かれているの？」

「フィリミナさんは放っておくとそうやって浮かれたまますぐにふらふらどっか行っちゃいそうなんだもん。だからちゃんと誰かが捕まえておかなきゃ」

「あら。ナツ、よく解ってるわね。そうなのよ。フィリミナったら本当に仕方がない女性なんだから」

「解る。しっかりしてるようで案外ぜんぜんそうじゃないよね」

「そう。その通りよ」

「やっぱり？」

「ええ、おかげであたくしもエギエディルズもいつも苦労して……」

そうしてうんうんと頷き合う美少女二人に、私は顔を引きつらせた。ええと、取り合いっこされていたはずなのに、何故かめちゃくちゃ叩かれている。いいや、叩かれるどころかぐっさぐっさと言葉の刃《やいば》が突き刺さってくる。二人とも、私のことを好いてくれているはずなのに、若干《じゃっかん》どころでなく自信がなくなってきたぞ。

年下の少女達にここまで言われると、なんとも情けない気分にならざるを得ない。何やら二人が通じ合ってくれているのはいいことだけど、そのやり玉にあげられているのが自分であると思うと実に複雑である。

「え、ええと、お二人とも、とりあえずお茶を始めませんか？　ちゃんと焼き菓子を用意してまいりましたよ」

これ以上この話題を続けられると本気で立ち直れなくなりそうだったので、持参したバスケットを持ち上げてみせる。

「まあ、それもそうね。ナツ、この件については二人でじっくりと話し合いましょう」

「もちろんそのつもりよ……じゃない、そのつもり、です」

「あら、今更敬語なんて結構よ。つい先程まで散々無礼な口を利いてくれたじゃない。あれで構わないわ。ハルだって似たようなものだもの」

「……はい。じゃなくて、うん」

「よろしい。さ、フィリミナ。薬草茶をお願いするわ」

「フィリミナさんのお菓子、楽しみにしてたから嬉しい」

どうやら、なんだかんだで姫様と朝日夏嬢は気が合ったらしい。これはいずれ……いや近日中に、私の方が二人にやきもちを焼くことになりそうだ。

私よりも年の近い二人だからこそできる話もあるだろうし、その特殊な立場についてもそうだ。いいお友達になってくれたらいいな、と一抹《いちまつ》の寂しさと、それよりももっとずっと大きな期待を抱きつつ、私は立ち上がってお茶の準備を始めた。

焼き菓子と同じく屋敷から持参した、我が夫特製ブレンドの薬草茶である。リラックスできて、疲労回復の効果もあるものを、という私のリクエストに、あの男はむっとした様子で「姫のためか」とぶつくさ言っていたけれども、なんだかんだ言いつつきっちりとそういう効果のあるものを用意してくれるのだから、つくづくあの男は私に甘い。まあ私も周囲の皆々様から、あの男に甘すぎる！ というお小言を頂いているのでお互い様だ。

王宮側に用意してもらった茶器で丁寧に淹《い》れた薬草茶の香りは、ほんのりと甘く、それでいて爽やかなもの。ティーカップに注いで、姫様と朝日夏嬢の前に焼き菓子を添えて差し出すと、二人の顔がほころんだ。まさに美しい花のつぼみがほころぶ瞬間を目《ま》の当たりにしたような気分である。

「いい匂い……。わ、おいしい」

「こういう茶葉に関しては、エギエディルズのことを素直に褒めるにやぶさかではないわね」

朝日夏嬢がうっとりと目を細め、姫様がしみじみと呟く。私も椅子に座り直してさっそく自分の分の薬草茶を頂いた。うん、我ながら上出来である。

「あたくしが言ってもちっとも聞かないくせに、フィリミナを介してならあっさり茶葉を寄越すのだから、本当に腹立たしい男だこと」

「……そういえば、私とお兄ちゃんがフィリミナさん達のお屋敷で過ごしてた時も、フィリミナさんがいる時しか、こういう薬草茶、出てこなかったっけ」

その辺についてはどうなのか、という意味合いを込めた視線が二つ、私にまっすぐに向けられる。ぐさぐさっと突き刺さるその視線が痛い。

お恥ずかしながら、仰る通りである。あの男が独自の調合で作る薬草茶は、どうも、すべてが基本的に私のためにあるらしいのだ。

結婚前、つまりは婚約時代——私にとっては氷河期のようにすら思えるあの時代から、あの男はいつもわざわざお手製の薬草茶を私の実家であるアディナ家に持参してくれていた。当時はそれが当たり前だと思っていたのだけれど、実はそうではないと知ったのはいつだったか。

皮肉や嫌味とともに渡される薬草茶が、私のために特別に調合されたものであると知った時には、心底驚いたものである。そして驚きとともに、あの男があの男なりに私に気を配ってくれていることが解って、どうにもこうにも嬉しくて仕方がなかった。たとえ気のない婚約者に対する気休めであったとしても、それでも嬉しかったものだ。

まあ実際は『気がない』という訳ではなかったのだろう。当時ちっとも素直になれなかったあの男は、あの男なりに懸命に私の気を引こうと必死になってくれていたらしい。あの時は気付けなかったその事実を、今となっては理解しているつもりである。

そういう経緯を経《へ》て、あの男が調合する薬草茶は、私にとってはやはり改めて当たり前のものとなり、他の人々にとっては大層貴重なものとなったのである。我が家においても、一部の例外を除いては、私かあの男本人しか、この薬草茶に手を出すことは許されていないのだ。

「本当、エギエディルズさんって、フィリミナさんのこと好きだよねぇ……」
「何せ初恋をこじらせにこじらせまくった男だもの。フィリミナ、よく付き合っていられるわね」
「い、いいえ。その、初恋をこじらせているのはわたくしも似たようなものですから」
「えっ！　エギエディルズさんはともかく、フィリミナさんまでエギエディルズさんが初恋なの⁉」
私がかつて『私』であったことを知っている朝日夏嬢にとっては、私の初恋云々《うんぬん》アレソレドレミがあの男に帰結することが意外であったらしい。青の混じる焦《こ》げ茶色の瞳をまんまるにしている彼女に、私は顔を赤くしながら小さく縮こまって頷いた。

お恥ずかしながら、前世においても今世においても、色恋沙汰とはとんと縁遠い人生を送っていた自覚はある。前世においては誰に何を言われてもどうにもピンと来なかったし、今世においては、ランセントのお義父様が一応初恋かも、と思ったことはあるが、今となってはあれはただの憧れであったことがよく解る。

「ええと、その、まあなんと申しますか、結局、わたくしにとってはエディが最初で最後の殿方なのだと思います。だからこそエディにとっても、わたくしが最初で最後の女であれたら、とても嬉しいのですけれど……」

〝最初で最後〟なんてとんだ贅沢《ぜいたく》を言っている自覚はあるけれど、それでも、と思ってしまうのだ。どうか、私だけを見ていてほしい。そう願うのは女としての意地と矜持《きょうじ》がごちゃまぜになった末のわがままか。私だってあなたしか見えていないのだからと言うのは、理不尽だろうか。

きっとあの男は、小さく笑って「当たり前だ」……いいや、「今更だ」とでも言ってくれるのだろうけれど。付き合いが長いのだからそれくらい考えるまでもない。こうして改めて想像すると思わず笑みがこぼれてしまう。

　そんな私に、呆《あき》れたような視線が二対、またしても突き刺さる。

「心配しなくても、あの男はそれこそ最初から最後まで貴女のことしか見えちゃいなくてよ。わき目を振っていたら、あっと言う間に貴女のことを誰かにさらわれてしまうって、気が気でない様子じゃない」

「でも、気が気でないのと同じくらい、フィリミナさんのことを信頼してるんだよね。フィリミナさんにちょっかい出してたお兄ちゃんのことなんて、これっぽっちも眼中にないって感じだったもん。いいなぁ」

「も、もうそろそろ、勘弁してくださいませ……！」

　自分で想像するだけならばともかく、他人から指摘されるとこんなにも恥ずかしいのか。初めて知った。ひゃーっと赤くなり熱くなる両頬を両手で押さえると、目の前の美少女二人は楽しそうにくすくすと笑った。

　年上の威厳なんて欠片《かけら》もない。くそう、悔しい。だからこそつい、訊《き》いてしまった。

「そう仰るお二人こそ、どうなのですか？　その、想う殿方とか……」

　いないのですか、と言おうとして、自分がとんでもない失言をしてしまったことに気付く。いくらなんでも気付くのが遅すぎる。なんて酷い質問を口にしてしまったのかと怒涛《どとう》の勢いで後悔が押し寄せてきた。

だって、姫様のお相手は、もう新藤千夜春少年であると決まっている。そして、朝日夏嬢は、この世界に来たばかりで、想う相手がすぐに見つかるとは思えない。なんなら、もしかしたら日本に恋人を残してきている可能性だってある。

そんな二人に、このタイミングで、想う人と結ばれることが叶《かな》った私が、「どうなのですか？」なんて、酷い以外の何物でもない質問だろう。

皆まで言い切ることができずに尻すぼみになったものの、何を問おうとしたのか、その内容ははっきりと伝わる質問だ。自分のデリカシーのなさが情けなさすぎて、そのまま口をつぐみたくなるけれど、それよりも先にお詫《わ》びするべきであるに違いない。

「申し訳ありません、姫様。ごめんなさい、朝日夏さん。わたくし、出すぎたことを申しました」

深く頭を下げる。どんな怒りの言葉も受け入れる所存である。けれど、続いた姫様の反応も、朝日夏嬢の反応も、私の予想に反するものだった。

「顔を上げなさいな、フィリミナ」

「そっそうだよフィリミナさん！　謝ることじゃないから！」

「でも」

「でもも何もないの。ね、姫様」

「ええ。気にしないでくれる方が嬉しいわ」

思いの外あっさりとした反応に、恐る恐る顔を上げる。そんな私に対して、朝日夏嬢はからからと千夜春少年によく似たあっけらかんとした笑い声を上げ、姫様はすまし顔で薬草茶を口に運ばれる。

どちらもびっくりするほどいつも通りの様子である。あ、あれ？　と戸惑う私に、笑いながら朝日夏嬢がひらりと手を振った。

「だって私、別に日本に好きな人とか彼氏がいた訳でもないし。告白されることは多かったけど、どいつもこいつも私の顔しか見ていないのが見え見えで、ぜんぜんときめかなかったなぁ」

「そ、そうなの」

「うん。だから、どうせならこの世界で、今度こそ素敵な人と出会いたいな。フィリミナさんとエギエディルズさんみたいに、とまでは流石に言えないけど……あ、でも」

「はい？」

「放課後デート、とかは、してみたかったな」

もう無理だけど、と、はにかみつつもどこか寂しさをにじませてそう続ける朝日夏嬢に、ぎゅっと胸が詰まる。朝日夏さん、と思わず呼びかけると、彼女はすぐに表情を明るくさせて「とにかくこっちでいい男をゲットするために、まずは勉強を頑張る！」と意気込んでくれた。

年頃の少女らしく頰を薄紅に染めて、恥ずかしそうに笑う朝日夏嬢の姿に、どうしようもなくほっとしてしまう。

そうか。そういうことなら、それでよし、とさせてもらってもいいだろうか。どんな角度から見てもちっとも見本にならない私とあの男のように、とは口が裂けても言えないが、朝日夏嬢の胸をときめかすことができるような存在が現れてくれることを心から祈ろう。

なんなら、私が、各方面に声をかけて精鋭を選抜しても……いやいや、それはまだ気が早すぎるか。

ついつい朝日夏嬢に対しては、必要以上に世話を焼きたくなっていけないな、と反省しつつ、今度はそっと姫様の方を窺《うかが》う。

姫様は、手に持ったティーカップの水面を、じぃと見下ろしたまま微動だにしていらっしゃらない。やはり私の発言でそのお心を傷付けてしまったのかと後悔する私の視線に、彼女はすぐに気付いてくださった。それまでの無表情から一転して、いつもと同じ優美な笑みを浮かべて、紅の刷《は》かれた唇を開く。

「あたくしは、ただ、女神のご采配に従うだけだもの。心配は無用だわ」

にっこりと笑って言い切る姫様のお姿を見ていたら、何故か……いいや、何故かも何もなく、必然として脳裏に、砂色の髪と、若草色とオパール色という異なる色彩の双眸《そうぼう》を持つ青年——ハインリヒ・ヤド・ルーベルツ青年の姿が浮かんだ。

先達《せんだつ》て王宮にて開かれた夜会において、初めて千夜春少年が未来の王配殿下として表舞台に立ったあの夜。ただ姫様のお姿を見つめながら、その瞳に熱く切ない光を宿していた彼のことが思い出されてならない。

「姫様」

「何かしら」

「その、ハインリヒ、様、は」

「どうしてあの男の名前がここに出てくるのかしら？」

心底不思議そうに——そう、わざとだと私にすら解るくらいにこれ見よがしに不思議そうに、姫様は愛らしく小首を傾げた。その反応を見せつけられたら、もうこれ以上何も言えなくなってしまう。

「いいえ、何でも。失礼いたしました」

聞くな、言うな。そう言外に言われていることが解らないほど、流石に私も鈍《にぶ》くはない。だからこそ気付かないふりをして、私はあの青年の想いを知りながら、何も知らないふりをして笑みを浮かべてみせた。姫様も微笑む。

こんな風に姫様と上っ面だけで笑い合うなんて初めてだ。私と姫様にこんなやりとりをさせるなんて、ハインリヒ青年に対して元々低かった好感度がますます低くなるのを感じた。あの野郎。許すまじ。先達ての夜会で約束した二人きりの酒盛りが実現したら、めいっぱい責め立ててみせる。そう内心で決意する。

私と姫様のやりとりに、ハインリヒ青年のことを知らずとも、なんとなく思うところを感じ取ったらしい朝日夏嬢も、口をつぐんでしまった。そのままこの東屋に、なんとも言いがたい沈黙が横たわる。

気まずい空気に居心地が悪くなってきた。いけないいけない、せっかくの楽しい女子会が、あのハインリヒ青年のために台無しになるなんてもってのほかだ。私から彼の話題を振っておいて何だけれど、ここは一つ、新たなる話題を——と、私が口を開こうとした、その時だった。

「ねえ」

朝日夏嬢が、何やら大層面白くなさそうな表情を浮かべながら口火を切った。私と姫様が揃って朝日夏嬢を見つめると、彼女はしばらく何かを言いあぐねるかのように視線をさまよわせた後で、「あのさぁ、ちょっと聞きたいんだけど」とようやく決意を込めた目で続ける。

「この国の人って、みーんないちいち『女神サマ』だけど、全部が全部、そうやって女神サマ任せなわけ？」

その言葉に息を呑《の》んだのは、私だったのか。姫様だったのか。

おそらくは両方だった。同時に息を呑んで、それからお互いに目を丸くしあってから、朝日夏嬢を凝視《ぎょうし》する。

私達二人分の視線をまとめて一気に浴びることになった朝日夏嬢は、「な、なによ」とたじろいでいる様子である。慌《あわ》ててなんとか表情を取り繕《つくろ》って、「ごめんなさいね」と言いつつ、薬草茶を口に運んだものの、頭からは先程の朝日夏嬢の言葉が離れなかった。

——全部、女神任せ。

思ってもみなかった。だってそれは、『そういうもの』だとすっかり思い込んでいたからだ。指摘されて初めて気付いたその事実は、驚くほどの衝撃を私にもたらした。お世辞にも信心深いとは言いがたい私がそうなのだから、と、姫様の方を窺うと、彼女は元々白磁のように白い肌を、もっと白くさせていた。

「姫様」

思わず呼びかけると、姫様は、は、と短い息を吐き出して、いつも通りの余裕に満ちた、優美な笑みを浮かべた。

「ええ、そうね。そういうものよ。女神の愛し子、巫女《みこ》として、そうやってあたくしは生きてきたのだもの」

「……ふぅん」

姫様の言葉は、朝日夏嬢に聞かせるというよりは、まるで自分自身に言い聞かせているもののように聞こえてきた。私ばかりではなく、朝日夏嬢もまた、そう思ったらしかったけれど、頷き以上の言葉は何も言わずに、私が持参した焼き菓子を口に運んだ。そして私もまた、同じようにいつも通りを装って、気付けば空になっていた姫様のティーカップに薬草茶を注ぐ。

ありがとう、と微笑みかけてくださるその笑顔がどこかぎこちないことにはもちろん気付いていたけれど、結局私は、何の言葉もかけることができずに、微笑み返すことしかできなかった。

——そもそも、『女神』って、なんなのだろう。

そんな疑問が頭をよぎる。私達を導き守ってくださるのだという存在への疑問は、思いの外重く大きく、胸にのしかかった。

3

思えば、私が個人として女神に対して何かを祈ったり願ったりすることなど、ほとんどなかったように思う。

あの男が魔王討伐の旅に出た時ばかりは毎日祈りを捧《ささ》げたものだが、あれは『女神』にというよりも、自分ではない『誰か』あるいは『何か』にすがりたくてやっていたことだった。エリオットとエルフェシアに姫様から祝福を授けていただいた時だって、『女神』に対してと言うよりも、『姫様』というお方に感謝の祈りを捧げたような気がする。

この私、フィリミナ・フォン・ランセントの前身――すなわち、『前』の『私』が、日本国の一般人であった影響なのか、守護神である女神に対する信仰心が篤《あつ》い我が国の中でも、比較的珍しいくらいに私は『女神』に対する信仰心というものが薄いのである。食事前の祈りの言葉すら、『前』の『私』にとっての「いただきます」という挨拶程度のものにすぎない。

だからこそなのか。今はだいぶ慣れたけれど、幼い頃は特に、周囲が『女神様』という存在に対して当たり前のように敬意を払い、尊ぶ風潮を見るたびに、なんとも言えない、不思議な居心地の悪さを覚えてしまったものだ。

うーん、日本が多神教であらゆる宗教でごった返していた国だったからだろうか。そのくせ、女神からの神託だのなんだのには「そういうものなのか」と納得していて……うん、考えれば考えるほどちぐはぐだ。

そういえば隣国に住まう、あの男の異母弟であるリュシアス少年が誘拐された時に至っては、私は女神像を鈍器扱いしたのだったか。そんな私が今更信仰心云々《うんぬん》なんて言える訳がない。我ながらだいぶ酷《ひど》いものである。

それでも神託に従って千夜春《ちよはる》少年を姫様のお相手として認めつつあるのだから、やっぱりちぐはぐに感じられてならない。

うーん、と首をひねりつつ、本日の夕食である春野菜のクリームシチューをお玉でかき混ぜる。

元々煮込み料理が好きであり得意だからか、我が家のメニューはそういう系統のものが多かったけれど、エリオットとエルフェシアが離乳食になって以来、余計にその傾向は強くなった。エリオットもエルフェシアも、私達大人が食べるものと同じものを食べたがるのだ。

流石《さすが》に一歳児と大人が同じものを食べることはできないから、せめて見た目だけでも、という訳で、私が作るメニューはとろとろに煮込んだシチューばかりになっている。

もちろんそれだけではあの男や育ち盛りのエストレージャのお腹が満たされる訳がないから、他にメインとなる肉料理や魚料理も作っているけれど、改めて文句一つ言わずに毎日完食してくれる二人には感謝せずにはいられない。

我ながら本当に恵まれているなぁと思っていると、ふわぁ、と、あくびが込み上げてきた。人目がないのをいいことに、思い切り大口を開けてしまう。

目尻に浮かんだ涙をぬぐいつつ溜息《ためいき》を吐く。もうすぐ毎年恒例の大祭を控えた春のはじまりだからこその眠気なのか。それとも、最近の夢見がなんとも心地よすぎるものだからなのか。

夜毎、夢を見るのだ。

相変わらずというかなんというか、『前』の『私』の世界の夢である。

夢の中で『私』は、いつだって生き生きと『前』の世界での生活を……そう、まさに〝謳歌《おうか》〟と言っても過言ではないくらいに満喫している。

今日見た夢は、ことさらクリアな夢だった。『私』の母親が、「あんた好きでしょ。ついでに作り方覚えて、これで素敵な彼氏をゲットしなさい！」と肉じゃがを作ってくれた。

今時肉じゃがで？　と呆《あき》れを通り越して爆笑する私に、母は「なんだかんだで男は定番に弱いのよ」と胸を張っていた。いや定番ならカレーとかハンバーグとか、と反論したら「じゃあ食べなくてもいいわ」と肉じゃがを引っ込められそうになり、慌《あわ》てて「いただきます！」とがっついたものだ。

懐《なつ》かしい味にごはんのおかわりまでする私に、母は「ほら見なさい」と得意げに笑っていた。

――ひったくりなんて災難だったけど、怪我《けが》だけで済んでよかったわね。

しみじみと、安堵《あんど》をにじませて呟《つぶや》く母に、「悪運だけは強いから」と笑い返す『私』。

そんな夢だった。

あまりにもリアルで、これこそが本当の記憶なのかと勘違いしてしまいそうになった。私の知らない記憶が綴《つづ》られる夢……なんて言うのは言いすぎだし考えすぎだろう。新藤《しんどう》兄妹と出会ったことで、私の中の『私』が反応し、呼び起こされている気すらしてきた。『彼女』は――『私』は、もう私の中に溶けてしまったはずなのに。

それにしても不思議な夢ばかりだなぁと改めて思いつつ、煮込み中のシチューを小皿に取り分けて味見する。んん、ちょっと薄いか。塩ではなく香辛料を加えることで調整し、もう一度味見。やっぱり塩味が欲しい。心もち多めに塩を振って、今度こそ完成だ。よし、これでばっちりだろう。

あとは幼い王子様とお姫様のためのディナー、もとい離乳食である。見た目だけは大人用のシチューにそっくりな煮込み料理だ。味がいつもよりも随分と薄い気がしたから、こちらも多めに塩を加える。これでこちらも完成である。

ワゴンに乗せて食卓へと運ぶと、いい匂いに誘われたのか、自然と家族全員が集まってくる。

「エディ、エージャ。エリオット達のお相手をありがとうございます。エリオット、エルフェシア、お夕食にしましょうね」

「あい！」

「あーい！」

元気よく手を挙げてお返事をしてくれる双子に、私を含めた大人達は揃《そろ》って笑み崩れる。エリオットを男が、エルフェシアをエストレージャが、それぞれ子供用の椅子に座らせて、自分達も続いていつもの席に着く。

「にいしゃまたちとおんなじごはんね！」

自らの前の離乳食と、隣のエストレージャのシチューを見比べて、エルフェシアが満足げに頷《うなず》いた。エリオットもまた、にこにこと嬉《うれ》しそうに「エリーがね、自分でたべるんだよ！」なんて息巻いている。うーん、かわいい。

ついつい隣のエリオットの頭を撫《な》でると、ぐりぐりと擦《す》り寄ってくるのがもっとかわいい。そんな兄の姿を見て、エルフェシアが「にいしゃま、エルも！」とぐいっと隣のエストレージャに向かって頭を突き出す。ぷっと噴き出しながら、「解《わか》っているよ、お姫様」などと言ってその蜂蜜色の頭を撫でる。

「ほら、お前達。早く食べないと、せっかくのお母様のご飯が冷めてしまうぞ」

かつての、仮面かはたまた人形か、と周囲に言わしめた無表情と比べると、まあ比べるのが馬鹿馬鹿しくなるくらいに柔らかく美しい微笑を浮かべて、男が穏やかに子供達に食事を促《うなが》した。大好きなお父様の言葉に、「はぁい！」とまた笑顔で頷いて姿勢を正すエリオットとエルフェシアの頭を、名《な》残惜《ごりお》しく思いつつ最後に一撫でして、私達もまたようやく食卓に向き直る。

「いと高きところにあらせられる女神の恩恵に感謝を」

示し合わせたように両手を組むと、それを真似て双子も小さなおててをぱちん！　と合わせた。

「感謝を」

「感謝を」

「ありがとうごじゃいます」

「ありがとうございましゅ」

男の聖句に続いて、私、エストレージャも祈りを捧げ、エリオットとエルフェシアも一丁前に粛々《しゅくしゅく》と感謝の意を述べる。

いつもと変わらない当たり前の光景なのに、何故か今日に限って座りの悪さを覚えるのは、『女神』という存在に対してなんとも言えない、どう表現していいのか解らない、疑問というか、違和感というか、とにかくそういうもやっとしたものを感じ始めているからなのかもしれない。

まあいい。何はともあれ、まずは自分の食事の前に子供達の食事だ。

「エージャ、エルの分をお願いね。まだ熱いだろうから、ふーふーしてからあげてくれるかしら」

「解ってる。母さんはエリーを頼む」

「ええ」

「エル、ちゃんと自分でたべれるのよ？」

「エリーもだよ？」

「そうね、もちろん解っているわ。それじゃあお母様とお兄様に、そのお手伝いをさせてちょうだいね」

二人の主張はかわいらしいけれど、まだまだ一人でスプーンやフォークを持たせるには危なっかしいのだ。確かに本人達の言う通り、多少は自分で食べられるものの、自分の口に運ぶ量と同じくらいの量をこぼしているのだから、当分私や男、そしてエストレージャの助けは必要だろう。大変だけれど楽しいお手伝いだ。いつまでお手伝いさせてくれるかな、と、いずれ来たる未来がとても楽しみだ。同時に、ちょっぴり寂しくもある。

これも母ゆえの葛藤か、と内心で苦笑しながら、離乳食をエリオットの口へと運ぶ。

ご機嫌な様子で、ぱくっと元気よく食べてくれる我が子の、なんてかわいらしいことか。もちろんエルフェシアにいつまで経《た》っても神妙な様子であーんしてあげているエストレージャもかわいいし、大好きなお兄様に食べさせてもらってこれまたご機嫌のエルフェシアもかわいい。そんな子供達の様子を、自分の分を食べるのも忘れて微笑《ほほえ》みとともに見つめている我が夫もまたまたかわいい。かわいいが大渋滞を起こしている。

ふふ、と思わず笑みをこぼした、その時だった。

「んむっ!?」

「うえええっ？」

一口離乳食を食べた途端、それまでご機嫌だった双子の表情が、ぐぬっと歪《ゆが》んだ。そのままべれれれれれと離乳食を吐き出してしまう二人に、ぎょっと目を見開く。

「あらあら大変！　どうしたの二人とも？」

「んん〜〜」

エリオットの口周りを布巾でぬぐってあげると、「おかあしゃまぁ」と今にも泣き出しそうな顔と情けない声が返ってくる。エストレージャに顔を拭われているエルフェシアは、エリオットとは対照的に、むっすりと不機嫌なお顔で、「やだぁ！」と、既《すで》に空っぽになった口から、更に何度もぺっぺっと唾を吐き出している。

お行儀が悪いわよ、なんて言える雰囲気ではない。一体どうしたというのか。確かに、少し前までは、気に入らない味だとエリオットもエルフェシアもこうして吐き出してしまっていたものだけれど、最近はそういう傾向はなくなってきていたし、それに今日のメニューは二人のお気に入りの味付けのはずだ。

それなのに、と戸惑う私をよそに、おもむろにエストレージャが、エルフェシアの顔を拭った時に離乳食がついてしまった親指をぺろりと舐《な》めた。

「エージャ？」

「……ええと、その」

何故そんなにも気まずそうな顔をするのだろう。助けを求めて男の方を見遣《みや》れば、男もまた、珍しく戸惑いの表情を浮かべていた。

そして男は、手を伸ばしてエリオットの皿を自らの元に引き寄せ、一口すくって口に運ぶ。次の瞬間、白皙《はくせき》の美貌が凍り付いた。

「エ、エディ？」

どうなさいまして？　と問いかけるよりも先に、男は続いて、今度は自らの皿のシチューを口に運ぶ。凍り付いていた美貌が、今度はなんとも難しい表情になった。

「エディ、エージャ？　エルも、エリーも、皆、どうなさったの？」

どうしてこうも皆、揃いも揃っておかしな顔で固まっているのだろう。首を傾《かし》げてみせると、とうとうこの沈黙に一番に耐え切れなくなったらしいエストレージャが、「言いにくいんだけど」と前置いてから口を開いた。

「えっと、その、ごめん。母さん、この離乳食、ものすごく辛い」

「え？」

本人の自己申告通り、非常に言いにくそうに言われたその言葉に、私は目を瞬《またた》かせた。

いやいや、そんなはずはない。離乳食は薄味仕様である。確かに今日はいつも以上に薄く感じられたから、少し多めに塩を入れたけれど、それでも大人にとっては薄味であるはずだ。

だからこそ、「そんなまさか」と笑い飛ばそうとしたのだけれど、私がそう言うよりも先に、エリオットとエルフェシアが憤然と声を上げた。

「おいしくない！」

「からーいの！」

「え、ええ……？」

いやいや、そんなはずはない。いつも通りの材料だ。確かにいつもより塩分は高いかもしれないけれど、味見をしたらちょうどよかったのだから、間違いはない。間違いはない、はず、なのに。

それなのにどうしてエリオットもエルフェシアも涙目になっているのだろう。

一生懸命お水を飲む双子を見守るエストレージャは本当に困った顔をしているし、我が夫に至っては、大変難しい御顔をなさっていらっしゃる。

「あの、エディ……」

「言葉にするよりも早い。食べてみろ」

目の前のシチューをすくい、男がスプーンを差し出してくる。いわゆる『あーん』をしてくれる体勢になっている男に、え、と思わず固まった。

私が男に「あーん」することは、大変不思議なことに多々あるのだが、こんな風に男の方から私に「あーん」してくれることなんてなかなかない。子供達の前で何をしますの、と反論したくても、男の難しい……いいや、厳しい表情に、逆らいがたいものを感じて、私は大人しく身を乗り出して、「あーん」してもらった。

先程味見した時よりも、更に随分と味が薄くなってしまっているような気がする。この短時間で野菜から水分が出たのだろうか。いやそんなまさか。とはいえ、味が薄くとも、これはこれで普通においしいシチューである。それなのに周りのこの反応は本当に何なのだろうと首を傾げずにはいられない。

　頭の上に思い切りいくつも疑問符を飛ばす私に、男はやはり厳しい表情で続けた。

「ありえないくらい塩辛いし、香辛料がききすぎだ。本当に解らないのか？」

　え、それは嫌味なんですか。

　思わず聞き返したくなったけれど、そう断じるには男の表情も、その朝焼け色の瞳に宿る光も、あまりにも真剣なものだから、何も言えなくなってしまう。

　かろうじて頷きを返すと、子供達が「おかあしゃま？」「母さん？」と不安そうな顔になる。手近なところにいるエリオットの頭を撫でつつ、改めて私はもう一度頷く。

「いつも通りのお味だと思うのですが……ああ、でも、少し……いいえ、むしろいつもよりも薄めのお味な気がします」

　そう答えた途端、男がスプーンを皿に戻して立ち上がった。その表情は、依然厳しいものである。

「エディ？」

「作ってもらっておいて悪いが、とりあえず子供達は、フィリミナが作ってくれたものは食べるな。今夜の食事は俺が作る。すぐに用意するから少し待っていろ。フィリミナ、エージャ。エリーとエルの相手をしてやってくれ」

「え、あ……」

　呼び止める間もなく、男はそのまま炊事場へと消えていった。残されたのは呆然《ぼうぜん》と固まる私と、相変わらず困り果てた様子の長男坊、そしてご飯をお預けになってご不満な我が家の怪獣二人である。

「おかあしゃまぁ、いちゅものごはんは？」

「おかあしゃまのいちゅものごはんがいいのよ！」

「え、ええ。そうね、そう、よね……」

エリオットとエルフェシアの愛らしい訴えはとても嬉しいのだけれど、その『いつも通り』の食事を作ったつもりでいる私としてはどう答えていいものか解らない。

一応確認のために、エリオットの離乳食と、自分の分のシチューを一口ずつ食べてみる。「あ」と何故か驚きに固まるエストレージャをよそに、もぐもぐとしっかり味わってから、私はまたしても首を傾げた。

「いつも通り……というよりは、やっぱり薄味よね？」

「ごめん、それはちょっと同意できない」

「あのね、からいからね、エリーもエルもたべれないの」

「そうなのよ。からーいのよ。おいしくないの」

「…………」

三人がかりで思い切り否定されてしまった。エルフェシアに至っては手厳しく『おいしくない』判定を頂いてしまった。これはいよいよ私の舌がおかしくなったということか。

エストレージャがさも心配を絵に描いたような表情を浮かべて、「もしかして体調が悪いのか？風邪でも引いたのかな」なんておろおろし始める。真面目《まじめ》で心配性な長男坊にそんな顔をさせているのが申し訳ない。

この子の言う通り、風邪の引き始めなのかもしれない。ほら、風邪を引くと味覚が変わると昔から言うではないか。今の私の状態はあれなのではなかろうか。

だとしたら今日は早めに就寝しなくては、と考えつつ、「おなかすいた」「ぺこぺこなのよ」と空腹を訴えてくる双子の相手をし続けて、しばらく。

ようやく我が夫が、ほかほかと湯気をのぼらせる食事をワゴンに乗せて、食卓に戻ってきた。

「待たせたな。できたぞ」

目の前に出された、新じゃがいもとアスパラガスのココットに、エリオットとエルフェシアが歓声を上げた。続いて私とエストレージャの席に並べられたのは、カリフラワーと白身魚のグリルだ。

レモンの香りが爽やかに鼻孔《びこう》をくすぐり、ニンニクの匂いは食欲をそそる。振りかけられているカリカリのパン粉が香ばしい匂いがまた心憎い演出をほどこす、いかにもおいしそうな逸品である。

「エージャ、先に食べていろ。お前も腹が減っただろう」

エルフェシアを膝の上に抱き上げて、男はエストレージャに促した。自分がエルフェシアに食べさせるから、ということらしい。遠慮がちに「でも」と私の方を窺《うかが》った長男坊は、私が「エルとエリーはエディとわたくしに任せなさいな」と笑いかけると、ほっとしたようにナイフとフォークを手に取った。なんだかんだ言いつつ、当たり前だがこの子もお腹が空いていたようだ。一口食べた瞬間、凛々《りり》しい顔立ちがとろけそうに緩む。よっぽどおいしいらしい。

そして私はまたエリオットに、そして男は膝の上のエルフェシアに、それぞれココットを食べさせる。先程までのご機嫌斜めぶりが嘘《うそ》のように、もっともっととぱくぱく食べる姿はやはりこれ以上なく愛らしい。愛らしいのだけれど、だけれども、しかしだ。

これでもその辺の主婦の皆様と同じくらいには、前世、今世合わせての杵柄《きねづか》により、それなりには自信があるこの私。特に料理についてはそれなりどころではない程度には皆様に「おいしい」と言ってもらえてきただけに、子供達のこの反応はなかなか……いや、正直に言ってかなりショックである。

いくら男が多方面においてほぼほぼ万能であり、もちろん料理についてもとびきりお上手であると言っても、ここまで食べてもらった時の反応に落差があると、流石の私も落ち込んでしまう。

「おかあしゃま?」

「あ、ああ、ごめんなさいね、エリー。はい、もう一口」

「あーん」

つい肩を落として溜息を吐きそうになってしまった。けれど突然スプーンを運ぶのをやめた私の隣で不思議そうにするエリオットの手前、そんなことができるはずもない。再びその小さなお口にじゃがいもを運ぶ。幼い息子は、ある程度食べ終えたところで満足できたらしく、ふんふんと楽しそうに歌い始めた。その丸い頭を撫でてから、そうしてようやく私も、男が作ってくれた食事に向き直る。

返す返すも見るからにおいしそうである。匂いも見た目も完璧だ。悔しいことに。

それでもそういう悔しさよりも、久々に男の手料理が食べられることが嬉しくてならない。自分の手料理が嫌いという訳ではないけれど、やっぱり誰かが自分のために作ってくれる料理は格別だ。それが、私が想う相手が作ってくれたものであるならば、なおさらである。

エリオットと一緒になって鼻歌を歌い出してしまいそうな自分を自制しながら、いそいそとナイフとフォークを手に取った。さて、いただきます。

ナイフを突き刺すと、さく、とパン粉が軽い音を立てた。くっ！　音までおいしそうなんてずるい。

そのまま一口大にナイフで切り分けた白身魚を口へと運ぶ。

「……？」

おや？　おやおやおやおや？

またしても首を傾げそうになったところをこらえて、二口目。今度はカリフラワーを口に運ぶ。パン粉のサクサク感、カリフラワーのふわふわ感。口の中から広がる、レモンとニンニク、それからタイムの香り。どれもこれもとてもおいしいはずなのに。何故だろう。

「あの、エディ」

「なんだ」

「その、お味が薄くありませんか？　というか、もしかして調味料をお忘れに？」

この男に限ってまさかそんな初歩的な失敗をするとは到底思えないのだが、それにしてもこの味は薄すぎる。いいや、薄すぎるどころではなく、完全に無味である。

無臭ではなく、匂いはとてもおいしそうだし、舌触り、歯ごたえは最高においしい。だからこそ余計に無味であることが際立ってしまい、一概においしいと言うことができなくなってしまう。

「食感を楽しめということでしたら解るのですけれど……あの、エディ？　エージャ？」

気付けば、男の表情は厳しいを通り越して険しいものとなっており、エストレージャも大層驚いたような顔である。

二人がかりで信じられないものを見るような目で見つめられ、その居心地の悪さに身じろぐと、ようやく男が私から視線を外し、エストレージャへとその視線を向けた。

「エストレージャ。そのグリルの感想は？」

短くも低い問いかけだ。ただ食事の感想を聞いているだけだというのに、やけに緊迫した雰囲気である。そんな言い方をしなくても、と思わず声をかけようとすると、それよりも先に、戸惑いを明らかに身にまとったエストレージャが、恐る恐るといった様子で口を開いた。

「その、ちょうどいい塩加減で、すごくおいしい」

「………………え？」

塩加減、なんて。そんなもの、私にはちっとも感じ取れないのに。

まさか私の分とエストレージャの分で味付けを変えたのだろうかという私の疑問は、しっかり伝わっていたらしく、男はやはり険しい表情で続ける。

「お前の食事は、味付けも材料も何もかも、エストレージャのものとまったく同じだ」

言われている台詞《せりふ》の意味が、一瞬よく解らなかった。遅れて追い付いてきた理解に促されて、目の前のグリルを見下ろす。

相変わらずいい匂いだ。けれどその味はない。私には、何も感じられなかった。それが本当におかしなことであるということにやっと気付かされ、知らず知らずの内に呆然とする。

「おかあしゃま？」

「だいじょぶ？」

大人達の雰囲気に何かを感じ取ったらしく、心配そうに双子が私のことをじっと見つめてくる。ああそうだ。この子達を、そして早速心配のあまり顔色を悪くしている長男坊を、これ以上不安にさせる訳にはいかない。私は、この子達の母親なのだから。

「お母様は大丈夫よ。ちょっぴり驚いてしまっただけだから安心してちょうだい。さ、ごはんの続きを食べましょうね。エージャもわたくしのことは気にせずお食べなさいな。エディ、エルの分はそのままお願いしますね」

努めていつも通りに笑いかけると、ほっとしたように双子は頷き、あーん、と口を開けた。私と男が目配せをし合ってからそれぞれに食べさせ始めると、エストレージャもなんとか安心できたらしく、再びナイフとフォークを動かし始める。

そうして、その日の夕食は、なんとか無事に終了した。表面上は平穏無事と言っても過言ではないだろう。問題はその後だ。

エリオットとエルフェシアをエストレージャに任せ、食卓にそのまま残った私は、男と二人きりになった途端、詰問《きつもん》される運びとなったのである。

「それで？　今度はどんな問題を起こした？」

「い、いきなりそれは酷くありません？」

「ならば言い方を変えよう。どんな無茶を？」

「ほとんど意味が変わっていないではありませんか……！」

酷い。あんまりだ。子供達にご飯をおいしくないと言われて傷心の妻になんてことを言うのだこの夫は。思わずきっと睨《にら》み付けると、それ以上に強い視線で睨み返される。

そのまま睨み合い続けることしばらく。先に諦《あきら》めたのは、珍しくも男の方だった。男は深々と溜息を吐いた後、「冗談に付き合えるだけの余裕はあるようだな」と呟いた。

あ、冗談だったのか。それならよかった……って、いやいや何もよくない。どれだけ信用がないのか私は。いや解るけれど。前科がありすぎるからこの男が言いたいことはよーく解るけれど。

それにしても言い方というものが、と文句の一つでも言おうとした唇を、男の指先がついと触れて、それ以上動けなくしてしまう。

虚をつかれて固まる私を見つめる朝焼け色の瞳は、確かな憂慮の光を宿していた。

「体調に異変はないか？」

唇を押さえられたままでは言葉が出せないので、その代わりにとにかくこくこくと何度も頷く。現状として体調は万全だ。エストレージャは風邪ではないかとも言っていたし、自分でも引き始めかな？　と思ってみたりもしたが、改めて思い返すに、そんな身体《からだ》の変調は感じ取れない。

自分で言うのも何だけれど、本当に、いつも通り。その一言に尽きるのである。唯一いつも通りでないのが、味覚であるという、ただそれだけだ。それとも、私が気付いていないだけで、エストレージャの言う通り、本当に風邪の引き始めなのだろうか。いやでもこんなにもいつも通りなのだから、一晩ぐっすり眠ればやっぱり大丈夫な気がしてならない。

他に何か思い当たるものはあるだろうか。最近の自分の生活を思い返してみても、それらしい点は思いつかない。

　言葉にせずとも私のそういう現状に関する所感は伝わったらしい。男は「まあ俺から見てもお前に異変は感じられないからな」と結論付け、ようやく私の唇から白い指先が離れていった。そのぬくもりをほんの少しだけ名残惜しく思いつつ、「あの」と口火を切る。

「本当になんでもないのです。ただ味が解らなくなっているだけで、とにかく何も……」

「ああ、解った。明日、白百合宮《しらゆりきゅう》のリンデバーグの元へ行くぞ」

「……」

　王宮仕えの医官が集《つど》う白百合宮に勤める、双子の出産の際にもお世話になり、現状として私と双子の主治医も務めてくださっている医官、ナトリーズ・リンデバーグ先生の名前を出され、私はつい閉口してしまった。

　いきなり普段から忙しくしているであろう彼女のお世話にならなくても、一日や二日くらい様子見すべきなのではないだろうか。

「エディ、わたくしは」

「大丈夫と言いたいのなら、その前に俺がこの唇でその唇を塞いでみせるぞ」

「………」

　とんでもなく美しい微笑みである。老若男女どころか人外の存在すらもが見惚《みと》れずにいられないその笑顔だけ見れば、「ご冗談を」と笑い飛ばせそうなものだが、その朝焼け色の瞳に宿る光は、冗談を言っているとは到底思えないものである。

賢くはなくとも愚かではないつもりでいる私は、沈黙を選んだ。我ながら賢明な判断である。

いくら自分では大丈夫だと思えども、それを立証する術《すべ》を一切持ち合わせていない私は、大人しく男の言うことを聞くしかないのだ。心配してくれている気持ちが嬉しくないと言ったら大嘘になってしまうし、もしも逆の立場だったら、私だって絶対に同じことをしていると思うから。だから。

そう自分に言い聞かせていると、男がおもむろに、パチン、と指を鳴らした。あら？と私が訝《いぶか》しげに首を傾げると、目の前の食卓に、ほかほかと湯気をくゆらせる大きめのお椀《わん》が一つ。綺麗《きれい》な緑色が混じるお粥《かゆ》だ。香草や薬草の、優しい匂いが鼻孔をくすぐる。

一体どうして、と視線で問いかけると、男が「結局、食べられずじまいだっただろう」と、既に冷めてしまった、食べかけの白身魚とカリフラワーのグリルを顎《あご》でしゃくった。子供達に食べさせることを優先させた結果、そのままになってしまった食事である。

「一応、風邪という疑惑もあるからな。胃腸に負担の少ないものを用意しておいた。味覚がおかしくなっているならば、こちらの方がグリルよりは食べやすいだろう」

「それは、お手間をおかけしまして」

今更ながらに申し訳なくなって目を伏せると、「気にするな」と頭を撫でられてしまった。

「……わたくし、子供ではありませんのよ」

エリオットやエルフェシア、そしてエストレージャでもないというのに、こんな風に子供のように甘やかされてしまうと、申し訳なさと、それから気恥ずかしさが募《つの》ってしまう。私のかぼそい抗議の声に、男は、「解っているさ」ともっともらしく頷いた。

「お前は俺の、唯一無二の妻だ」

　それ以外の何者でもないと断じられてしまっては、もう「ありがとうございます」としか言えなかった。他に何が言えたというのだろう。ああ、顔が熱い。恥ずかしいを通り越していっそ悔しくなってきた。

　もう、と一息吐いて気を取り直してから、早速お粥を口に運ぶ。相変わらず味はしないけれど、薬草と香草の優しい匂いと、ちょうどいい温度、柔らかな食感のおかげで、とてもおいしく感じられた。

「エディ、ありがとうございます。とてもおいし……って、何をなさってますの⁉」

　じんわりと心身に染み渡っていきつつあったお粥のぬくもりが、一気に吹き飛んだ。

　気付けば男が、とうの昔に冷め切った、私が作ったシチュー……つまり、とんでもなく辛いのだという失敗作を、口に運ぼうとしていたからだ。

　これで落ち着いて自分の食事ができる訳がない。慌ててシチュー皿を奪おうとしたのだが、その前にさっと男に持っていかれてしまう。

「エディ！」

「なんだ」

「なんだも何もありませんわ！　そ、そんな、そんな失敗作を……っ」

「お前にとっては失敗作ではないのだろう？」

「あなたや子供達がおいしいと言ってくださらないのならば、その時点で十分すぎるほど失敗作ですわ」

「ならばやはり失敗作ではないな。俺のためにお前の手で作られた食事が、まずい訳がない」

「っ！」

は、恥ずかしげもなく言い切りおったなこの男……！

あまりにも堂々と言われたものだから、「なるほどそれなら」とうっかり納得してしまいそうになる。けれど駄目だ。他ならぬこの男に、私にとっての〝失敗作〟を食べさせられるものか。

「わたくしは、あなたにいつだって一番おいしいものを食べてほしいのです！」

「お前が俺のために作ってくれる食事が、俺にとって一番うまい食事だ」

「塩分濃度が高い食事は身体に悪いのですよ!?」

「一日くらい平気だ。ああそうだ、子供達の分もちゃんと食べるから安心しろ」

「エディ、あなた、わたくしの話、聞いていらっしゃいます!?」

「聞いているからこそ答えているんだろうが」

「〜〜〜〜っ!!」

ああ言えばこう言う男である。自分の分のみならず子供達の分までなんて、どれだけ食べるつもりだこの男。

なんとかシチュー皿を奪おうと奮闘する私の手から決して届かないところにまで皿を持ち上げた男は、大真面目な顔で続けた。

「お前が俺達のために作ってくれたものをこの俺が残すなど、他の誰が許しても、他ならぬこの俺こそが許す訳がないだろう」

何を今更、とでも言いたげな様子である。想う相手にそこまで言われて、反論できる女がいるだろうか。答えは当然否だ。嬉しさと気恥ずかしさ、それから悔しさで胸がいっぱいになる。

私がようやくシチュー皿を奪うことを諦めたのを察知した男は、食卓の上に皿を戻し、今度こそシチューを食べ始めた。

「……残さず食べるのは、食べ物が女神様の恵みだから、ではありませんの？」

思わずそう問いかけると、男はスプーンを口に運ぶ手を止めないまま、小さく肩を竦《すく》めてみせた。

「当たり前だ、と言いたいところだが。俺にとってはお前こそが女神のようなものと言えなくもないから、ある意味では女神からの恵みだからこそだな」

「………………然様《さよう》ですか」

「ああ」

今度こそ言葉を失った挙句に、かろうじて頷くことしかできなかった私に対して、自らもまた頷きを一つ寄越した男は、そうして黙々と失敗作を食べ続け、最終的にすべてを綺麗に平らげてくれた。

失敗作をお腹いっぱい食べたことで、そうとは言わないながらも流石に気持ちが悪くなったらしく若干蒼褪《かんあおざ》めている男のために、私は消化にいいとされる薬草茶を淹《い》れることとなった。

そして二人きりで、静かにお茶を楽しんだ。薬草茶は、匂いははっきりわかるのだけれど、案の定味は何もしなかった。

それでも私は、いずれ治るものだろうと、事態をすっかり楽観視していたのである。この後のことなんて、ちっとも想像しないままに。

4

その翌日、私は男に連れられて、王宮の一角である白百合宮《しらゆりきゅう》を訪れる運びとなった。予想外にも味覚が戻ってはいなかったからだ。

朝食は子供達と一緒に食べたものの、匂いと食感だけおいしい、何かよく解《わか》らないものを食べる感覚には複雑な心境になったものである。その席で、男と共に白百合宮に行くことを子供達に伝え、双子はアディナ邸にてお留守番を、という話の流れになった、の、だが。

いやはや、エリオットとエルフェシアはともかく、まさか普通に王宮での業務があるはずのエストレージャまで白百合宮に来たがるとは思わなかった。

幼い双子が「エリーもいく！」「エルも!!」と泣きすがってくるのと一緒になって、「俺もリンデバーグ先生に久々に挨拶したいから……」なんて言い出した時には本当に三人ともかわいすぎてどうしようかと思った。心を鬼にして母と乳母《うば》に双子を預け、正《まさ》しく白百合宮の入り口ギリギリまでついてきたエストレージャを男と一緒になって「とにかく仕事に行きなさい」と追いやり、そうして私達夫婦はようやく、リンデバーグ先生の診察を受けることと相成ったのである。

基本的な問診と、簡単な診察を受けた後、続いて味覚における専門的な検査——甘味や塩味、酸味、苦味といった溶液の濃度をそれぞれ段階に分け、一つずつ舌に乗せて、どの濃度のどの味を感じ取ることができるのかという検査を受けた。

時間がかかりそうだから仕事に行ってほしいと男には頼んだのであるが、まあ案の定「リンデバーグはともかく、お前本人は検査結果をごまかしそうだからな」と断言されてしまった挙句に、検査の最中まで同席される羽目になってしまった。どこまで信用がないんだ私は。

そんなこんなで、一通りの診察を終えた私であったが、リンデバーグ先生から結果を教えていただく前から、何やら嫌な予感はしていた。隣の男の表情も厳しい。

「単刀直入に申しますと、ランセント夫人の味覚は、完全に失われているとみて間違いないでしょう」

難しい表情で告げられたその台詞《せりふ》に、驚くよりも先に、「やはりですか」と納得してしまった。なんとなく解っていた。先程受けた味覚検査で、どんな濃度のどんな味も、ちっとも、本当にまったく感じ取れなかったのだから、リンデバーグ先生の仰《おつしや》る結果は、十分予想の範疇《はんちゅう》内だったのだ。

そして男にとってもそれは同様であったらしく、「原因は？」と短く問いかけを口にする。リンデバーグ先生の表情が、困り果てたものへと変わった。

「前例がない症状なのです。味覚障害といえば、その原因は、必要な栄養素の不足、持病による影響、内服薬の副作用、加齢、もしくは心因性のものなどが挙げられます。ですが、ランセント夫人は、そのどれにも当てはまりません。味覚の異常以外に症状もないとなると……本当に、本当に申し訳ないのですが、少なくとも私の手には負いかねる症例となります」

こんなことは医官である自分が言っていいことではないのですが、と、やはり困り果てたように、そして心底悔しそうに、リンデバーグ先生は続けた。その表情を見ていると、これ以上無理を言うことなんてできやしないし、ましてや責めることなんてできやしない。

「ありがとうございます、リンデバーグ先生。とりあえず、他の身体的な異常がないことが解っただけでも儲《もう》けものですわ。この調子でしたら、もしかしたら夜にでも治っているかもしれな……」

「それ以上言ったら解っているな？」

「はい申し訳ありません！」

場の空気を和《なご》ませようとしただけなのに、底冷えする怒りの炎を宿した朝焼け色の瞳に睨《にら》み据えられ、私は両手を上げて反省の意を示した。子供達の前ですら恥ずかしいのに、リンデバーグ先生の前で口付けで黙らされるなんてとんでもない。勘弁してほしい。

私達のやりとりに、それまで患者である私以上に辛《つら》そうにしてくださっていたリンデバーグ先生の表情がようやく緩んだ。手元の処方箋《せん》にさらさらとサインを加え、私ではなく男に向かって差し出す。

「ひとまず、栄養素不足の可能性を考えて、それを補うための薬を処方させていただきます。気休めにしかなりませんが、もしかしたら、と。申し訳ありません、エギエディルズ様。何かあればランセント夫人を必ずお連れくださいませ」

「いや。世話になったな。それから、今後とも世話になる」

「ご随意に」

渦中の人物である患者は私であるはずなのに、このやりとりである。二人の信頼関係が窺《うかが》い知れるのは何よりであるが、いや、あの、私、そこまで信用がないんですか……？

そう無言で二人の顔を見比べていると、夫である男と主治医である女性は、示し合わせたようにこちらを見て、これまた示し合わせたように深く頷《うなず》いたのである。

な、何も言ってないのに!?　と衝撃を受けつつ、私はそのまま、男の転移魔法によってアディナ邸まで送られ、おばあさまとシュゼットにたっぷり遊んでもらってご満悦な双子を引き取ることとなったのだった。

なお、アディナ家の面々には、現状の私の異常について、まだ深く伝えてはいない。ちょっと調子が悪い、くらいの伝え方だ。

大事にしたくないし、心配をかけたくない。あと、私を猫かわいがりする父と、超ド級シスコンと名高い弟にバレると、まーた面倒臭そうだったからだ。母と乳母には多少詳《くわ》しく伝えてあるが、どちらも「あの二人には少し話しておくだけにしておくわね」「その方がよろしいかと」と言われている。ある意味とても信用がおける父と弟である。

そうして、何一つ現状が変わらないまま、一週間が経過した。リンデバーグ先生に処方していただいた薬を飲んでも、まあ何も変わらないままである。

それでも、今までの経験則のおかげで、食事を作ることに関して不自由を感じてはいない。いい匂いかそうでない匂いかだって解るのだから、相変わらず私は夫や子供達の分の食事を作る毎日だ。

男やエストレージャは、自分が代わりに、と言ってくれているけれど、これぱかりは譲れない。家族から「おいしい」という笑顔をもらえるのは、私の特権なのだから。

とは言え、自分の分についてはそうでもない。非常によくできた我が夫殿は、毎日私だけのために、薬草や香草をたっぷり使い、食感までばっちり重視した、栄養満点の食事を作ってくれるのである。あれこれ手を加えられたそれは、味を感じられない私にとってもとてもおいしく、むしろ役得なのでは？　とすら思えるくらいだ。実際についそう言ってしまって、「言っている場合か」と額を小突かれてしまったけれど。

男にもエストレージャにも心配をかけていることが申し訳ないし、エリオットとエルフェシアには私が自分達と違う食事を食べていることについて不思議そうにされているけれど、そういう点を除いたら、結局以前とそう変わりない毎日を過ごしていると言っていいだろう。この調子なら、やっぱりその内急に治るのでは？　なんて思えてしまう。

むしろ私にとって問題なのは、味覚についてよりも、夜毎見る夢の方だ。ぐっすり気持ちよく眠りに就いた後で、いつも私は、『私』の夢を見る。私が私になる前の……いいや、私にならなかった場合の『私』の夢だ。

『前』の世界で、やはり『私』は毎日を楽しく過ごしている。その心地よさは、正直筆舌に尽くしがたい。

そして、今夜もまた夢を見る。

再就職活動中にひったくりに遭《あ》って怪我《けが》を負った『私』は、その怪我から回復した後、幸いなことに新たなる就職先を見つけることができた。そのお祝いに、なんと両親から大きな花束を贈られたのだ。大きく真っ白な、とてもいい匂いの百合の花。

「こんな大きなカサブランカなんて」と驚きつつも喜ぶ私に、母は「早くこういうのを贈ってくれる男を見つけなさい」と笑い、父は「そう急がなくても」とむっすりとしていた。

そんな両親の対照的な反応が面白くて、新たな就職先で少しばかり親しくなった男性の先輩に、「こんなことがあったんですよ」なんて冗談混じりに話したことが前提。

その数日後、先輩が、「たまたま見つけたから」と、カサブランカの香りのルームフレグランスを贈ってくれたのだ。

男の人からそんなものを贈られるなんて初めてで、『私』は大いに照れつつも、ありがたく頂戴したのである。

そこで、目が覚めた。

いつも通りの、ランセント家別邸における、私と男の寝室の、ベッドの上だ。

見慣れた天井をしばらくじぃと見つめてから、えいやっと起きる。隣にはもう誰もいない。ぬくもりすら残っていない。この一週間というもの、私に朝食を作るためにわざわざ早起きしてくれている夫には、つくづく頭が上げられないいなぁと改めて思う。うーん、愛されているな、なんて、他人事のように思ってから、その恥ずかしさに枕を抱き締める。

って、そんなことをしている場合ではなかった。私も子供達と男の分の朝食を作らなくてはいけないのだから、のんびりしている訳にはいかない。

昨夜はエリオットもエルフェシアも、本人達の強い希望により、エストレージャの部屋でおねんねだ。今頃はまだ夢の中であろう双子のことは長男坊に任せて、手早く身支度を整えて、急ぎ足で炊事場へと向かう。

コトコトと鍋が煮立つ音が耳朶《じだ》を打ち、そっと扉の陰からそちらを覗《のぞ》き込むと、煮立つ鍋……中身は胃腸に優しい野菜たっぷりスープと思われるそれを前にして、男がちょうど味見をしているところだった。

うーん。何度見ても絵になる光景である。わざわざちゃんとつけているエプロンが、私がいつも使っている、シンプルながらもさりげなくフリルがあしらわれたかわいらしい品であったとしても絵になるのがおもしろ……いや、眼福だ。

どうやら目の前の鍋に集中しているようだし、ここは一つ驚かせてあげたい気持ちもあるけれど、いくら魔法石とはいえ、一応火を扱っているところにちょっかいを出すのははばかられる。

さてどうしようかな、とそのままじぃっと男の横顔を見つめていると、その美貌が急にこちらを向いた。

反射的にひえっと身体《からだ》を竦《すく》ませると、呆《あき》れ返った視線が寄越される。

「何をしているんだ」

「い、いえ、その……」

まさか見惚《みと》れ……いやいや、ただ見つめていただけなんです、なんて言える訳がない。ちょっといたずらを仕掛けたくて？　いやもっと言えない。

どうしたものかと視線をさまよわせる私を、しばらく見つめていた男は、やがてにやりと唇の端をつり上げた。

「惚れ直していたか？」

「はい」

「ほう」

「……え？　あっ！」

しまった、今のはなしだなし!!　と思ってももう遅い。

顔を赤くして慌《あわ》てる私を、男はくつくつと笑いながら手招いた。大人しく従うのは妙に悔しかったけれど、他にすることもないのでやはり大人しく男の隣まで近寄る。

鍋からくゆる湯気が、ふわりと鼻先をくすぐっていった。あら？　と、そこでようやく違和感を感じる。けれどその違和感が何なのかを掴《つか》むよりも先に、男がこめかみに口付けを落としてくる。

「エ、エディったら、もう！」

「悪かったな。それより、味見するか？」

「……ええ、ぜひ」

完全にごまかされる形になってしまったけれど、おいしいスープの前でいちいち腹を立てるのも馬鹿馬鹿しい。

男が小皿に取り分けてくれたスープを口に運ぼうとして、そうしてようやく私は、違和感の正体に気付く。

「どうした？」

スープを口に含む寸前で、ぴたりと動きを止めた私を訝《いぶか》しんだ男が首を傾《かし》げる。そんな仕草もまた絵になる男に、私は何の気も無しに笑いかけた。

「今日は薬草も香草も使われなかったのですね。食感重視ということかしら？」

何の香りも匂いもしないスープは、現状として味覚がない私にはただの白湯《さゆ》にしか感じられないに違いないから、つまるところこれは食感だ！　とドヤ顔になる私に対する、男の変化は劇的なものだった。その白磁の肌の色が、さっと蒼褪《あおざ》める。

らしくもない顔色に、今度は私の方が首を傾げることになった。

どうかしたのだろうか。そんなにも私はおかしなことを言ったのだろうか。

視線で問いかけると、男はハッと息を呑《の》んでから、「少し待っていろ」と足早に炊事場を出て行ってしまった。

そうして、あらあら？　とその場でどうすることもできずに立ち竦む私の元に、男はすぐに戻ってきた。その後ろに、エリオットとエルフェシアと一緒にまだ眠っていたはずの、エストレージャを伴って。

「まあ、エージャ。エディ、どうしたのですか？　エージャ達はまだ寝かせておいてあげればよろしいのに」

何せ子供達三人の食事の準備担当の私が、何にも手を付けられていないのだ。食事ができあがるまでは寝かせておいてあげてほしい。いつもお仕事で疲れている長男坊の眠りを妨げるのはよろしくない。

けれどそういう私の抗議を、男はいつぞやと同じ険しい表情で「今回はそれどころじゃない」と切って捨てた。取り付く島もないとはこのことだ。

驚きに目をぱちくりと瞬《またた》かせる私の元までエストレージャを呼び寄せた男は、そのまま彼に、未《いま》だことことと煮立つ鍋を覗き込ませた。

「どう思う？」

短い問いかけに、私よりもエストレージャの方が戸惑っているようだった。何故そんなことを聞かれているのか解らないと言いたげだ。

男が「感じたままを言え」と続けることで、ようやく「そんなことでいいのか」と合点がいったらしい長男坊は、「えっと」と鍋から視線を持ち上げて、男のことを見返した。

「どう思うも何も、すごくいい匂いで、おいしそうだと思うけど」

それがどうかしたのか。そう言いたげに長男坊もまた首を傾げる。男の視線が、私へと向けられた。

「だろうな。そういう風にそのスープは作ったのだから。フィリミナ、という訳だが？」

「え、ええ、と」

言葉が、出てこなかった。驚きすぎているせいなのか、それとも違う理由のせいなのかは解らない。

私の反応に、今度はエストレージャまでさっと蒼褪める。一瞬で事態を把握したらしい長男坊は、鈍い私よりもやはりよほど優秀である、なんて言っている場合ではない。

「わたくし、には、何の匂いも香りも、感じられません」

つまりはそういうことだった。

呆然《ぼうぜん》とそう呟《つぶや》く自分の声が、自分の物ではないようだった。男の顔がますます険しくなり、エストレージャの顔色もまたますます悪くなる。二人の緊張感を孕《はら》んだ視線に晒《さら》されて、ごくりと唾《つば》を飲み込んだ。

何の味も感じられないこの舌。だが、それでもその内、きっと味覚は取り戻せるものだとばかり思っていた。それがどうだ。今度は鼻……嗅覚まで失われたと、そういうことなのか。

嘘《うそ》でしょう、気のせいでしょう。そう言いたいのに、エストレージャが言う『いい匂い』の一切を感じられない私には何も言えなくて。

結局呆然とするばかりの私だったが、「そんな」と今にも泣き出しそうに声を震わせる長男坊の姿に、そうそうぼんやりもしていられなくなる。

「エージャ、落ち着いて。わたくしはだいじょ……」

「大丈夫な訳ないだろ！」

「っ！」

「っあ、ご、ごめ……」

思いの外大きい声で怒鳴られて、びくっと言葉に詰まると、エストレージャの顔はますます泣き出しそうに歪《ゆが》んだ。

そんな顔なんてさせたくないのに。いつだって倖《しあわ》せの中で笑っていてほしくて、だから家族になったのに。それなのに、私は。

そう後悔に沈む私の頭と、私に怒鳴ってしまったことについて深く後悔しているに違いないエストレージャの頭に、それぞれ、ぽん、ぽんと、男の大きな手が乗せられた。

「二人とも、落ち着け。フィリミナ、気持ちは解るが適当なことは言うものじゃない。エストレージャ、お前も、心配は当然だが、一番不安なのはフィリミナであることを忘れるな」

「は、い。すみません、エディ」

「ご、ごめん、父さん」

「謝る相手が違うだろう」

解っているな、と視線で促《うなが》され、ようやく落ち着きを取り戻した私と長男坊は、ようやくお互いの顔をじいと見つめ合った。

「ごめんなさい、エストレージャ」

「ごめん、母さん」

無事に言葉にできてほっとする。それはエストレージャも同様であったらしく、ぱちりとまた目が合った。思わず笑いかけると、長男坊もなんとか笑みを浮かべてくれる。

ほっと息を吐く私の肩を抱き寄せて、男がエストレージャに「エリオットとエルフェシアにはスープを食べさせてやってくれ」と言い残し、そのまま横抱きに私を抱え上げた。

「えっ！　あの、エディッ!?」

慌てていられたのは、ほんの束《つか》の間《ま》のことだった。

ふっと奇妙な浮遊感に襲われ、思わず目を閉じる。そうして次に目を開けたその時には、私は男とともに、炊事場から夫婦の寝室へと移動していた。

自宅の中を移動するのに転移魔法なんて、なんという無駄遣い。驚くよりも呆れが勝《まさ》る。そういう私のじっとりとした目に気付いた男は、「緊急事態だからな」と肩を竦めて、私をベッドに腰かけさせるようにして下ろした。

「あの……？」

わざわざ寝室まで移動して、何をしようというのだろう。

緊急事態、と言われているのは私の味覚に続いて嗅覚までおかしくなったことについてなのだろうけれど、だからと言って何故わざわざ？

「エディ」

「少し黙っていろ」

短いながらも有無を言わせない響きが宿る声音だった。大人しく口をつぐむと、男は宙に向かって手を差し伸べる。

瞬《まばた》きの後に現われるのは、愛用の杖《つえ》だ。シャン、とその装飾が涼やかな音を立てる。少女が歌うような音の重なりに合わせて、杖の魔宝玉が輝き出した。朝焼け色の光が寝室に満ちる。

突然のことに驚きつつも、その美しさに見惚れる私の目の前に、どこからか発生した清水が、双頭の蛇を形作る。トン、と男が杖の先を私に向けると、私を中心にして、朝焼け色に発光する魔法陣が床の上に描かれる。その魔法陣に導かれるようにして、双頭の蛇はくるりとその首をもたげ、私の周りを取り巻いた。

蛇はじっくりと私の姿を眺めたかと思うと、それぞれの首が、かぷりと私の両手に噛《か》み付いた。ひえっと思わず息を呑む。痛くはない。むしろあたたかいような、あるいは冷たいような、不思議な感覚が身体の中に流れ込んできて、心地よいとすら感じられる。

やがて蛇は私から離れていき、男の手にある杖に巻き付く。男の表情は、依然として険しいものだ。

「あ、の」

今、私は何をされたのだろう。戸惑う私に、男はやはり険しい表情を浮かべたまま、重々しく口を開いた。

「お前の心身の状態を、水精の力を借りた霊魔法により……そうだな、診察した、とでもいうべきか。血の巡り、気の流れ、そういうたぐいの人間の身体を形作るために必要な要素を調べ直させてもらった」

なるほど、そういうことか。かの高位の焔《ほのお》の御仁に赦《ゆる》しを頂いた私には、ようやく水精のほどこしが通用するようになったから、それが可能だったのだろう。

なるほどなるほどと頷く私に、男は険しい顔を渋面に変えて、その手を顎《あご》に寄せる。この男が悩む時にする仕草だ。どうかしたのかと視線で促すと、男は「異常はなかった」と一言告げた。

おや？　と思わず首を傾げる。異常がない、とは、どういうことだ。

自分で言うのも何だが、最初に味覚、続いて嗅覚を失った私に、異常がないとはこれいかに。

この男の言う『診察』ならば、ほんの些細《ささい》な変化でもすぐに気付いてくれそうなものなのに、それがないということか。

そんなことがあり得るのだろうかと更に首を傾げると、男は水精を帰還させ、杖をまた手元から手放してから、私の目の前に跪《ひざまず》いた。そのまま膝の上に置いておいた手を取られ、思わず赤くなる私に、男は続ける。

「お前の心身ともに、どこにも異常はない。どちらも健常なものであると言える。だからこそ、今の事態は『異常』なんだ。味覚、嗅覚の消失という、れっきとした異常があるというのに、お前の心身には、水精から力を借りてすらも異常が感じ取れない。それこそが『異常』であると言わずに、他に何と言うというんだ」

「そう、なのですか」

なんだか思っていた以上に大事になってきたことを思い知らされた気がした。

味覚、嗅覚と続いたのならば、もしかしたらその次が……と、思わずぶるりと身体が震える。そんな私の身体を、力強い腕が、抱え込んでくれる。

「必ず、原因を突き止める。俺一人ではどうにもならない。明日にでも姫を頼ることになる。すまない。だからそれまで、どうか耐えてくれ」

「……はい、エディ。わたくしの魔法使い様の仰ることですもの。もちろん耐え抜いてみせますわ」

焦燥《しょうそう》がにじむ朝焼け色の瞳に、なんとか強がりを言って笑いかけると、ますます強く抱き締められる。いつもであれば、薬草や香草のいい匂いが鼻孔をいっぱいに満たしてくれるはずなのに、何も感じられない自分が信じられなかった。

だからこそ、私もまた、せめてぬくもりだけでもと、より強く男のことを抱き締め返す。

大丈夫。大丈夫だ。私はまだ大丈夫。そう自分に何度も言い聞かせながら、ひたひたと押し寄せてくる不安に、気付かないふりをした。

その日は結局、私の異常について、私はもちろんのこと、家族揃《そろ》って困惑と焦燥に悩まされる羽目になったのだった。幸いなことに、男が姫様に連絡を取ってくれたことで、私は早くもその次の日に、彼女に謁見を許されることになった。我が夫ときたら、まーた職権乱用を……と呆れたくもなったけれど、それだけ心配をかけているのだと思うと、私は文句の一つも言えやしない。

エストレージャにエリオットとエルフェシアを任せ、私は男とともに、紅薔薇宮《べにばらきゅう》の一角にある姫様が私的に利用しているのだという応接室へと案内された。

豪奢《ごうしゃ》ながらも上品さを決して損なわない素敵な応接室にて、姫様は私達のことを出迎えてくださった。来たる大祭――千夜春《ちよはる》少年との婚約発表のために、日々を今まで以上に忙しく過ごしていらっしゃる彼女に、こんなことで時間を割《さ》いてもらうのが申し訳なくて、私は深く頭を下げる。

「姫様におかれましては、わたくしなどのために、わざわざお時間を……」

「フィリミナ。それ以上言ったら、あたくし、とっても怒るわよ」

「え」

「大切なお友達の頼みなのだもの。むしろ頼ってくれて、本当に嬉《うれ》しいわ。貴女《あなた》ったらいつも無茶ばかりするんだから……」

ほう、と物憂げに溜息《ためいき》を吐かれる姫様のお姿は、白百合が俯《うつむ》いて朝露をこぼす姿のようだった。うんうんと私の隣で深く頷いている男のことはさしおいて、ついつい毎度のごとくその一挙一動に見惚れてしまう。

だがしかし、言われている内容としては実に耳が痛いものなので、やはり「申し訳ございません……」と謝罪することしかできない。そんな私の額を、姫様の、桜色の爪が乗る細くしなやかな指が、ばちんと弾《はじ》いた。

突然の衝撃に目を白黒させていると、姫様はにっこりと迫力満点に微笑《ほほえ》まれる。

「フィリミナ？　こういう時はなんと言うべきかしら？」

「ありがとう、ございます」

「よろしい」

ぱちん、とちゃめっけたっぷりにウインクを飛ばしてくださる姫様の愛らしさと美しさといったらもう罪だ。ギルティである。

姫様……！　と思わず両手を胸の前で組み合わせてうっとりしていると、隣の男にこめかみを小突かれた。

「遊んでいる場合ではないだろう。姫、手筈《てはず》通りに頼む」

「ええ、解っていてよ」

頷くが早いか、姫様は私を、目の前の椅子に座らせた。私の状態については、既《すで》に男から彼女に伝わっているらしいから話は早い。姫様が、私の前で膝を折る。あまりの恐れ多さに椅子から降りようとしてしまったところを、いつの間にか背後に回っていた男に肩を押さえらえることで動けなくされてしまう。

「まずは私が光魔法で、貴女の状態を確認するわ。霊魔法で叶《かな》わなくとも、精霊よりも高位の存在である神の力を借りる光魔法でなら、ある程度は原因が突き止められるはずよ」

姫様は凛《りん》とした表情でそう続けられる。そんな彼女に対し、ひえぇぇぇ、と恐れおののかずにはいられない。この状態、心臓に悪すぎる。いかにも居心地が悪そうに身じろぐ私の、その膝の上の両手に、姫様のたおやかな白い手が重なった。

こちらを見上げてくる花の蜜を固めたかのような琥珀《こはく》色の瞳が、金色に輝き始める。同時に、白銀の光が私の手の上に重なる姫様の両手からあふれ始めた。

あたたかく優しい光だ。それが、姫様の手から、私の中に流れ込んでくる——と、思われた、の、だったが。


——バチンッ!!


「っ!?」

「きゃっ!?」

私と姫様の間に、まるでとんでもなく大きな静電気が迸《ほとばし》ったかのようだった。まるで誰かの手によって手をこっぴどく叩《たた》かれ、そのまま無理矢理引き剥《は》がされたかのように、私と姫様は離させられてしまった。

今のは何だ。知識は多少なりとも持ち合わせているつもりでも、所詮《しょせん》付け焼刃であり、行使することに関してはからっきしな私にはさっぱりである。

ひりひりと痛む両手を撫でさすりながら、専門職である男や姫様なら解るのだろうかと二人の顔を窺う。そして私は息を呑んだ。

男も、姫様も、そのとんでもなく飛び抜けた美貌の上に、驚愕《きょうがく》の表情を浮かべていたからだ。

「エディ？　姫様？」

いつだってなんだかんだで余裕を絶やさない二人の、見たこともないような表情に、驚きとともに不安が襲ってくる。

けれど私が感じている不安以上に、男も姫様も、驚きと、そして焦燥を感じているようだった。

「……ありえないわ」

「ああ、ありえない」

姫様の短い言葉に、男もまた短く答える。

意味が解らず瞳を瞬かせるばかりの私に対し、姫様は厳しい表情を浮かべられた。

「あたくしが行使する光魔法は、おそらくは現状として最高峰のものよ。女神の愛《いと》し子という肩書は伊達《だて》ではないの。そのあたくしが、女神から力をお借りして行使した魔法が、こんな風に——そうね、拒絶、とでも言うべきかしら。あたくしの力を跳ね除《の》けて、干渉を拒絶するなんて、本来ありえないことよ」

「昨夜の水精による霊魔法で拒絶されなかったのは、拒絶するまでもなく、水精の力が、現在のフィリミナに干渉している『何か』に遠く及ばなかったからか」

「おそらくはそういうことでしょうね」

難しい顔で頷き合っている男と姫様に、どう声をかけていいものか解らない。

神の力すら拒絶する『何か』とは何なのか。そしてその『何か』という存在が、何故私に？　脳裏に浮かぶ疑問は尽きない。

得体の知れない不安が足元にいよいよ忍び寄ってきて、私はぶるりと身体を震わせた。そんな私の肩を男が抱き、姫様がぎゅうと手を握り締めてくださる。

「必ず、お前を元に戻して見せる」

「ええ。任せなさい。あたくしもこの男も、こういう分野の第一人者の一人として数えられているのよ？　安心なさいな」

「……はい」

二人の言葉は、そしてその決意は、確かに本当に正しいものであるのだろう。けれど、きっと、二人とも、今の言葉が現状として気休めにしかならないこともまた理解しているに違いない。それでもその心遣いがありがたくて、ただただ嬉しくて、私は微笑みながら力強く頷きを返した。

その日の姫様との謁見は、そこまでで終了した。何せ近くやってくる大祭の準備で、今年もまた執行者として選ばれた姫様の忙しさは半端なものではないのだ。そうそう私一人のために時間を割いている訳にはいかないのである。

そして、王宮筆頭魔法使いとして、当然ながら同じく大祭の実行委員の一人として選出されている男の忙しさもまたとんでもないものなのだ。これまたいくら妻であるとはいえ、私一人のために仕事を放り出す訳にはいかないのである。

その中で二人とも、私のために様々な文献をあたってくれている上に、新たなる魔法による診察方法まで編み出そうとしてくれているというのだから、本当にもう頭が上げられない。

相変わらず状況は変わらない。味覚に続いて嗅覚まで失ってしまうと、いよいよ本格的に食事が味気ないどころではないものになってしまった。何の味もしない、何の匂いもしない、ただ食感だけしか楽しむことができない食事は、もしも男が作ってくれているものでなかったら、私は早々に食べることを諦《あきら》めてしまっていただろう。

せめて目で楽しめるように、色とりどりの果物でスムージーを作ってくれたり、エディブルフラワーで飾り付けてくれたりと、趣向を凝《こ》らしてくれているのがありがたくもあり嬉しくもあり、そしてやはり申し訳ない。

私の食が進んでいないことに、子供達はすぐに気付いてくれていた。「おかあしゃま、どうぞ！」「エルも！　あげる！」と自らの離乳食をあーんしてくれる幼い双子の姿のおかげで、荒《すさ》んでいこうとする心はかろうじて平穏を保っている。

今日も今日とて文字通り味気ない夕食を終えて、リビングルームにて左右に双子をそれぞれ抱いて、一息吐いていると、目の前にホットミルクで満たされたマグカップが置かれた。

「まあ、エージャ？」

「今日は父さんが遅くなるから、母さん、ろくに夕食食べられなかっただろう？　だからせめてもと思って、作ってきたんだけど……」

余計なお世話だったかな、とおずおずと言う長男坊。両隣におねむなエリオットとエルフェシアがいなかったら、立ち上がって思い切り彼の頭をぐしゃぐしゃと撫《な》で回していたに違いない。

「エージャ、ちょっといらっしゃい。わたくしの前にかがんでくれる？」

「え？　あ、ああ」

私達三人が座っているソファーの後ろに回り込んで顔を寄せてくるエストレージャの、そのこめかみに、私は触れるだけの口付けを落とした。ぱちくりと彼の綺麗《きれい》な黄色い瞳が瞬き、やがてその凛々《りり》しい顔が真っ赤に染まる。

「か、母さん！」

「あらエージャ。あんまり大きな声を出すと、エリー達が起きてしまうわよ？」

「……ごめん」

「よろしい」

ふふ、と小さく笑みをこぼしてから、優しい湯気を立ち上らせるマグカップを手に取った。そのまま口に運んでも、やはり味も匂いも感じない。けれどちょうど人肌くらいの温度のあたたかい飲み物は、春になったといえどもまだ冷える夜にはぴったりだ。

「ありがとう、エージャ。とてもおいしいわ」

「そ、っか。よかった」

ほっと、心底安堵《あんど》したように笑みを浮かべる長男坊にもう一度笑いかけ、促されるままにちびちびとホットミルクをすする。

そんな私の様子を、私達が座っているソファーにもたれたまま見守っていてくれたエストレージャが、ふと首を傾げた。

「エージャ？」

なんとも訝しげなその表情に、私もまた首を傾げ返す。どうかしたのかと視線で促すと、長男坊はおもむろに、私の間近までその鼻先を寄せた。これが夫であるあの男にされたならばともかく、かわいい長男坊にされても今更照れるまでもない。

ただその仕草を不思議に思っていると、エストレージャは「なんでだろう」と、心底不思議そうに呟いた。

「母さんから、花の匂いがする」

「え？」

香水も何もつけていない私から？　そんなはずはないはずなのだけれど、エストレージャの表情は嘘や冗談を言っているようには見えない。

自分でくんくんと袖や胸元の匂いを嗅いでみる。だがしかし、やっぱり何も感じない。嗅覚が失われているのだから当然であるとはいえ、エストレージャの様子から鑑《かんが》みるに、おそらくは只人《ただびと》よりももっとずっと鼻の利《き》くエストレージャだからこそ感じ取れるのではないだろうかと思う。

「なんていうか……ああ、そうだ。姫様と同じ匂いだ。姫様の方がもっと強くて、母さんのはほんの微《かす》かな匂いだけど……」

でも、確かに感じるのだと。そう続ける長男坊は、やっぱりどこまでも大真面目《おおまじめ》な様子で。それでも本人すらも半信半疑な様子でもあったから、それ以上私から追及することもできず、その話はそれっきりになったのであった。

そう、それっきりになったのだけれど、やはり気になるものは気になるのである。私だって一応妙齢の貴婦人だ。一応だけれど。

姫様と同じ花の匂いと言われて悪い気はしないけれど、あのお美しく麗しい姫様だからこそ許されることもある。私がここで気付かないうちに変な臭いを撒《ま》き散らしているかもしれないと思ったらあまりにも情けない。

どう気を付けていいものか解らないが、とりあえず気を付けよう。そう心に誓って、私は子供達とともにランセント家別邸にて、相も変わらず味覚と嗅覚を失ったまま日々を過ごしていた。

新藤《しんどう》兄妹が、二人揃って我がランセント家別邸に遊びに来てくれたのは、ちょうどその次の休日であった。

大祭に向けててんやわんやしている男やエストレージャは不在であったため、エリオットとエルフェシアは見るからにしょんぼりしていたのだけれど、新藤兄妹の登場に大興奮してとってもご機嫌になってくれたのである。ありがとう、本当に助かりました。

抱き着いてくる幼い双子を抱き上げて、「ようやく束の間の自由を勝ち取ったぜ！」と誇らしげに二本指を立ててピースする兄である千夜春少年の姿に、妹である朝日夏嬢《あさひな》は「まあ、頑張ってたもんね」と珍しくも素直に労《いた》わりの言葉をかけていたのが印象的だった。

大好きなお友達である千夜春少年と朝日夏嬢にこれでもかとくっつき、振り回す二人の小さな怪獣に、母である私としては、ありがたくもあるけれど、それ以上に申し訳なくもなる。

何せ新藤兄妹は二人とも——特に兄である千夜春少年に対する王配教育が、日毎近付いてくる大祭に向けて、更に厳しくなっているのだと聞かされているからだ。

千夜春少年と親しい間柄……それこそ胸を張って友人であると言っても過言ではないほどに仲良くなったエストレージャが、心底心配そうにそう言っていたことを改めて思い出した。

「エリー、エル、そろそろ千夜春さんと朝日夏さんと一緒に、お茶にしましょう？」

「やー！」

「もっとあそぶのよ！」

うーん、手強《てごわ》い。久々に会えた分、ここぞとばかりにめいっぱい新藤兄妹に甘えて遊んでもらう気満々な双子の姿に、私は苦笑した。こらこら、千夜春少年も朝日夏嬢も疲れているのだから、無理を言うものではないぞ。

「エリオット、エルフェシア。ほら、いらっしゃい」

「やだ！　やだもん！」

「やーなのよ！　おかあしゃまのいじわる！」

聞く耳をまったく持ってもらえなくてお母様は大変遺憾《いかん》である。これは強制的にこのテラスまで運び込むか。いくら遊びたがっていても、お気に入りのお菓子を前にしたら多少は大人しくなってくれるだろう……と、私がテラス席から、中庭できゃあきゃあとたわむれている二組の双子の元へと歩み寄ろうとすると、「フィリミナさんは座ってて！」と朝日夏嬢に止められてしまった。

「私がエリーくんとエルちゃんと遊んでるから、お兄ちゃんはフィリミナさんと話してなよ。ね、エリーくん、エルちゃん。私だけじゃいや？」

わざわざ小さなエリオットとエルフェシアの視線に合わせるようにしゃがみ込んで、朝日夏嬢は穏やかに二人に問いかけた。朝日夏嬢の、水底の青を一匙《ひとさじ》だけ混ぜたかのような焦《こ》げ茶色の、神秘的な瞳に優しく見つめられ、エリオットもエルフェシアも、ぽっと顔を赤く染めて「いやじゃないよ」「なっちゃんのことしゅきだもん」と、それぞれはにかんでもじもじしている。

私の前ではなかなか見せてくれない表情に、ちょっとばかり寂しく思っていると、エリオットとエルフェシアはそのまま、朝日夏嬢に連れられて、中庭の片隅にわざわざ男とエストレージャが双子のために設置したブランコの元へと向かった。

やがて聞こえてきた愛らしい子供達の歓声をＢＧＭに、千夜春少年がどこか安堵した様子で私の元までやってきた。どうぞ、という気持ちを込めて椅子を引いてあげると、彼はどさりと乱暴にその椅子に腰を下ろし、背もたれにだらしなくその身を預けた。

空を見上げる彼の瞳は、空よりももっと遠いところを見つめているかのようだった。全身から疲れをにじませている様子をこんな風に見せつけられては、流石《さすが》に見過ごすことはできず、元々用意しておいたリラックス効果のある薬草茶を淹《い》れて、彼の前に出す。

「お疲れ様、千夜春さん。さぞお疲れでしょうに、エリー達の相手をしてくれて本当にありがとう」

「大したことじゃないって。王宮のセンセー達を相手にするのと比べたら、エリーやエルフェシアと遊んでいる方がよっぽど気が楽だからさ」

そう言って、千夜春少年は、ひらひらと手を振ってからからと笑うけれど、やはりまとう雰囲気は精彩を欠いている。白銀の髪ばかりがきらきらと輝いているのがどうにもちぐはぐな印象を抱かせた。

「その……やっぱり、王配としての教育は、大変なのでしょう？」

うまい言葉が見つからず、月並みな言葉しか言えない私に、千夜春少年は「そうだなぁ」とやはり力のない声音で溜息を吐いた。

「女神サマの加護を受けているならばできて当然。ティーネちゃんと結婚するならできて当然。そーいうことばっか言われてるだけならともかく、俺がティーネちゃんと結婚することを面白く思ってないやつもいるみたいでさ。神託が下った結果なんだからってことでかろうじて納得してくれてるみたいだけど、そいつら、その分余計に厳しいんだよなぁ」

その言葉に、脳裏にハインリヒ青年の姿が浮かんだ。

あー、やりそう。個人的な嫉妬とかそういうものを公務に持ち込むような青年ではないことは解っているけれど、だからこそ余計に、『我らが巫女姫《みこ》の王配は完璧でなくてはならない』という信条のもとに、びしばし千夜春少年のことをしごくあの青年の姿は容易に想像できた。あの人、意外に大人げなさそうだし。

「大丈夫？　なんて。そう問いかけるのは、ずるいことね」

「そうでもないって。それだけ心配してくれるのは嬉しいよ。それに、頑張ってるのは俺だけじゃないんだし。俺よりもよっぽど、ティーネちゃんの方が頑張ってくれてるんだから」

それは……いや、それ『も』、確かに正しい所感ではあるのだろう。

異世界からの来訪者なんていう異分子を、自らの結婚相手として仕立て上げるために、姫様はご尽力なさっているのだ。執行者としての大祭の準備に加えて、千夜春少年の立場の確立のために奔走《ほんそう》していらっしゃる上に、私の身に降りかかった異常についてまで、彼女は心を砕いてくださっている。

感謝と申し訳なさで、改めて胸をいっぱいにしながら、私は「それでも」と続けた。

「姫様が努力なさっているのは、もちろん存じ上げているわ。けれどだからと言って、それを引き合いに出して、『自分は頑張っていない』なんて思う必要はないと思うの。千夜春さん、あなたは、とても頑張っているわ」

心の底からそう思う。そのままその思いを口にすると、千夜春少年の顔が薄紅に染まった。

「うわっ！　やめてよ！　照れるじゃん!!」

「だって本当のことだもの」

「だからやめろって!!　大体、フィリミナさん、俺やひなのことばっか心配してる場合じゃないんだろ!?」

「え」

「悪いけど、ひなと一緒に、勝手にティーネちゃんとエージャから聞いた。その……味と匂いが、解らなくなったって？」

おやまあ、まさか二人にまでその話が伝わっているとは思わなかった。

ああそうか、だからこそせっかくの休日だというのに、二人は私達の元に遊びに来てくれたのかもしれない。おかげで、味覚も嗅覚も利《き》かない中、私は久々に心から楽しい時間を過ごせている。

「わたくしのことはいいのよ。生活についてはほとんど不自由を感じていないもの。それより、姫様のことを教えてくださらない？」

そう。だからこそ、相変わらず先行きの見えない現状だけれど、それよりも、今は千夜春少年の状況の方が私にとっては重要なのだ。

「大祭で、いよいよ全国的にあなたの立場は公になる訳だけれど。覚悟は、決めた？」

まだ十代の少年に迫るには、あまりにも重すぎる決断だろう。けれど、もう大祭は一か月後に迫っている。いよいよ外堀が埋められていく中で、この少年は何を思い、何を考えているのか。姫様の友人として、私はどうしてもそれが知りたかった。

私の問いかけに、千夜春少年は小さく息を呑んだ。うろ、とその視線がさまよって、そうしてしばしの沈黙の後に、ようやくその薄い唇がわななく。

「……ティーネちゃんはさぁ、すんごい素敵な女の子だと思うよ。綺麗で、かわいくて、強くて、こんな完璧な女の子いていいの？　ってくらいに立派でさ」

「ええ、そうね」

その辺については私も大いに同意する所存である。心の底からの同意を込めて深く頷くと、千夜春少年は、そこで初めて、困ったような苦笑を浮かべた。その途方に暮れたような表情に、思わず口をつぐむ私に、彼は続ける。

「本当に素敵な女の子すぎてさ、俺なんかが旦那さんになんかなれるのかって、いつも思ってんだよ。そもそも、俺とティーネちゃんの関係は、女神サマとやらの神託から始まった訳じゃんか。そこに俺やティーネちゃんの意思はない訳で、だったら、俺はともかく、ティーネちゃんには元から好きな相手がいたんじゃないかなー、とか、思っちゃうんだよなぁ。俺なんかより、よっぽどティーネちゃんにふさわしい男なんて、いくらでもいるんじゃね？　俺が唯一ティーネちゃんの隣に立てる理由なんて、この髪しかないもんな」

　息をつく暇もなく長台詞を言い切った千夜春少年は、そうしてようやく深い溜息を吐いた。

　私が口を挟む隙《すき》など一切なく言い放たれたその台詞は、きっとこの少年が、今日までずっと抱え続けてきた思いだったのだろう。

「フィリミナさん相手だから言えるけどさ。俺ってもとを正せばただの男子高校生でしかないじゃん？　フィリミナさんなら解るだろ。男子高校生なんて思っている以上に馬鹿なもんだって」

「それ、は……」

　ここで素直に「そうね」なんて言えるはずがなかった。言われて初めて、そうだった、と気付かされる。

「そういえば、千夜春さんは、まだ学生さんだったのよね……」

「そうそう。嬉し恥ずかし花も恥じらう男子高生！　なに、忘れてた？」

「忘れていたつもりはなかったけれど、意識していなかったわ」

　どこかいたずらげな笑みを浮かべて小首を傾げてくる千夜春少年にそう答えると、彼は「そっかぁ」と困ったような笑みにその表情を変えた。

　ああそうだ、すっかり失念していた。千夜春少年は、いくら白銀の髪をいただいていようとも、あくまでもただの男子高校生、あくまでもただの十代の少年でしかない。幼い頃から厳しい教育を受けることを義務付けられる貴族の子息とは訳が違う。

でも、けれど。

「これは私の主観だけれど、聞いてくれるかしら」

「ん？　なに？」

「いわゆる〝男子高校生〟を一概に『馬鹿』だとは言わないわ。いくらだって頭が良くて賢くて敏《さと》い男の子だっているのだと思うの」

「まあそうだろうけど。でもさ、俺は……」

「でも、千夜春さん」

私の言葉に反論しようとした千夜春少年の言葉を遮るように、私は彼に笑いかけた。驚いたように口をつぐむ彼に対して、更に続ける。

「自分に授けられた『荷物』の重さについて、こんなにも真剣に悩むことができる〝男子高校生〟なんて、なかなかいないのではなくて？」

「……！」

千夜春少年の、深い青を一匙だけ混ぜた焦げ茶色の瞳が見開かれる。思ってもみなかったことを言われたと言わんばかりの反応に、私はまた笑った。

あの生ける宝石と謳《うた》われるクレメンティーネ姫の隣に立てるなんて、最高の名誉だ。そうやって浮かれるばかりになる訳でもなく、この少年は、私が考えていた以上に、ちゃんと自身の状況を、そして姫様のことを、きちんと考えてくれているのだ。ならば。

「だからかしら。わたくし、とても安心したわ」

「へ？」

「今はまだ無理かもしれなくても、いずれあなたはきっと、姫様のお相手として誰もに認められることになるでしょうね」

きっと大丈夫だと、そう思えた。

自然と笑みが浮かんできて、笑みを深めてみせると、千夜春少年はまたさっと、先程よりももっと顔を赤くして、「ありがと」と続けた。それから、とても気恥ずかしそうに、「フィリミナさんだって大変なのに、愚痴ってごめん」と呟いた。

これくらい愚痴にも弱音にもならないわ、と返せば、ますます千夜春少年は顔を赤くして、朝日夏嬢と双子の元に、「俺も交ぜてー!!」と走っていってしまったのだった。

あらあらかわいらしいこと、なんて思った、昼下がりであった。

そして、折しもその夜のことだ。我が夫と長男坊が大祭の準備に追われて帰宅が遅くなっている今日この頃、一足先におねむになったエリオットとエルフェシアを、ちょうど寝かしつけた時のことだ。以前姫様から頂いた、私と姫様専用の通信用魔法石が、淡く光り始めたのである。

姫様からの連絡だ。多忙を極めていらっしゃるというにも関わらず、私の異変について、男と同様にあらゆる権力を多方面から行使して、調べてくださっている姫様。その調査の現状報告と、私の状態確認をかねて、彼女は最近こうしてたびたび連絡を入れてくれているのである。

一国の姫様、そしてそれ以上に大切な友人に、無理をさせていることが改めて申し訳なくてならないけれど、私がそういう風に思うことを姫様ご自身は望まれない。

だからこそ私は、いつも通りを装って、ぐいぐいと顔の筋肉をほぐして微笑みを浮かべてから、通信用魔法石に手をかざした。

「『私の心もあなたとともに』」

通信の鍵となる古い詩歌の文言を唱えると、魔法石の光が一際大きくなる。その光はそのまま、その場に姫様のお姿を映し出した。時間が時間だからだろうか、いつもの豪奢ながらも気品あふれるドレスとは異なり、夜着としてのゆったりとしたドレスに身を包まれた姫様のお姿は、普段とはまた違った趣《おもむき》の美しさを誇り、同性である私にすら目の毒である。

つい見惚れそうになってしまった。けれど、そこをなんとかこらえて、私もまた姫様同様に夜着を着ている状態ながらも、裾をちょいとばかり持ち上げて、深く一礼してみせる。

「このような姿で誠に失礼いたします。姫様におかれましては、ご機嫌麗しく」

「あたくしと貴女の間に堅苦しい礼は不要だと言っているでしょうに」

「いくらわたくしが姫様のことを大切なお友達としてお慕いしていようとも……いいえ、だからこそ、こういう礼儀は欠かせないものであると思っておりますの」

「あたくしのお友達は、本当に頑固だこと」

「性分ですから」

親しき仲にも礼儀ありと言うだろう。姫様が姫君であるからこそというばかりではなく、彼女が彼女だからこそ、私は姫様のことを心から尊敬している。尊敬している相手に敬意を払うのは当然の話だ。

そんな気持ちを込めてにっこりと笑いかけると、姫様はくすくすと笑って「そういう貴女だからこそ、あたくしは貴女が大切なのね」と肩を竦められた。大変恐悦至極である。

そうしてようやく顔を持ち上げると、姫様は予想通りにそれはそれはお美しくもあり、おかわいらしくもある、大層魅力的な笑みを浮かべていらしたけれど、何故だろう。その大輪の白百合のごとき美貌に、どこか影が差しているように見えた。

「姫様……その、何かございましたか？　もしやお身体の調子が……」

私などが気付く程度の異変に、王宮付きの医官の皆様が気付かれないはずはない。特に、今年催される、ここ数年で最も特別な大祭を控えたこの時期であれば、なおさら姫様の状態について、彼らは敏感になっているはずだろう。

だからこそ、ここで私が口を挟むのは野暮である気もしたけれど、何せ私は、自他ともに認める姫様の友人である訳で、友人である私は、彼女の体調に口を出す権利があるはずだと自分を納得させる。

私の言葉に、姫様はそれまで浮かべていらした優美な微笑を、少しばかり困ったような苦笑へと変えられた。

「駄目ね。よりにもよって貴女にバレてしまうようでは、あたくしもまだまだだわ」

「姫様……」

「心配しないで。ただ少し疲れているだけよ。大祭の準備が思いの外滞《とどこお》っているの。エギエディルズやエストレージャから、多少は話を聞いているのではなくて？」

「……はい」

今回の大祭において、姫様のご婚約者として、新藤千夜春少年の存在がいよいよ国民に向けて公表されることになっているとは、前にも言ったことだったか。先達《せんだつ》ての夜会にて、既に彼の存在は王宮中にはしっかり伝わっており、となれば当然人の口に戸は立てられない訳で、自然と王都中、ひいては国中にその話は届いている。

女神の加護を受けた、姫様と同じ白銀の髪を持つ、異世界からの来訪者。

それが千夜春少年の肩書だ。

女神のご采配ならばと、基本的に王宮側の人間も神殿側の人間も、おおむね好意的に彼の存在を受け入れているらしいのだけれど、繰り返すがそれはあくまでも『基本的』であり『おおむね』なのだ。

自らの親族を姫様のお相手に据えようと画策していた人間や、女神の愛し子であらせられる姫様のことを神聖視するあまり彼女は未婚を貫くべきだなんて言い出す人間もまた一定数存在するという。

そんな彼らを相手にするのに、姫様やその配下の者達は手こずらされているのだと、男とエストレージャが教えてくれた。

姫と親しい間柄である二人の元にも、姫様のご婚約反対派の手は伸びているらしく、あの心優しく真面目なエストレージャにまで「ハルのことを頭ごなしに否定してくる奴らの話を聞かされるのは、辛いっていうか……もういっそ面倒臭くなって、ほとんど無視してる」と言わしめ、男に至っては「いっそ既成事実でも先に作らせるか」と苛立《いらだ》ちを隠しもしない様子で吐き捨てていた。閑話《かんわ》休題。

そういう、エストレージャの言葉を借りるならば『面倒臭い』奴らを相手取る姫様のご心労は計り知れないものだろう。ああ、お労《いたわ》しい。

「姫様、明日にでも、エディに、焼き菓子を届けてもらいますね。ついでに、疲労回復効果のある薬草茶をあの人に淹れさせてやってくださいませ。わたくしにはこのようなことしかできないのが大変歯痒《はがゆ》いのですが、せめて甘いものを食べて、休憩なさってくださいな」

「あら、それは楽しみだわ。ふふ、貴女の特権を分けてもらえるのも、貴女のお友達であるあたくしの特権ね」

「然様《さよう》でございますとも」

もっともらしく頷いてみせると、ころころと姫様は声を上げて笑われた。鈴を転がすかのような愛らしい笑い声に、ほっと息を吐いていると、不意に姫様の琥珀色の瞳が、真剣な光を宿して私の方へと改めて向けられる。

「フィリミナ、貴女のその、あたくしを労わってくれる気持ちはとても嬉しいわ。けれど、今は貴女は、自分のことについて考えるべきよ」

う、と言葉に詰まる。姫様が仰っていることはよーく解る。味覚と嗅覚について、いつまでもそのままでいる訳にはいかないだろうと仰りたいのだろう。

「とはいえ、貴女自身にできることは、悪いけれどたかが知れているわ。だからこそあたくしやエギエディルズの出番なのだけれど」

「そ、その節は大変ご迷惑を……」

「そこまで。フィリミナ、こういう時はなんて言うのかを、貴女だってエストレージャに教えたのではなくて？」

「………ありがとうございます」

満足げに頷かれた姫様に対し恐縮しきりの私である。ふふ、と小さく笑われた姫様は、そうしてまたその表情を、厳しいものに引き締められた。

「よろしい」

「エギエディルズからも聞いていると思うけれど、貴女の状態について未だ何一つ解明できていないのが現状よ。大神殿の叔父上《おじ》にも調べていただいているし、あたくし自身もエギエディルズと同様に過去の文献をあたったり、あるいは同じような症状を呈《てい》している存在が国内外を問わずにいないかどうかを調査させたりもしているけれど……なしのつぶてすぎて、悔しい以外の何物でもないわね。ああもう、本当に、どうしてよりにもよってあたくしの大切なお友達ばかりが、こんなことになるのかしら……」

「姫様……」

片手で顔を覆い、深々と溜息を吐かれる姫様に、やはり申し訳なさが募る。

本来普段の姫様であれば、現状として彼女の悩みの種になってしまっている私の前で、こんな風に嘆いてみせることなんてありえない。気丈に振る舞い、ご自分についてのことも、私についてのことも、「あたくしに任せておきなさいな」と優美に微笑まれるのが私の知る姫様だ。そんな彼女のこの様子から鑑みるに、どうやら、いいや、確実に、姫様ご自身も、現状に参ってしまいつつあることが感じ取れた。

誇り高く意地っ張りで、誰かを頼ることがあまりお上手ではない彼女に、こんな態度を取らせてしまっている原因の一つが自分にあるのかと思うと、どうにもこうにも胸が痛んだ。私の味覚、嗅覚についてのことよりも、姫様の現在の立場の方が、よほど重荷であるだろうに、それでも私のことを気遣ってくださる彼女のことを、私だって支えたいのに。

「姫様こそ、どうか、どうか、ご自愛くださいませ」

結局月並みな台詞しか言えない自分が悔しかった。それでもその悔しさを表に出せばもっと姫様は気に病んでしまわれるだろうから、私は唇を噛み締めることも、拳を握り締めることもせずに、そっと頭を下げる。

そうして、再び頭を上げて、「わたくしのことを気遣ってくださるのは大変嬉しく光栄ですが、姫様はいかがなさっておいでですか？」と問いかけた。

きょとりと姫様の琥珀の瞳が瞬く。

「いかが、って？」

「千夜春さんとは、その、何かしら進展はあったのかと」

昼間、顔を合わせたばかりの少年の顔が脳裏をよぎる。姫様のお相手として自分が本当にふさわしいのかと、彼は本当に悩んでいるようだった。外野から散々言われているらしい彼もまた、姫様とは異なる意味で参ってしまっているのだろう。

けれど私から言わせれば、そんな外野の声なんて何の意味もない。

重要なのは、千夜春少年の気持ちと、そして、姫様のお気持ちだ。

私のそういう質問の意図に気付かれたのだろう。姫様の瞳が、初めて戸惑いに揺れた。思ってもみなかったことを言われたというご様子である。うろ、うろ、と、姫様らしからぬご様子で瞳を泳がせた姫様は、やがて、小さく「ここだけの話よ」と口を開かれた。

「あたくしは、その、ハルのことが、嫌な訳ではないのよ」

「はい」

「ええ、そうよ。むしろ彼はよくやってくれていると思うわ。いくら女神の神託であるとはいえ、いきなり異世界にやってきた挙句、よりにもよってあたくしのような女の配偶者に選ばれるなんて、とんだ災難でしょうに、それでもあたくしの前では文句も弱音も何一つ言わずに、王配になるために努力を重ねてくれているの。そういうところは、評価しているわ」

「はい」

いやいや、姫様のお隣に立てるのならば、私だってどんな教育も受け入れてみせる所存である——というのは、完全に私の個人的な感情であり余談であるので、ここは黙っておくことにした。

無駄な口を挟まずに頷いてみせると、そこで初めて姫様の表情が、くしゃりと歪んだ。いつもの優美な姫君の微笑みとは異なる、年頃の少女の頼りない表情が、胸に突き刺さる。

「でも」

でも、あたくしは。

その続きの言葉は、どんなものであったのだろう。

知る術《すべ》はないし、姫様ご自身も私に聞かせたい訳ではないことはなんとなく解った。

「わたくしは、姫様がどんな選択をなさろうとも、姫様の味方です」

「……あたくしが、間違った選択をしたとしても？」

「まあ、姫様。それは違いますわ。姫様が間違った選択をするのではなく、姫様が選ばなかった選択こそが間違いなのです。姫様のお選びになる選択こそが、いつだってわたくしにとっての正解ですとも」

もっともらしく頷いて、にっこりと笑いかけると、ようやく姫様の表情が緩んだ。ぷっと噴き出されたかと思うと、そのままくすくすと楽しげに笑ってくださる。

「あたくしは本当に、素敵なお友達に恵まれたものだわ」

「恐縮です」

「ええ、光栄に思ってちょうだい」

お互いにすました顔で頷き合い、そうしてまた二人揃って笑い合う。

姫様は、悩みながらも、それでもなお前に進もうとなさっている。結局まだ十代の少女でしかない彼女の背に背負わされた『荷物』の重みとはいかほどのものだろう。

女神は、人間一人一人に、それぞれに見合った荷物を背負わせて、人生という長い旅路に送り出すのだという。だとしたら、女神様とやらは、随分残酷なことをなさるものだ。

これでは、私が味が解らないだとか鼻が利かないだとか言っている場合ではない。私は、姫様の友人なのだから。そして、千夜春少年の友人でもある。彼とともに、必ず姫様のことをこれからも支えてみせよう。そうひそやかに、私は誓いを新たにしたのだった。

そのまましばしの談笑の後に、姫様との通信は終了した。我が夫が、長男坊とともに帰宅したのは、それから数十分後のことだった。

用意しておいた夕食を食べてもらい、エストレージャをお風呂に送り出してしまったら、そのままいつも通り私は男と二人さりになる。

子供達が寝付いた後、リビングルームのソファーで隣に座り、薬草茶——と言っても今の私にとっては白湯でしかないのだが——を飲む穏やかな時間は、何物にも代えがたい大切な時間の一つだ。

「今日は何かなかったか？　身体の調子は？」

すっかり最近の口癖になってしまった男の問いかけに、つい苦笑する。いやいや、男の問いかけはごもっともなもので、笑っている場合ではないのだけれど、心配してくれるのが、申し訳ないと思うと同時にどうにも嬉しくこそばゆくて、ついつい笑ってしまうのだ。ああ、男の口がむっすりとへの字になってしまう。

「何も変わりありませんよ。もう、エディったら。ねえ、わたくしのかわいいあなた。どうか笑ってくださいな」

「変わりがないのは悪くはないがよくもないな。笑っている場合か」

「あら、わたくしにとっては、わたくしのかわいいあなたのかわいい笑顔が、この心の何よりの特効薬ですのに」

それなのに、笑ってくれませんの？　と意地悪く問いかけると、男は笑みを浮かべるどころか、ますます唇を引き結んでそっぽを向いてしまった。あらあら、と私の方が更に笑ってしまう。

男のこの反応は、怒っている訳ではないのだ。ただ単に照れているだけなのである。その証拠に、先達て子供達とともに贈った誕生日プレゼントである髪留めの、蝶《ちょう》の翅《はね》飾りの下から覗く耳が赤くなっている。

自分だって私にこれでもかと恥ずかしいことを言ってくれるくせに、いざ不意打ちで反撃されるとあえなく撃沈してくれるこの男は、本当に、つくづくかわいい人である。

くすくすとそのまま笑い続けていると、じろりと横目で睨み付けられてしまった。おおこわいこわ……い、ことはない。残念なことに。だから耳が赤いんだってば。

こわいどころかますますかわいいと感じられてならないのだけれど、これ以上からかうといよいよ本気でへそを曲げられてしまいそうだったので、私は白湯もとい薬草茶を口に運んで気を取り直し、本日の出来事を思い返してみた。

「ご存じかとは思いますが、千夜春さんと朝日夏さんが、お忍びで遊びに来てくださいましたよ」

「ああ、聞いている。どうだった？」

「エリーとエルがそれはもう大喜びでして。朝日夏さんにたっぷり遊んでもらったおかげで、今夜は二人とも早々におねむさんでしたの。朝日夏さんには今度お礼に何かさしあげたいものです」

「そうか」

「はい。それから」

そう、それから。そう続けようとして、何故か言葉が出てこなくなった。

脳裏を、千夜春少年の複雑そうな表情がよぎる。そして先程までお話ししていた姫様の、どこか疲れた表情も。どちらもまだ十代の少年少女なのに、二人が浮かべていた表情は、どちらもその年齢にそぐわないものだった。

「フィリミナ？」

ふいに言葉を切った私を訝しんだ男が、私の顔を覗き込んでくる。至近距離で美しい朝焼け色の瞳を見つめ返して、ぽつりと呟く。

「姫様に対しても、千夜春さんに対しても。それから朝日夏さんについても、わたくしは、できることはなんでもしてさしあげたいのです」

私なんかよりもよほど重い荷物を背負わされているに違いない三人のために、私ができることはなんだろう。何かできる、と考えること自体がおこがましいのかもしれないけれど、それでも私は彼女達の力になりたかった。

「……今のお前は、自分のことと、それから子供達のことを考えていろ」

「ですが」

「その代わり」

男が言っていることは当然のことで、それでも納得できない私が反論しようとすると、指先で唇を押さえられる。そっと指先が乗せられているだけだというのに、言葉の一切が封じられてしまう。

その代わり、と男はもう一度繰り返した。

「俺が三人のことにも気を配る。お前の分までな。それならば問題ないだろう」

随分と簡単なことのように、さらりと言ってくれるものである。この男だって、姫様や千夜春少年に負けず劣らず、ここ最近の日々を忙しく過ごしているのに。その原因の一つは、他ならぬ私だ。

忙しい仕事の合間を縫い、寝食を削ってまで、私の異常について調べる姿は、かつて私が呪いをかけられ、その解呪の方法を得るために心身ともにつぎ込んで尽力していた姿と重なる。これ以上負担を強いては、この男こそ身体を壊してしまうのではないかと、正直気が気でない。

そういう私の抗議は、心配は、言葉にできなくてもしっかりこの唇を押さえている指先から男の元に伝わっているらしい。そっと指先が離れていく。代わりに触れたのは、男の薄い唇。触れるだけの口付けに、瞳を瞬かせる私に、男は言った。

「俺はそんなにも頼りにならないか？」

「そんなことは」

「ない、と言うならば任せておけ。俺を誰だと思っている？　他ならぬお前の夫だ。お前が俺の妻であるならば、俺にできないことは何もない」

「……それは言いすぎでしょうに」

「そうか？」

そうでもないと思うんだが、と真面目くさって言い放つ男に、とうとう私は噴き出してしまった。ああもう、本当に敵《かな》わない。

笑いが止まらずにいる私の背に、ふと男の両腕が回された。そのまま抱きすくめられ、首筋に顔を埋められる。

「エディ？」

どうなさったのですか、と問いかけるよりも先に、男はすり、と頭を、まるで子猫のように私の顔に擦《す》り寄せ、そして続ける。

「だが、忘れるな。俺がなんでもできるのは、お前が俺の妻であり続けてくれるからだ。お前を失ってしまったら、俺はもう、呼吸することすら叶わない」

どこかすがるような響きを孕んだその声に、今度こそ何も言えなくなってしまった。わたくしは大丈夫です、なんていう、いつもの常套句《じょうとうく》すら出てこない。そんな気休めなんて、何の意味もないことを、今更ながらに思い知らされる。

でも、それでも。

「エディ。わたくしはここにいます。あなたの隣に、あなたの側《そば》に、あなたの腕の中にいますとも。

だから、大丈夫ですわ」

それでも大丈夫と言い聞かせずにはいられなかった。その『大丈夫』は男に対してのものでもあり、私自身に対するものでもある。

大丈夫、大丈夫。きっと大丈夫だから、だからどうか安心して。そう祈るように私は、男の背に自らの両腕を回して、ぎゅうと男を抱き締め返した。

やはりいつも感じていた男から香る薬草や香草の匂いは感じられないけれど、それでもこうしてお互いのぬくもりを分け合えるだけで胸が満たされていく。そして。

「父さん、母さん、俺は風呂をいただいたから、次……っごめん！」

「あ、ま、エージャ！　いいの、いいのよ!?」

「いつものことだろうが」

お風呂から出てきたエストレージャが、濡《ぬ》れた髪をぬぐいながらリビングルームを覗き込んできて、私達の姿を確認した次の瞬間、慌てて顔を背けて自室の方へと走り去る。その背中に慌てて声をかけたものの、はたして聞こえていたのかどうか。男がいけしゃあしゃあと言い放つのがちょっぴり腹立たしかったので、その頭をぺちっと叩いた私であった。

そして男もまた入浴を終え、子供達も眠る夫婦の寝室にて二人、いつものように並んで眠りに就く。

それから、また、夢を見た。

気持ちよく晴れ渡る日曜日。『私』の父が、ご機嫌に歌を歌いながら、庭の草木に水をやっている。縁側に腰かけて、私は何の気もなしにその後ろ姿を眺めていた。

ようやく新しい就職先に慣れてきて、心置きなく休日を満喫できるのが嬉しくて、ただただ穏やかに時間が流れていく。

父が歌うのは、昨今流行《はや》りのドラマの主題歌だ。ただし、大変下手くそである。音程もリズムもめちゃくちゃで、合っているのは歌詞だけ……と言いたいところだけれど、その歌詞すらも、ただサビの部分を繰り返しているだけなものだから、とにかく一言で言うならば下手くそなのである。

ちょうどシリアスな展開が続いているドラマの内容がとんだコメディになってしまいそうな歌いっぷりに、思わず「お父さん、下手すぎでしょ」と文句を言うと、水をまきながら振り返った『私』の父は、「楽しいからいいんだ」なんてもっともらしく言ってくれた。

職場でも流行っているドラマであり主題歌だから、せっかくの話題の種をくれたことに感謝すべきかな、なんて笑みを含んだ溜息を吐く、そんな日曜日。

そんな、夢だった。


「……変な夢」


目覚めた第一声がそれだった。

『私』の父は、確かに歌が下手だった。自分では決して認めようとしなかったけれど、誰もが認める音痴だったのである。

そんな父が歌っていた調子はずれの、私が知らないはずの歌が、やけに耳から離れなくて、私はなんとも複雑な気持ちで数日過ごすこととなった。生まれ変わった『娘』にまで下手と言われ、その頭を悩ませる『私』の父の音痴ぶりは相当なものだとつくづく思わざるを得ない。

そして、その日私は、エリオットとエルフェシアをアディナ家に預けて、買い物ついでに久々に王宮の国立図書館を訪れることにした。エリオットとエルフェシアは、まだ幼すぎてこの図書館に連れてくるのは無理だろう。少し遠出すると、子供でも楽しめる小さな私設図書館があるのだけれど、男にもエストレージャにも、「お前達だけでは絶対に遠出するな」「今度俺がついていくから」と二人がかりで止められてしまったので、諦めざるを得なかったのである。

味覚や嗅覚を失っただけで、土地勘や平衡感覚まで失った訳ではないのに、何故だ。そこまで信用がないのかと思うと流石に悲しくなってくる。

心配してくれるのはありがたいけれど、最近の二人……特に男の方は、とみに私に過保護である。なんなら子供達に対して以上に過保護にされている気がする。エリオットとエルフェシアは「おかあしゃまはしょーがないから！」「しょーがないのよ！」と、意味も解っていない言葉を使っては、笑顔で私の心をざっくざっくと抉《えぐ》ってくれる。くそう、かわいい小悪魔達め。

そうこうしている内に、私を乗せた辻《つじ》馬車は、国立図書館の前で停車した。以前身分証としても使っていた、男がくれたブレスレットは既に失われてしまったため、正式な手続きを踏んで書類に必要事項を記入し、図書館の中に入れてもらう。

しん、と静まり返る図書館の中は、どこかひんやりとしていて、古い紙とインクの匂いに満ちていた。アディナ家の父の書斎や我がランセント家別邸の男の書斎に通じる雰囲気に、自然と心が休まっていく。

誰もが静寂を選び、微かな話し声も、ページをめくる音すらも、一切聞こえてこない。ここは、こんなにも静かだっただろうか。やけに静かすぎる気がした。

けれど、双子が生まれてからというもの、毎日それはもう賑《にぎ》やかに過ごしていたから、久々の静寂にそう感じるだけだろう。そう結論付けて、私は本棚の間をすり抜けていく。

さて、何を借りていこうかな。エリオットとエルフェシア用に絵本も借りたいけれど、あの二人、気に入った絵本はページが擦り切れるどころかぐしゃぐしゃになるまで読み込んだ挙句に、落書きまでしてくれるものだから、最終的な結論として、図書館で本を借りるよりも購入した方がいいのである。

よし、子供達の分は後で本屋に寄ろう。アディナ家の母と乳母には、「ゆっくりしていらっしゃい」と言ってもらえているから、今日ばかりは大人しくその勧めに甘えさせてもらうことにする。

そうだ、数年前から追いかけている長編小説の続刊が少し前に出たのではなかったか。この機会に最初から読み返すために全巻借りるのもいいかもしれない……と、視線を高い本棚の情報へと向けようとした、その時だった。

「ッ⁉」

突然背後から、がしりと肩を掴まれた。完全に不意打ちだった。

思い切り身体をびくつかせてから、その強い力に引っ張られるようにして、背後を振り向く。

そして私は、ほっと息を吐いた。

「ああ、驚いた。エディではありませんか。どうなさいましたの？」

なんと、私の肩を掴んだ人物は、我が夫殿であった。片手は私の肩を掴み、もう一方の手には分厚い魔導書――それも恐らくは禁書とされるものがある。仕事の合間にわざわざここまでやってきたところに、偶然私を見つけたと、そういうことだろうか。

それにしても、ああもう、本当に驚いた。こんな風に肩を掴まなくても、声をかけてくれればよかったのに。静寂を常に抱くこの国立図書館であるからこそ気を遣って、声を上げるのではなく直接肩を掴んできたのかもしれないけれど、それにしてもとにかく本当に本当に驚いたぞ。うっかり悲鳴を上げずに済んで助かった。

そう私が笑いかけると、男は私の肩を掴んだまま、何やらぱくぱくと口を開閉させる。何故ここで魚の真似なんて、と思っても言えなかった。私が訝しげに首を傾げるのを前にして、更に男は口をぱくぱくと動かす。その唇から音がこぼれることはない。

「もう、本当にどうなさいまして？　ふざけていらっしゃるの？」

こんな子供のような冗談やおふざけをするような男ではなかったはずなのだけれど、エリオットやエルフェシアをあやすためならばと新たな技を覚えてきたのかもしれない。

どこまでも親馬鹿なこと、と笑いかける。だが、男は笑い返してくれるどころか、その表情をいつぞやと同じく険しくさせた。ふぃ、り、み、な。そう男の唇が動く。けれどやはり音はなく、何がしたいのだろうと首を傾げれば、男の元々白い顔色が、更にさぁっと白く――いや、青くなった。

「エディ？」

呼びかけに対する答えはない。代わりに、男の長い人差し指が、するすると宙を滑る。白い指先が残すのは、光の文字だ。その文字はそのまま文章となる。


――聞こえないのか？


ただ一言、そう問いかけてくる文章に、目を見開く。

「わたくし……？　エディ、そんな」

そんな、まさか。信じられなくて、信じたくなくて、男の美貌を凝視《ぎょうし》するけれど、男は私のすがるような視線を真っ向から受け止めて、静かに頷いた。それが答えだった。

思わず後退《あとずさ》りすると、とん、と背中に本棚がぶつかる。けれどそのわずかな音も、周りから聞こえてくるはずのひそやかなざわめきも、目の前の男の声も、何一つ聞こえない。気付けば、自分の声以外の一切の音が、私の世界から絶えていた。

そうして私は、自分が聴覚まで失ったことを知ったのだった。

＊＊＊

私が味覚、嗅覚に続いて、聴覚まで失ったことを理解した後の男の行動は早かった。改めて自身の霊魔法による診察、白百合宮の医官であるリンデバーグ先生の元への受診、そして姫様による光魔法による診察。それらをまとめて一度に私に受けさせてくれたのである。

だがしかし、その結果は、あまり……いいや、これっぽっちも、芳《かんば》しいものではなかった。男によって呼び出された水精は何の反応ももたらしてはくれず、味覚、嗅覚の検査の際と同様に、私の身体には一切異常がないという診断がくだり、姫様の光魔法はまたしても、そう、〝弾かれて〟しまった。打つ手なしとはこのことである。

味覚、嗅覚はともかく……というと若干語弊《じゃっかんごへい》はある。不便は不便であるので。とは言え、一応それらを失ったとしても、ある程度の日常生活は今までと同じようになんとか送ることができるのだから、

まあギリギリ、本当にギリギリだけれど、許容範囲ではあった。

だがしかしだ。いよいよ聴覚まで失ってしまったのは、私にとってとんでもなく大きな痛手となってしまったのである。唯一の救いは、自分の声だけは何故か解ることだけだ。これで自分の声まで聞こえなくなっていたら、私は発音というものをすっかり忘れ去っていたに違いない。

そんな私にとっての救いであるその〝自分の声だけは聞こえる〟という点もまた、男や姫様、リンデバーグ先生にとっては『前例がない』という症状の一つであるそうで、これまた謎の一つとなっているのだからもう笑……いや無理だ。笑えない。長い歴史を紡いできたこのヴァルゲントゥム聖王国における初症例に選ばれました、なんてちっとも嬉しくない。一体私はどうしてしまったというのだろう。

男やエストレージャとは筆談で会話できるものの、まだ字が書けないエリオットとエルフェシアとは交流する術《すべ》がないのだ。めいっぱいスキンシップをしても、やはり母親に自分の声が届かないのは不満であり苦痛であるらしく、エリオットはぐすぐすと泣き出すことが多くなり、エルフェシアはかんしゃくを起こすことが多くなった。

見かねた男が、魔法石開発における大家の一人である養父……私にとっては義理の父にあたるランセントのお義父《とう》様とともに、急遽《きゅうきょ》、言語をそのまま、空中に文字として映し出す魔法石を開発してくれた。

ランセント家別邸のすべての部屋に置かれることになったその魔法石は、的確に双子の言葉を拾い上げて空中に光でその言葉を綴《つづ》ってくれる。男の言葉やエストレージャの言葉も同様だ。二人を筆談という手間から解放することができたことにほっと安堵したものだ。その魔法石のおかげで、なんとか最低限の会話については困らなくなった。

会話が成り立つようになったことで、多少は双子の精神も落ち着いてきていたものの、あくまでも『多少』、いや、『ほんのわずか』に過ぎず、やはりエリオットもエルフェシアも、不安そうな顔で私に引っ付いて離れなくなってしまった。

そんな状態ではまともに家事がこなせる訳もなく――というか、この状態で家事をまだしようとしていたのかと家族総出で怒られたのだが――アディナ邸から、乳母兼侍女であるシュゼットが出向してくれることになったのである。

流石長年アディナ家に仕えてきてくれた百戦錬磨の乳母兼侍女だ。彼女の手腕により、我が家の平穏は保たれており、問題は私の状態のみ……なんて言い切れるほど、話は簡単ではない。

前述の通り双子は私から離れないし、エストレージャは私を心配するあまり王宮での仕事にも支障をきたしているらしい。そして我が夫に至っては、心配を通り越した焦燥に苛《さいな》まれ、どうにもこうにも精神状態が不安定になっていらっしゃる。

流石と言うべきか、なすべき仕事は果たしているようだけれど、他ならぬ私がしっかり見張っていないと、あの男ときたら何もかも放り出して私を抱え込み、私の異常に関する調査のみに没頭し始めそうな危うさがあるのだ。

それをしないのは、私が「それはいけません」と幾度となく言い聞かせて押しとどめているからという理由もあるし、それ以上に、不安がっている子供達の前で自分まで冷静さを失う訳にはいかないという理性が働いているからという理由もあるのだろう。子供の存在とは偉大なものである。

なんというか、私が自分の状態について不安だとか焦《あせ》りだとかを感じている暇がない。夫や子供達が私のことを私以上に心配してくれるものだから、その不安を取り除いてあげたくてならなくて、結局私の方がよっぽど精神的に安定して余裕がある状態である気がしてならない。

とは言え、そんな私もそろそろ限界である。私のせいで、愛する家族がぼろぼろになっていくようで、落ち込まずにはいられない。そんな私の落ち込みを感じ取った男や子供達が、ますます私のことを心配して不安がるという悪夢のような無限ループである。完全に詰んでいる。

五感のうち、三つも失ってしまった毎日が紡がれていく。時の流れとともに大切な家族の心もまたすり減っていくようで、正直気が気でない。

けれど、そんな態度を見せることすらまた男や子供達を追い詰めることになってしまうだろうから、私は必死になって今まで通りの自分を取り繕《つくろ》っていた。

そして、転機は突然訪れた。


「フィリミナさん、お邪魔します！　エリーくん、エルちゃん、会いに来たよ！」

そろそろ精神的な限界が近いな～、どうしたものかな～、と、もう半笑いになって現状をほぼほぼ諦めつつあった頃。男とエストレージャがいつものように王宮に向かったその後で、なんと、我がランセント家別邸に、新藤朝日夏嬢がやってきたのである。

その服装は、いつもの貴族が身にまとうような上品なドレスでもセットアップでもなく、メイド服。正確に言えば、町中で市販されている、お仕着せの侍女服である。美少女のメイドさん姿、なんとも眼福……なんて言っている場合ではないのだが、これがまたびっくりするほどかわいらしい。

エリオットとエルフェシアを足に抱き着かせたまま唖然《あぜん》とする私に、朝日夏嬢の一歩背後に控えていた乳母が、ぱちんとウインクをくれた。乳母が口を開くと同時に、玄関にももちろん置かれている言語投影用魔法石が輝き出す。

「このお屋敷は、お恥ずかしながら私一人の手には余ると判断致しまして。若旦那様にお願い致しまして、新たなる戦力として、ナツ様をご紹介いただきました」

空中に綴られる文字にこれまた唖然とする私と、朝日夏嬢の顔を見てぱあっと顔を輝かせる幼い双子を前にして、朝日夏嬢は大きく頷いた。

「そーいうこと！　お城にいても勉強とやっかみばっかりだし、それよりも私、フィリミナさん達のお手伝いがしたいって、エギエディルズさんに頼んだの」

そうしたらこんな感じに、と、光る文字が続く。汚れが目立たない暗い色味のワンピースと、その上に重ねたかわいらしいエプロンの裾をそれぞれ少しばかり持ち上げて、朝日夏嬢は胸を張った。

うわ、かわいい。なんてかわいいメイドさんなんだ。

どういう意味で感動したらいいのか解らないけれどとにかく改めて感動している私の、その無言が気になったのか、それまで胸を張っていた朝日夏嬢は、焦ったように視線をさまよわせた。その花のかんばせが、赤く染まる。

「そ、そりゃ、頼りにならないだろうし、私には前科があるから、そもそも信用だってできないだろうけど、でも、でも、私だって力になれるんだから……って、やだ、これも全部文字になるの⁉ やめてよ、記録になんて残さないでったらー！」

恥ずかしいでしょ⁉ と悲鳴を上げる朝日夏嬢の姿に、私は久々に、大きく声を上げて笑ってしまった。そんな私を見て、エリオットとエルフェシアも楽しそうに笑い出す。乳母が満足げに頷いて、朝日夏嬢はますます顔を赤くする。

「ありがとう、朝日夏さん」

なんて心強い味方が現れてくれたのだろう。

素直ではないけれど確かな優しさが込められた気遣いが、ただただ素直に嬉しい。

そんな私の気持ちが伝わったのか、朝日夏嬢は顔を赤らめながらも小さく「どういたしまして」と答えてくれたのだった。

5

朝日夏嬢《あさひな》がやってきてくれたおかげで、屋敷を覆っていた分厚い雪雲のような影が、少しばかり薄れた気がした。薄くなった灰色の雲の向こうから、美しい青色が透けて見え、その切れ目からは金色の日の光が注ぎ始める。

大好きなお友達である朝日夏嬢が以前のように常にいてくれることになったことが、エリオットもエルフェシアも嬉《うれ》しくて仕方がないらしく、「なっちゃん！」「なっちゃぁん！」と、乳母《うば》と一緒になって家事に励んでくれている彼女の後について回るその姿は、さながらぴよぴよと愛らしくさえずるふわふわのひよこのようである。

よくよく考えてみなくても、いずれ王配殿下の妹君となられる予定の朝日夏嬢に、侍女や家政婦の真似事をさせるのはまずいのでは？　と思いもしたが、その朝日夏嬢本人に「私がやりたくてやってるんだからいいでしょ。そんなつまんないこと考えるより、自分のことについて考えて！」と叱《しか》られてしまっては何も言えない。ありがたくその厚意を受け取らせていただくこととなった。

今日も今日とて、幼い双子は朝日夏嬢について回っている。

彼女に、「お母さんは今大変なんだから、その分、二人がお手伝いして、お母さんを守ってあげるのはどう？」と言われて以来、齢《よわい》一歳にして早くも使命感が芽生えたらしく、「エリー、おてちゅだいしゅる！」「エルもなのよ！」と、それはそれはまあかわいらしく決意表明をしてくれた。

乳母と朝日夏嬢にそれぞれついて回り、お手伝い……というか、まあ一歳児にできることなんてたかが知れているのでほとんどお遊びみたいなものだけれど、それでも〝自分にもできるお手伝い〟がやらせてもらえている双子はとても楽しそうだ。なんてできた子供達だろう。

エリオットとエルフェシアがそんな調子なものだから、ようやくエストレージャも、自分が塞《ふさ》ぎ込んでいるばかりではいられないと思ったらしい。何かと私を気にかけてくれつつ、以前のように王宮での仕事をこなすようになった。

『女神の愛《いと》し子の守護者』という立場にあるエストレージャだが、ただ単純に姫様のお側《そば》にはべっていればいいという訳ではない。他の護衛の騎士の皆さん達と一緒に警備態勢を見直し指示を出したり、自身の神気で結界を補強したりと、日々『守護』に関わる役割をこなしているのだという。真面目で責任感が強いあの子だから、まだ年若いにも関わらず、既《すで》に周りから頼りにされつつあるらしい。母親として実に鼻が高い。

来たる大祭に向けて更に日々を忙しく過ごす中でも、エストレージャはできる限り早く帰宅しては、エリオットとエルフェシアの面倒を朝日夏嬢と一緒に見て、私のことを何かと気遣ってくれる。長男坊が立派すぎてお母様は嬉しいのだけれど、そろそろもう少し休んでくれてもいいのよ？　とすら思えてきてしまう。

そんな風に子供達が子供達なりに、男に言わせると『異常』な状態の私に慣れ、適応していく中で、我が夫だけがそうはいかないのである。

「エディ、いってらっしゃいまし……エディ、エディったら。あの、苦しいのですけれど」

朝、幼い双子をエストレージャ達に任せて、私一人で男のことを一足先に見送りにきたところ、ぎゅううううううっと抱きすくめられてしまい、完全に身動きが取れなくなる。長身の男性にがっしりがっちりと背中と腰に腕を回されてしまってはどうにもならない。

朝っぱらから何をするのかと、その背をばしばしと叩《たた》くと、私の首元に顔を埋《うず》めたまま、男はぼそりと呟《つぶや》いた。

「行きたくない」

玄関先の言語投影用魔法石が空中に綴《つづ》ったその文字に、もう溜息《ためいき》しか出てこない。子供達はあんなにもできた子供達なのに、この男ときたらなんて仕方のない男なのだろう。知っていたけれど。

「また子供のようなことを仰《おっしゃ》るんだから……」

溜息混じりに呟き返すと、もっと強い力で抱き締められる。ぐえっと呻《うめ》き声を上げてしまいそうになったところをなんとか耐えて、とりあえず身体《からだ》を離すのは無理でも、その美貌と向き直ることはできたので、とにかくそうやって男の顔を見つめ返す。

「エディ、わたくしのことはどうかご心配なさらず……というのは無理なのでしょうけれど、とにかく早くお仕事に向かってくださいな。わたくしには、シュゼットや朝日夏さん、それからもちろん子供達もついていてくれるのですから」

「俺が一番お前についていていたい。子供達ばかりずるい」

「エディ……」

今はまだエリオットとエルフェシアの相手をしてくれているけれど、エストレージャだってもう少ししたら登城するのである。それなのに、あの子と同じくらいに責任ある立場のこの男が、この言いざまである。

子供達ばかりずるい、なんて言葉がこの男から出てくるなんて思わなかった。この男こそ子供か、と溜息を吐きたくなったけれど、男の心配もまたごもっともであることは解《わか》っていたから、何も言えなくなってしまう。

だが、駄目だ。ここで退《ひ》いてはいけない。負けてなるものか。

「わたくしのことを心配してくださるのは嬉しいですが、それで他のことをおろそかにしてはいけませんわ。心配してくださる分、お仕事を早く終わらせて、わたくしの元に帰ってきてくださいまし」

あなたのお帰りを、心からお待ちしております。そう続けると、ようやく男の腕が私から離れ、やっと私は一息吐くことができた。未《いま》だ不満そうな顔をしている男の鼻先に、ちょいと背伸びしてそっと口付け、瞳を見開く男のことをそのままぐいぐいと玄関の外へと追い出す。

「さあさ、いってらっしゃいまし」

玄関の外に出てしまえば、言語投影用魔法石はないので、何を言われても解らない。フィリミナ、と、さも名残惜《なごりお》しげに男の唇が震えた気がしたけれど、一切見なかったことにして、そのままばたんと扉を閉めた。わずかな沈黙ののちに、王宮に向かう馬車が動き出す振動が扉越しに伝わってきて、ほっと安堵《あんど》する。

よしよし、本日のミッションコンプリート。何が悲しくて毎朝毎朝こんなやりとりをしなくてはならないのか。心配してくれるのはありがたいし嬉しいけれど、だからと言ってここまで過保護になられると困ってしまう。

そして困ってしまうのは、過保護についてばかりのことではない。

「……困った人だこと」

あの男ときたら、また寝食を削って、私の異常について調べ上げているのである。このランセント家別邸にいる時は基本的に書斎で片っ端から資料を広げ、何か手がかりはないかとあらゆる手を尽くしている。なおその間、何故か私は男の膝の上に座らせられている。

エリオットやエルフェシアでもあるまいし、勘弁してほしい。恥ずかしすぎて悶死《もんし》してしまいそうになる。私がそう抗議しても、男は宙に「仕事に行っていた間の分のお前を補給しているだけだ」と言葉を綴り、まったく聞く耳を持ってくれないのだ。

側にいたい、離れがたい。言葉ばかりではなく、全身でそう訴えかけてくる夫に、抵抗できる妻はいるのだろうか。少なくとも私は無理だった。無理無理無理の無理。

というか、私の些細《ささい》な抵抗で、既に開き直っているあの男に敵《かな》う訳がなかったのだ。おかげで諦《あきら》めの境地で大人しく男の膝の上に収まっていることしかできないでいる。

エリオットやエルフェシアには羨ましがられ、エストレージャには苦笑され、朝日夏嬢には呆《あき》れ返られ、乳母には「仲がよろしくて誠に結構なことですこと」と頷《うなず》かれた。

私には無理でも、他の誰かが男のことを止めてくれるかと思ったのに、全員が全員、「今更だろう」という結論に至っている件について、私としては一つや二つどころではなく五つや六つ、なんなら十や二十くらいは申し開きをさせていただきたいのだが、何をどう、どれだけ言葉を重ねたとしても、結局言い訳にしかならないように思えてならなくて、私はがっくりとこうべを垂れるばかりだ。

そうやって男は、大祭前の準備に追われる中で、わずかな休憩時間すら惜しんで、私のために奔走《ほんそう》してくれている。まるで、かつて私がセルヴェス・シン・ローネイン青年により、魔族を介した呪いをかけられた時のようだ。あの時も男は、寝る間も惜しんで数々の資料を調べ上げていた。いいや、あの時のよう、ではなく、あの時以上に、とすら言っても過言ではないかもしれない。

あの時は、魔族というヒントがあった。しかし今回はそれがない。何もないのだ。何一つヒントが与えられない中で、やみくもに調べたって意味はないだろうに、それでも男は果敢にも現状に挑み続ける。渦中の人物である、私よりももっとずっと、必死になって。

ああそうか、だからかもしれない。

そこまでしてくれるあの男だからこそ、結局私は、その膝に大人しく収まって、なんなら時々お茶菓子まであーんしてあげているのだ。それだけのことで少しでも気が休まってくれるのならば、と。

おかげで逆に私の気は休まらないし、男のことの方が心配でならないけれど、それでも少しでも私なりにできることがあるならば。つまりはそういうことだ。

つくづく自分の身に降りかかった原因不明の異常が憎たらしい。そう改めて溜息を吐いていると、目の前にまた文字が浮かんだ。

「おかあしゃま！」

「おとうしゃまは!?」

振り返れば、エリオットとエルフェシアが、小さなあんよを懸命に動かして、私の元まで駆け寄ってくるところだった。その背後から、エストレージャ、朝日夏嬢、乳母が、幼い双子を微笑《ほほえ》ましげに見つめながら、ゆっくりとついてきている。

「お父様はもうお出かけになったわ。二人とも、朝ご飯はどうだったかしら？」

「あのね、んとね、なっちゃんが作ってくれたやつがおいしかったよ！」

「しゅぜっとのもね、とってもおいしかったのよ！」

「にいしゃまが食べさせてくれたの！」

「ねー！」

私の足にまとわりつきながら、にこにことご機嫌に口々に話す幼い言葉が、次々に私の目の前に浮かぶ。賑《にぎ》やかな光景についつい笑いながら、双子の頭をそれぞれ撫《な》でて、朝日夏嬢と乳母にお礼を込めた目配せを送り、それからエストレージャに向き直る。

「エージャもそろそろお時間でしょう？」

「ああ。行ってきます。エリー、エル、行ってくるな。ナツ、シュゼット、母さん達を頼んだ」

「かしこまりました」

「ま、任せて！」

粛々《しゅくしゅく》と一礼する乳母と、気合十分で頷く朝日夏嬢に笑いかけ、そうしてエストレージャもまた玄関から出て行った。先程と同じように馬車が遠ざかっていく振動を感じてから、私達はのんびりと中庭に面したテラスで過ごすことになった。

とことこよちよちと懸命に芝生の上を駆け回るエリオットとエルフェシア。その後を、乳母がゆったりとした歩調で追いかけながら、「お気をつけてくださいませ」と声をかけていた。

そんな三人を眺めながら、私は朝日夏嬢とテラスの椅子に座って楽しく歓談に……とはいえ私にとっては私の声しか相変わらず聞こえず、朝日夏嬢の言葉はすべて文字化されて宙に浮かんでいる訳なのだが、まあとにもかくにも、私は楽しく彼女との会話に花を咲かせていた。

「本当にありがとう、朝日夏さん。あなたが来てくれたおかげで、エリオットもエルフェシアもとっても嬉しそうで……エストレージャもエディも、少し落ち着いてくれたみたい」

「わ、私、そんな大したことしてないけど」

「あなたにとってはそうかもしれないけれど、我が家にとってはとっても大切なことだったの。だから、ありがとう」

朝日夏嬢が来てくれたおかげで、以前ほどではなくとも、確かに我が家の空気は軽くなった。わざわざこの屋敷で幼い双子の相手をしながら働かなくとも、未来の王配殿下の妹君として、王宮で悠々自適に過ごすことだってできるのに、それなのに我が家の危機に駆けつけてくれた。その心遣いを嬉しく思う。ありがとう、と更に繰り返すと、朝日夏嬢の顔が真っ赤になった。

「エギエディルズさんと姫様に頼まれたら、断れないでしょ。べ、別に、フィリミナさんが心配だったからとか、フィリミナさんのためだけとか、そういう訳じゃ……」

「ええ、解っているわ。でも、それでも嬉しいものは嬉しいし、こうしてまた一緒に過ごせることもやっぱりもっと嬉しいから、お礼を言わせてほしいの」

「…………」

私の言葉に対して、宙に綴られていた文字がふいに途切れた。おや？　と首を傾《かし》げると、朝日夏嬢は顔を真っ赤にしたまま、深く、深く、それはそれは深ぁい溜息を吐いてくれた。そこまでしっかり文字化してくれるこのテーブルの上の魔法石は本当に有能である。

「フィリミナさんってさぁ、お人好しって言われるでしょ」

「そうでもないと思うけれど」

「うそ。絶対にうそ。だってお人好しじゃなかったら、自分を殺そうとした相手に、そんなこと言えないもん」

「そうかしら」

「そうだよ」

きっぱりと断じられてしまった。あらあら、と苦笑すると、朝日夏嬢はむっすりと唇を尖《とが》らせて、「やだもう。ほんと敵わないんだもん」と続けた。

言語投影用魔法石が紡ぐ文字は、話し手の感情まで文字で表してくれるので、朝日夏嬢の言葉は嫌味や当て擦《こす》りではなく、どことなく途方に暮れたようなものであることが文字通り読み取れる。

「……こんな風に、お礼を言っているけれど。でも、本当によかったの？」

素直でないようでその実とっても素直に好意を示してくれている朝日夏嬢に、思わず問いかけた。朝日夏嬢の、青を一匙《ひとさじ》だけ混ぜた焦《こ》げ茶色という、どこか神秘的な大きな瞳が、ぱちくりと瞬《また》く。どういう意味かと問いかけてくるその瞳を見つめ返し、私は続けた。

「千夜春《ちよはる》さんのこと、一人で王宮に残してきてしまって、よかったのかと思って」

「ああ、お兄ちゃんのことね」

そんなことか、とでも言いたげに朝日夏嬢は、一つ頷いて、それから乳母に用意してもらった紅茶を口に運んだ。

「大丈夫、では、正直ないかも。この世界で私が頼れるのって、突き詰めれば結局お兄ちゃんしかいないんだし、逆にお兄ちゃんにとってだって私だけだもん。そりゃあお互いに心配に決まってるじゃない。お兄ちゃんの本当の髪の色を知ってるのは私だけで、私の髪が長かったことをちゃんと認めてくれていたのもお兄ちゃんだけだしね。そういうのって、やっぱり、大きいよ」

「だったら」

「でも」

私の言葉をかき消すように、光で綴られた文字が、どんっと目の前に鎮座する。数秒後かき消えるその文字に続いて、朝日夏嬢はまた溜息を吐いた。

「私がいると、余計にお兄ちゃんの負担になっちゃうの。本当この世界って、『黒持ち』に厳しいよね。まあ私はどんなことを言われてもどんなことをされても、そのたびにやりかえしてたけど。改めてエギエディルズさんのこと尊敬しちゃうわ」

「そ、う」

「うん。そういうこと」

女神の愛し子にして巫女《みこ》であらせられる姫君の、いずれお相手となる少年は、女神からの加護を授けられた白銀の髪の美少年。そんな彼の妹は、極めて高い魔力を示す『黒持ち』でありながら、実際はひとかけらの魔力も持たない異端の美少女。

確かに前者にとっては、後者の存在は、王宮においては……いいや、この国全体にとっては、なかなか受け入れがたい事実だろう。

けれどそれをこんな風にさらりと本人に言われてしまうと、なんと声をかけていいものか解らなくなってしまう。自然と口をつぐむ私に、朝日夏嬢はけらけらと笑った。彼女の双子の兄によく似た笑い方だった。

「さっきは大丈夫じゃないって言ったけど、撤回する。やっぱり大丈夫なんだと思うの。私も、それからお兄ちゃんも。もちろん不安はあるし、日本が懐《なつ》かしくて寂しくなる時だってあるけど、でも、ちゃんと姫様と、姫様の周りの人達は味方になってくれたし、それだけじゃなくて、私達には、その、その……フィリミナさん達だって、いてくれるんでしょ？」

「もちろんよ！」

おずおずと問いかけられた言葉に、食い気味に反応してしまった。朝日夏嬢が驚いたように目を瞬かせ、それから嬉しそうに笑ってくれる。そのかわいい笑顔になけなしの乙女心がノックアウト。うっかりデレデレしてしまいそうになった顔をわざと引き締めて、味のない白湯《さゆ》のような紅茶を口に運ぶ。

するると、ふと朝日夏嬢の顔から笑みが消えた。そのいかにも意を決したような表情に首を傾げてみせると、朝日夏嬢は「あのさ」と口火を切った。

「フィリミナさんは、その、日本のこと、今ではどう思ってるの？」

「え？」

「だから、色々、あるでしょ。懐かしいとか、寂しいとか、ええとその……かえりたい、とか」

最後は蚊の鳴くような声だった。小さな小さな、震える光の文字が、空中に綴られる。思わず息を呑《の》んだ。その問いかけは、はたして、本当に私に向けられたものだったのか。それは本当は、朝日夏嬢自身に、そして、今はここにはいない千夜春少年に対して、向けられているものではないのか。

――かえりたい？

内心でその言葉を反芻《はんすう》した瞬間、脳裏に最近よく見る夢の情景がよぎった。もしも帰ることができるのならば、あの夢の続きが見られるのだろうか。あの夢が現実になるのだろうか。そう思うとなんとも胸がざわざわと落ち着かなくなる。私が手放さざるを得なかった世界が、日本には――……。

「――ナさん、フィリミナさんってば」

「え、あっ⁉」

目の前に大きく綴られた文字に肩を揺らすと、朝日夏嬢がいかにも心配そうに私の顔を見つめていた。

「どうしたの？　急にぼーっとして。……私、変なこと聞いちゃった？」

「い、いいえ。違うの。そうではないのよ」

そう。そんなことはない。朝日夏嬢の質問は決しておかしなものではなく、当然のものだと言える。だから私は、大丈夫という気持ちをこれでもかとたっぷり込めて笑ってみせた。

「わたくしは、大丈夫よ」

「フィリミナさんの大丈夫は信用するなって、姫様もエギエディルズさんも言ってた」

「……耳が痛いわね」

半目になって突っ込まれてしまい、私は笑顔を苦笑へと変えた。これはまずい展開である。ここで更に追及されるとなんだか困ったことになりそうだったので、私は朝日夏嬢から視線を逸《そ》らして、改めて口を開いた。

「もうすぐ、いよいよ大祭ね」

「話逸らしたでしょ」

「だめかしら？」

「……今回だけね」

許してあげる、と朝日夏嬢は肩を竦《すく》めて、焼き菓子を口へと運んだ。

年に一度の、花祭りとも呼ばれる大祭。今年、また執行者を務められる姫様のご婚約者として、千夜春少年の存在がお披露目されるその日。今頃彼は、そして姫様は、それからついでにハインリヒ青年は、何を思って日々を過ごしているのだろう。

心配することすらお門違いな気がして、でも心配せずにはいられなくて、込み上げてきた溜息を紅茶で飲み込むと、朝日夏嬢がその表情を曇らせた。

「当日に向けて、お兄ちゃんへの教育もどんどん厳しくなってるけど、お兄ちゃんったら、意地っ張りの負けず嫌いだから、私が知る限りでは、なんとか食らいついてるみたいだった。あのお兄ちゃんにしては頑張ってると思う。どれだけ負担になることになったとしても、それでもやっぱり側にいてあげたかったってのが本音。でも、それなのにお兄ちゃん本人にも、『フィリミナさんのところに行ってやれ』って言われちゃったから……」

「……そう。千夜春さんは、本当にいいお兄さんね」

千夜春少年が私達の元に朝日夏嬢を送り出したのは、私のためというばかりではなく、好奇や忌避《きひ》の目に否が応でも晒《さら》され続けることになっていた朝日夏嬢のことを守るためでもあるに違いない。

そのことを朝日夏嬢も理解しているのか、彼女はしばしの沈黙ののちに、こっくりと深く頷いた。

「この世界に来た時は、私ばっかり貧乏くじだと思ったけど、今は逆なんだもん。お兄ちゃんばっかり、苦労させてる。私、守られてばっかりで」

宙に綴られる文字が震える。それはそのまま、朝日夏嬢の悔しさを表していた。

「ほんっとにあの馬鹿兄！　私が守られてるだけの妹だと思ってたら大間違いなんだから！　次に王宮に戻ったら、いやがらせしてきた奴らの服に片っ端から毛虫入れてやる‼」

「あらあら」

なかなかにうっぷんが溜まっていらっしゃるらしい朝日夏嬢に苦笑して、私は「でも」と彼女に笑いかけた。朝日夏嬢がきょとんと首を傾げるのを見つめながら、「大祭はね」と口を開く。

「今回は千夜春さんのお披露目ということで、特別盛大に執り行われるんですって。聞いているかしら、大祭では、王都中に飾られている花のつぼみが、執行者の号令によって一斉にほころび、数えきれないほどの花が一瞬で咲き誇るの。とっても綺麗《きれい》な光景なのよ。それについてだけは、楽しみにしてほしいわ」

脳裏に思い出されるのは、例年の大祭の、最高のクライマックスシーン。近年は、私は男とともに、特等席である大神殿のバルコニーからその光景を目にすることを許されていた。今年も同様であるのだと聞かされている。

姫様のご婚約については、千夜春少年がいいとか悪いとかそういうのはさておいて、とにかくちょっとどころでなく複雑であるのだが、あの光景を見られることについてだけは純粋に楽しみだ。

朝日夏嬢にも、ぜひ見てもらいたい。この世界が、残酷なばかりではなくて、確かに美しい一面もまた持ち合わせているのだということを、どうか知ってほしい。

けれど、朝日夏嬢の表情は晴れない。「そっか」と一言頷いてから、そのまま黙りこくってしまう彼女の姿に、あ、と思う。

「……寂しい？」

「そ、んなことないもん！　フィリミナさんの意地悪‼」

「ふふっ、ごめんなさいね」

つい、と笑うと、朝日夏嬢はむっとしたように頬をふくらませてそっぽを向いてしまった。そのかわいらしい仕草を見ながら、私は思う。

既に王都のあちこちに、大祭のための花が飾られつつあり、華やかな様相を呈《てい》しているのだと言う。味覚、嗅覚、聴覚を失って以来、この屋敷にこもりっきりの私には確認する術《すべ》はないのだけれど、きっとその光景は、例年と同じく、とても美しい光景なのだろう。けれどその花の香りすら、今の私には感じ取ることができないのだ。

そう思うと、やっぱり悲しくて、じわりと不安が湧《わ》き起こる。けれどそれに気付かないふりをして、私はそのまま朝日夏嬢と、それから駆け寄ってきた双子、乳母とともに、穏やかな時間を過ごしたのだった。

＊＊＊

またただ。また、夢を見ている。『前』の世界の『私』の夢だ。

つい先日、『私』にカサブランカの香りのルームフレグランスをくれた先輩が、「試写会のチケットが当たったから」とわざわざ『私』のことを映画に誘ってくれたのだ。気になっていた映画だったから、即断で「行きます！」と答えたものの、後から「これってもしやデートなのでは？」と気付き、一人慌《あわ》てた。

デートなんて久々すぎて、何を着ていこう、メイクはどうしよう、美容院に行かなきゃと焦《あせ》る私に、高校時代からの友人は、「なんつーぜいたくな悩み……リア充ほろべばいいのに……」と言いつつ、来たるデート（仮）当日まで、買い物だのメイクの練習だのに付き合ってくれた。

そしてやってきた当日。待ち合わせ時間よりも随分早く到着しそうだったから、近くのカフェにでも入ろうか、と思っていたら、なんと待ち合わせ場所には既に先輩が立っていた。声をかけると、彼は顔を真っ赤にして、「その、ごめん。重いってのは解ってるんだけど、つまり、ええと……だから、たの、楽しみすぎて！」なんてどもりながらも言ってくれて、職場ではあんなにも頼りになる先輩にも、こんな風にかわいいところがあるのかとちょっと感動すらしてしまった。

そのまま二人揃《そろ》って訪れた試写会会場で、私達はいよいよ映画を見ることになった。アクション要素と恋愛要素がバランスよく合わさった名作だった。

クライマックスを迎え、ヒーローがヒロインの腕の中で今にも息絶えようとしている場面で、なんとなくちょっと気になって隣へと視線を移動させると、私よりも年上のはずの先輩は、目を思い切り潤ませて、懸命に鼻をすすりながら、映画にのめり込んでいた。

つい放っておけなくなってハンカチを差し出すと、上映中であるということで先輩は声にこそ出さなかったものの、本当にほっとしたように私に対する感謝を示しつつ笑ってくれた。その笑顔が、今まさにヒロインの秘められし力で見事復活を遂げたヒーローの笑顔とあまりにもそっくりだったものだから、映画よりもよっぽどその笑顔の方がまぶたの裏に焼き付いた。

これが夢であるということを、私は理解している。それなのに『私』は、その夢こそを現実であると思っているようだった。当たり前のように『前』の世界で生きながら、時に苦労もあるけれど、それでも充実した毎日を送っている。

映画デートの後、先輩とはたびたびその映画について盛り上がるようになった。試写会で見た映画はシリーズ物であり、他にも何本か名作が出ているのだと教えてもらった。また一緒に見られたらいいですね、なんて冗談で言ったら、顔を真っ赤にされてしまって、私の方がもっと照れる羽目になってしまった。

それでも、その夢は、あくまでも夢なのだ。現実ではない。

徐々に自分の意識が、眠りの海から浮上していくのを感じる。ただの夢ならそのまま忘れてしまいそうなものなのに、映画の内容すらもはっきりと未だ覚えている。

これがいわゆる明晰夢《めいせきむ》というものなのかと思いながら、私はようやく目を覚ました。

そのはずだった。

「……あら？」

何故だろう。視界が真っ暗だ。確かにまぶたを持ち上げたはずなのに、何も見えない。まだ夢を見ているのだろうか。いやそんなはずはない。ちゃんと自分の顔に触れると、まぶたはちゃんと持ち上がっていて、私は確《しか》と目を開いている。

それなのに、何も見えない。

「エディ？」

隣にぬくもりを感じたから、男がまだそこにいてくれることが解る。けれどその姿をぬくもり以外で確認することができなくて、私は首を傾げながらその名を呼んだ。

まさかこの男、寝ている間に私に目隠しでもしたのだろうか。冗談やおふざけにしては質《たち》が悪すぎる……っていやいや、先程私はちゃんと顔を触って確認したではないか。別に目隠しをされている訳ではないのだ。

ならば、私は、一体どうしたというのだろう。

じわじわと不安と嫌な予感がごちゃまぜになって胸を満たしていく。真っ暗な視界の中で、ふいに、左手が誰かに持ち上げられた。そのままぎゅうと握り締められて不意打ちにびくつく私を、誰かが宥《なだ》めるようにそっと背を撫でてくれる。このぬくもり、この撫で方を、誰が間違えるものか。

「エディ……」

たった一つの最強の呪文を唱えれば、左手をくるりと返されて、手のひらを上に向けさせられる。そして、誰かの——我が夫である男のものであると思われる指先が、するするとその手のひらの上に文字を綴った。

——見えないのか？

短い問いかけこそが、私にとっての答えだった。震えそうになる身体を必死に押し留めながら頷きを返すと、力強い腕に抱き締められる。

解っている。大丈夫。何の匂いも感じなくたって、声が聞こえなくたって、姿が見えなくたって、こんな風に私のことを抱き締めてくれる存在なんて、後にも先にもたった一人だ。

なんとかこらえようとしたけれど、やっぱりこらえきれずに震えてしまっている腕を、私を抱き締める男の背へと回す。その存在を確と確かめて、私は改めて、この目の機能すらも失い、五感の内の四つ目……すなわち、視覚もまた続いて失ってしまったことを、改めて思い知ったのだった。

それからというもの、私の生活はいよいよ一変した。乳母や朝日夏嬢の手を借りてお手洗いに行く以外の時間は、ほぼほぼほとんど、寝室で過ごすことを余儀なくされた。

自分で言うのも何だが、当たり前である。鼻が利《き》かず、耳が聞こえず、目が見えない状態では、あまりにも危なっかしすぎて屋敷の中をうろつくことなんてできるはずがない。

手のひらや背中などに、直接文字を指で書いてもらうことでなんとか意思の疎通を図っているものの、文字が書けないエリオットとエルフェシアにはそれが叶《かな》わず、さぞかし不安な思いをさせていることだろう。

二人にどれだけ話しかけられ、呼びかけられても、返事ができない。二人が泣いていても、気付いてあげられない。ただ私がエリオットとエルフェシアを呼び寄せて、二人の方から私に触れてもらうことでしか、二人と接することが叶わないのが辛《つら》くてたまらない。

乳母や朝日夏嬢ばかりではなく、エストレージャや男もまた、私の身の回りの世話を何かとしてくれているらしい。大祭の準備で、例年を鑑《かんが》みるとそろそろ〝忙しい〟なんて言葉では足りなくなってくるくらいに忙しいはずなのに、努めて我が家に——正確には、私の側にいようとしてくれているようだ。ベッドの上で大人しくしている私の周りで、持ち返った仕事をこなしながら、不安がりぐずるエリオットとエルフェシアの相手をしてくれている、らしい。

何もかも伝聞系にしかできないのは、どれもこれも私には確認する術がないがゆえである。ただ、手のひらや背中に綴られる文字より与えられる情報からしか、現状を把握する術がない。

少しずつこの状況に慣れつつある自分も確かに存在しているけれど、だからと言って何かが変わる訳でもない。そんな状況下において、男のまとう雰囲気が、日に日にぴりぴりと緊張に張り詰め、私のことを助けられない自分に対する苛立《いらだ》ちや歯痒《はがゆ》さに苦しんでいることがはっきりと肌から伝わってくる。

父である男の余裕のなさ、長男坊の心配、幼い双子の不安。そのどれもが、私のこの何一つまともに生活できない状況から来ているのだと思うと胸が痛んでならない。子供達を抱き締めることすら、本人自身や周りの協力が得られないと叶わないのだから、なんかもう、本当にやっていられない。

八つ当たりしようにも、その八つ当たりしたいのが自分自身なのだからなんとも理不尽な気持ちになる。ん？　八つ当たりとは関係のない人にまで苛立ちや腹立ちを当たり散らすことだから、私自身に八つ当たり、というのは誤った表現なのか。夢の中の『私』相手だとしても？

その辺が実に悩ましい……って、いやもう極めてどうでもいいからとにかく早くこの状況をなんとかしてほしい。誰でもいいから、なんて言うこともまた理不尽で傲慢でわがままなのだろう。私のためにいよいよ完全に男は寝食をほぼ絶っているようで、朝日夏嬢による背中から伝わる日本語の筆談によると、エストレージャによって腹に拳を入れられて無理矢理寝かしつけられた一件もあったのだとか。

なんだそれめちゃくちゃ見たかった。我が息子よ、よくやった。

あなたがまたより立派になってくれてお母様は嬉しいわ、と、見えないながらもなんとかエストレージャの頭を撫で繰り回したものである。対抗するようにやってきた小さなぬくもり二つの頭も一緒に撫で繰り回しておいた。ついでに、エストレージャの不意打ちのせいばかりではなく、元々蓄積していた疲労のせいですっかり眠りこけてしまった男の頭も。ぎゅっとまた抱き締められてしまい、私はつい笑ってしまったものだ。そんな場合でもないのに。

――日々は過ぎていく。変わってしまった状態が、そのまま何も変わらないままに。

変わってしまった日常が、このままやがて当たり前のものになるのだろうか。頼りになるのは、残された触覚だけという状態で？

そうやって自問しながら、私は寝室から繋《つな》がっているバルコニーに、一人で立っていた。視力までを失ってから既に一週間以上経過している。となれば、目が見えない状態での寝室暮らしにもいい加減慣れてくるという訳で、こうしてバルコニーくらいなら、一人で出られるようになった。

いつも側についていてくれている朝日夏嬢や乳母には、既に休んでもらっている。あの二人にも気が休まらない日々を強《し》いてしまっているのが申し訳なくて、せめて夜くらいはゆっくりしてほしかった。お世話にならざるを得ないこの身がなんとも口惜しい。

ちなみに、今まで一緒の寝室で寝ていた双子は、現在はエストレージャとともに眠ってくれている。大層ご不満であったらしいが、エストレージャが狼の姿になって一緒に寝てあげることで、なんとかご機嫌を取り戻してくれているらしい。ちょっと羨《うらや》ましいとか思ってしまったが、まあそれはそれとして、長男坊グッジョブである。

壁伝い、そしてバルコニーの手すり伝いに前方と思われる方向へとえっちらおっちらと足を運ぶ。そして、バルコニーの手すりを改めて確認して、ほうと息を吐く。

今は夜だ。春であるにも関わらず、どこかまだ冬の名残を残した冷たさを孕《はら》む風が、今が夜であることを教えてくれる。

触覚だけでも残っていてくれて助かった、なんて思うのは、失ったものの大きさを改めて思い知らされたからだ。頬を撫でていく風の冷たさが、私が今ここに立っていることを教えてくれる。

私は、ここにいる。そう自分に言い聞かせて、おそらくは降り注いでいるであろう月影を全身に浴びていると、急にぐいっと身体が後方に引き寄せられた。そのまま背後から誰かの両腕が私の身体に回り、ぎゅううううううううううううっと、それはそれは力強く抱き締められてしまう。

相手が誰であるかなんて問いかけるまでもない。今更すぎる問いかけだ。

「エディ」

呼びかけると、より一層腕の力が強くなった。いい加減苦しくて、ぱしぱしと男の腕を叩いて抗議を示すと、わずかに力が緩む。それでもその腕から解放してもらえることはなくて、私は大人しくその腕に、その胸に、自分の身体を預けた。

ああ、本当に、触覚が残っていてくれてよかった。改めてそう思う。

触覚がある限り、私はこの男の存在を確かに確かめられる。しばらく男の腕の中で大人しくしていたけれど、それだけでは足りなくなってきて、身をよじって無理矢理男と向き直る体勢になる。

それでも私を解放してくれない男についに苦笑しつつ、手を伸ばす。きっとこの手の先に、男の顔があるはずだ。何度だって抱き締められてきたのだから、それくらい解る。

――ほら、やっぱり。

男の顔を、両手で確かめる。これが頬。これが耳。これが鼻。これが睫毛《まつげ》で、これが唇。指先から伝わってくるすべらかな磁器のようなきめ細やかな手触りの、それでいてただの磁器には決してありえないぬくもりに、私は笑う。

「わたくしの、かわいいあなた」

そう私が呼ぶこの男は、こんなにも美しいのだ。目で見るばかりがすべてではない。この手で触れるだけでも、十分すぎるほどこの男の美しさは伝わってくる。そう思うとちょっぴり羨ましくて、それ以上に嬉しくて、くすくすと笑い続ければ、またぎゅううっと、今度は正面から抱き締められた。男の顔が、ちょうど首筋に押し付けられている。吐息を感じた。

——どこにも、いかないでくれ。

側にいてくれと、そう、言われている気がした。何も聞こえやしないのに、確かに。だから私は、男の背に両手を回して、その腕の中で、その胸に顔を押し付けて、深く頷く。

「どこにも行きません。行くものですか。あなたや子供達を置いて、どこに行くというのです？　酷《ひど》い人。ねえ、約束したでしょう？　わたくしの居場所は、あなたの隣。あなたの側。あなたの腕の中であると」

だから大丈夫なのだと囁《ささや》く私のこめかみに、柔らかな感触が触れる。それから、額に、頬に、鼻先に、そして最後に、唇に。幾度となく繰り返される口付けを受け入れて、私は男のぬくもりを、全身で受け止めた。

その後私は、男に抱き上げられ、ベッドの上に戻された。抱き締め合って眠る夜は、久々に夢を見ない、穏やかながらも何故だか少し物足りない、静かな夜だった。

そうして目覚めた時、男のぬくもりは既にどこにも残されていなかった。日の光すら解らない状態ではっきりとは解らないけれど、どうやら私は寝坊してしまったらしい。

随分と長く眠ってしまった気がする。ただでさえ、いくら必要に駆られてとは言え、寝室からほとんど動かない生活を送っているのだから、このままでは本当にたるみ切った生活様式になってしまう。そんな危機感が、ようやく私を襲った。今の状態の私を、周囲はそれはそれは心配し甘やかしてくれている。大人しくそれに甘えてばかりでは、私は、本当にダメ人間になってしまうだろう。

それはよくない。これではいけない。せめて着替えくらい、と、ベッドからなんとか降りようとして、その段差に気付けずにべしゃっと顔から落ちる羽目になった。い、痛い。触覚しか感じられないだけに、いつもよりもよっぽど痛く感じる。

顔を触って濡《ぬ》れた感覚がしないことを確認し、ほっと息を吐く。危ない危ない、ここで鼻血なんて出していたらまた大事になるところだった。いやそれにしても痛かった……と、顔を押さえながら床の上に座り込んでいると、ふと空気が動く気配がした。あら？　と思う間もなく、誰かに身体を支えられる。

「ええと……もしかして、朝日夏さん？」

身体に触れてくる華奢《きゃしゃ》な手の感覚に、もしやと思い問いかけると、手を取られて、日本語で『うん』と綴られる。そのまま支えられつつ体勢を整えると、更に朝日夏嬢が私の手に文字を綴った。

『何してるの。危ないでしょ』

「ご、ごめんなさい。着替えくらいは、と思って……」

『今のフィリミナさんは、私達に甘えていればいいの！　無茶しないでよ』

「……ごめんなさい」

立て続けに手のひらに綴られる朝日夏嬢の言うことはごもっともだ。結局自分で頑張ろうとしても、それは結果として無理矢理無茶をしたこととなってしまうのが、今の私の状態だ。下手な真似をしたら、余計に迷惑をかけることになる。そんなことは解っているつもりなのに、それでも諦めきれなくて、自分が頑張ればなんとかなるのではないかと思いたくて、信じたくて。

昨夜のことが脳裏にまざまざとよみがえる。何も見えず、何も聞こえず、解るのはただあの男のぬくもりだけだったけれど、それでもあの男の心もまた限界に達しようとしているのが、今になると手に取るように解る。

大丈夫、と今の私が言ったとしても、あの男の心には届かない。どれだけ笑ってみせても、すぐに強がりだと看破されてしまう。

安心してほしいのに、私だってあの男に笑ってほしいのに、それでも今の私には何もできないのだ。それがこんなにも悔しくて、歯痒くて、そして何よりも悲しいことだったなんて知らなかった。知りたくなかった。いいや、本当は、知っていて、気付いていて、気付かないふりをしていただけで、ほんとうは、私は――……。

と、そこまで思ったところで、突然私の身体を、ぎゅうと誰かが抱き締めてくる。すっかり自分の考えに没頭していた私は驚きに硬直するけれど、そんな私を抱き締める存在……朝日夏嬢は、その華奢な身体を震わせながら、ぎゅうぎゅうと私を抱き締める。

そうして、ぽたりと。私の肌の上に、熱いしずくが落ちた。続けざまにぽたぽたと止《と》め処《ど》なく降る熱い雨に、ようやく、朝日夏嬢が泣いていることに気付く。

「朝日夏さん……？」

呼びかけると、びくりと私を抱き締めている少女の身体が震えた。そして、聞こえてきたのは。

「やだぁ……フィリミナさん、元気出してよぉ……元気でいてよぉ……っ！　しあ、倖《しあわ》せでいてくれないと、わた、私が、私がゆるさないんだからぁっ！」

涙でにじみ震える声が、確かに聞こえてくる。それは、この世界の言葉ではない。『前』の『私』の言葉――つまりは日本語だ。

この世界にやってきた朝日夏嬢、そして千夜春少年の言語は、日本語ではなく、この世界の言語に何故か変換されていた。それが何故かと思わないこともなかったけれど、世界を渡るとはそういうことなのだろうと、なんとなく納得していた。

それなのに、何故、今、このタイミングで、朝日夏嬢の言葉が、この聞こえないはずの耳に、日本語として聞こえてくるのだろう。

解らない。何も解らないけれど、でも。

「……大丈夫。大丈夫よ、朝日夏さん」

「ぜ、んっぜんっ、大丈夫じゃ、ないじゃないっ！」

「ううん、大丈夫なのよ。だって、わたくしはあなたに言ったじゃない。わたくしは倖せになれたんだって。今が倖せなんだって。だからあなたも大丈夫なんだって言ったでしょう？　だから、大丈夫なのよ」

「〜〜っ‼」

涙のしずくがますます降り注ぐ。私を抱き締めてくれていた腕の力が、耐え切れなくなったように緩んだから、代わりに私が彼女のことをもっと強い力で抱き締め返した。

「心配をかけてごめんなさい、朝日夏さん。それから、本当にありがとう」

流石《さすが》、『もしかしたらのわたくし』だ。朝日夏嬢は、本当に、本当に素敵な女の子である。

そのままぎゅうぎゅうと抱き締め合っていると、また空気が動く気配がした。朝日夏嬢の力がまた緩む。

彼女が背後を振り返る気配がしたから、どうかしたのかと、おそらくは扉があるであろう方向へと私も、現在一切役に立っていない目を向けた。

その次の瞬間、二つのかたまりが、ドンドーン！　と、床の上に座り込んで抱き合っている私と朝日夏嬢に、まとめて飛びついてきた。目が見えなくても衝撃でそれくらいは解る。

「エリオット？　エルフェシア？」

朝日夏嬢のぬくもりよりももっと熱い子供体温が、ぎゅむぎゅむっとくっついてくる。その名前を呼ぶと、熱いぬくもりが二つとも、嬉しそうにその身体を震わせた。伝わってくる振動に、あらあら、と笑い返すと、朝日夏嬢の身体が私から離れていく。それを名残惜しく思う間もなく、すぐさままたしても小さな二つのぬくもりが、今度は正面から私に飛びついてきた。

あまりの勢いにそのまま後ろに倒れ込みそうになったところを、誰かがさっと背後から支えてくれる。この頼もしい手は。

「エストレージャね」

ありがとう、と笑いかけると、同じように笑い返してもらえた気がした。そうして、エリオットとエルフェシアに手を引っ張られて立ち上がる。ぎゅっと掴《つか》まれた左右の手。

「こっちがエルで、こっちがエリーでしょう？」

左手を持ち上げてエルフェシアを、続いて右手を持ち上げてエリオットの名前を呼ぶと、正解！と言わんばかりにぶんぶんと手を揺らされる。

ふふん、流石お母様だろう。ついつい自慢げな顔になると、両手が解放され、代わりにまた左右の手が握られる。右は、剣だこができた、固く節くれだった手。そして左は、すべらかな手触りの大きな手。

「今度は、右がエージャで、左がエディね」

自信たっぷりにそう答えると、また『正解』という言葉の代わりに、それぞれの手が、ぎゅっぎゅっと強めに握られる。

「不思議ね。何も見えないし聞こえないのに、ちゃーんと皆のことが解るのだもの……っ!?」

最後まで言い切った瞬間に、唇をかすめていったぬくもり。思わず両手で口を押さえてから、私は「もう！」と叫んだ。

「今のは間違いなくエディですね!?　エディでしょう！　あなた以外にこんなことする方なんているものですか！　ちょっと、もう、待ってくださいな、皆笑っていませんか!?」

なんだろう。繰り返すが、見ることも聞くことも叶わないというのに、周りの皆が楽しそうに笑っているのが伝わってくるようだった。それがどうにも悔しくて、そしてこそばゆくて、もう一度「エディ」と低く呟いてから、私も結局笑ってしまった。

本当に、不思議だった。不安も、焦燥《しょうそう》も、それから恐怖も、確かにこの胸を切り裂こうとしているのに、それなのに何故だか周りの笑顔を、そしてぬくもりを、今まで以上に確かに感じるのだ。

私は、こんなにも愛おしい倖せに包まれていたのか。そう思うと、思わず泣きそうになってしまったけれど、なんとか涙をこらえて笑ってみせた。肩を抱き寄せられ、またこめかみに柔らかくあたたかな感触を感じた。されるばかりではなんとも悔しかったから、恐らくはそこにあるであろう男の顔を手で確認してから、背伸びして私も唇を寄せる。今の感触はたぶん頬だ。

そうして、それを合図にしたかのように足元に飛びついてくる小さな二つのぬくもりに、私はまた笑ったのだった。

朝日夏嬢の言葉が、日本語として、確かにこの耳に届いたのは、後にも先にもこの日のこの一度きりだった。けれど何故だか不思議とそのことを気にすることなく、私の日常はまた過ぎ去っていく。

この日以来、我がランセント家においては、今まで以上にスキンシップを互いに交わすようになった、とは、言うまでもないことかもしれない。

相変わらず私は寝室にこもりきりでいるしかないけれど、エリオットやエルフェシアにしがみつかれたり手を握られたりしては笑い、エストレージャに支えられてはその頭を撫で、男に抱き上げられては「もう！」と眉をつり上げて怒ってみせて。そんな私達のことを、朝日夏嬢や乳母は、嬉しそうに見守ってくれているのだと、男が文字を手のひらに書いて教えてくれた。

失ったものは多く大きいけれど、失ったからこそ気付けたこと、得られるものもまたあるのだと知った。

「不思議なものね……」

思わず誰にともなく呟けば、くん、と右手が下の方へと引っ張られた。続いて、左手も。この手にすっぽりと収まってしまう、大層柔らかく、熱いくらいのぬくもりに、自然と顔がほころんでしまう。

「あらあら、どうしたの、エリー、エル。お母様はなんでもなくてよ。ただ、皆が側にいてくれるのがとっても嬉しいだけなの」

ぎゅっぎゅっと手を握り返すと、右手と左手が、おそらくはエリオットとエルフェシアの両手で更に握られた。きゃらきゃらと二人が笑う振動が手から伝わってくる。どうにかその頭を撫でたくなって、ようやく解放された手をさまよわせると、今度は剣だこのある筋張った手が私の手を取って、低い位置にあるエリオットとエルフェシアの頭の上まで導いてくれた。

「ありがとう、エージャ。さあさ、わたくしのかわいい王子様とお姫様！　お母様にめいっぱいなでさせてちょうだい！」

私の手を双子の頭に導いてくれた長男坊がいるであろう方向に笑いかけてから、ぐしゃぐしゃぐしゃーっと幼子特有の細く柔らかい髪を撫で繰り回す。きゃーっと幼い双子がはしゃぐのがまた伝わってくるようだった。

「ふふ、ああもう楽しいったら。でも、そろそろおねんねのお時間でしょう？　エージャ、エリーとエルのことをお願いね。エディ、そこにいらっしゃるのでしょう？　わたくしはベッドで大人しくしておりますから、エージャと一緒に……」

エリオットとエルフェシアのことを寝かしつけてあげてきてほしい、と、そんな内容のことを続けるつもりだったのだけれど、私の手の下にいた小さなぬくもり二人が、ぎゅうっと左右から私の膝あたりにしがみついてきた。そのままぐりぐりと頭を擦《す》り寄せられる感覚がして、あらあら、と苦笑してしまう。

「もうお夕飯も食べたし、お風呂にも入ったでしょう？　早く寝ないと、明日起きられなくなってしまうわ。また明日になったら、お母様のことをぎゅっとしてくれないかしら？」

この夫婦の寝室に現在揃っているのは、ランセント、との家名を背負っている者だけだ。

朝日夏嬢と乳母には、既に休んでもらっているのだと男から聞かされ……もとい、手のひらから教えてもらっている。せっかくお父様とお兄様がいるのだからと、男とエストレージャ本人たっての希望により、エリオットとエルフェシアの世話は、なるべく二人が担当するようにしているのだそうだ。

日々を忙しいの一言では済まされないほど忙しく過ごしているに違いない男とエストレージャにはつくづく頭が下がる思いである。そんな二人にも早く休んでほしいから、名残惜しくとも双子には早めに休んでもらえるとありがたいというのがぶっちゃけた本音だ。子供の体力の無尽蔵ぶりには改めて恐れおののくばかりの今日この頃である。

私の言葉に、いやいや！　いやなの！　とばかりに、足元の二人がぶんぶんとかぶりを振るのがまた伝わってきた。そのまま更に足にしがみついてくる力が強くなり、目に見えずとも、耳から聞こえずとも、それでも感じられずにはいられないそのかわいらしさに、んぐっと変な声が出てしまった。

「気持ちはとっても嬉しいのだけれど、だめよ、エリオット、エルフェシア……あら？」

なんとか納得してもらおうと、低い位置にある頭を撫でていたら、急にその二人分の小さなぬくもりが足元から離れていった。んん？　やけにあっさりとしている。

エリオットとエルフェシアの性格を鑑みるに、ここは更にごねにごねまくった挙句、最終的にエストレージャに狼の姿になってもらってあやしてもらうまでは私から離れていかないものだとばかり思っていたのだけれど……まだエストレージャが狼の姿に変じたとは思えないし、まさか早くも母離れ？　えっそれお母様の方が寂しい！

そう一人衝撃を受けていると、前触れなく急に足が浮いた。ひゃっと息を呑んでから、最近ほぼほぼ日課となってしまった状態——すなわち、夫である男によって、横抱き、言い換えれば〝お姫様抱っこ〟なる状態にされていることに気付く。

「エ、エディ？　どうなさいまして？」

反射的に男の首に両腕を回しつつ問いかけると、密着した身体から、くつくつと男が笑う振動が伝わってきた。

何を笑っているのだろう、と思う間もなく、私の身体は、今度は柔らかな感触の上に下ろされる。周囲をぺたぺたと触って確認し、この手触りからすると私の下に敷かれているのは布団であることを察するけれど、いつものベッドとは違う感触だ。

「エディ？　エージャ？」

まだそこにいるであろう大人二人の名前を呼ぶ。けれど答えの代わりに返ってきたのは、どーん！

と一斉にぶつかってきた小さな二人分のぬくもりだった。受け止めきれずにそのまま後方へと倒れ込むけれど、頭もまた柔らかく分厚い布団によって受け止められる。

両腕にそれぞれエリオットとエルフェシアを抱いた状態になって、おそらくは床に敷かれているであろう布団の上に寝そべる体勢になった私は、どういうことなのかと役に立たない目をさまよわせた。身を起こそうにも、左右から双子にしがみつかれていては叶わない。

結果としてごろーんと布団の上に転がったままでいる私の手が、ふいに持ち上げられた。この手触りは我が夫殿だ。大人しく手を預けたままにしておくと、その手のひらにさらさらと文字が綴られる。

「……まあ、朝日夏さんの発案ですの？」

問いかけに、是、とまた綴られる。

男が私の手のひらを介して教えてくれた内容はこうだ。

近頃、お母様――すなわち、私と一緒に眠れなくて、エリオットもエルフェシアも大層おかんむりであり、同時に大層不安がっていると。とはいえ、親子四人、しかもその内一人が目が見えない状態で、揃ってベッドの上で眠るのは少々どころではなく危ないし、エストレージャを仲間外れにするのもよろしくない。そこで、朝日夏嬢の故郷の風習――ベッドで寝るのではなく、床に直接布団を敷いて眠るのはどうだろう、という運びになったのだそうだ。

つまりは日本的な敷布団か。なるほどなるほど、と私は頷いた。

ベッドで眠るのが当たり前であるこの国において、確かに敷布団という発想はなかなか出てこないだろう。床に布団を敷けば、双子がベッドから転がり落ちる心配もないし、私もまた同様である。しかも、全員揃って並んで眠ることができる。すばらしい妙案である。

「ということは、今日は、エディばかりではなく、子供達ともわたくしは一緒に眠れるのですね」

どうやら私を中心にして、その左右にエリオットとエルフェシア、更にその向こうにそれぞれ男とエストレージャが並んでくれているらしい。双子が嬉しそうにぎゅうぎゅうと私にしがみついてくる。それから、その向こうの男とエストレージャが、エリオットとエルフェシアに腕枕をするような形になっている私の手を、それぞれそっと握ってくれた。

四人分のぬくもりは、それぞれ異なるものだ。けれどどれもが、失いがたい、何よりも尊いものだ。

「わたくしは果報者ね」

思わずそう言って笑うと、ぎゅぎゅっと左右の小さなぬくもりが更に私にしがみつき、両手を握り締めてくれている手の力もまた両方とも強くなる。ふふ、と込み上げてくる幸福感に心から浸りながら、私はそのまま、眠りの海へと沈んでいった。

そして私は、『私』として、ランセント家別邸の寝室の布団の中で眠っているのではなく、日本における新しい就職先のオフィスの階段の踊り場に立っていた。

なんと今日、入社して初めて、一つ企画を任せてもらえることが決まったのだ。緊張するし不安もあるけれど、それ以上に期待の方が大きくて、どきどきと興奮が冷めやらない。自分の席に座っているばかりではこの興奮が抑えきれず、トイレ休憩と称してこの踊り場までやってきて、一人「よっしゃあ！」と拳《こぶし》を突き上げていた、訳なのだけれど。

天井に向かって突き上げた拳を震わせていたら、ぷっと誰かが噴き出す声が聞こえてきた。え？

とそちらを振り返れば、廊下と階段を結ぶ扉が薄く開いていて、その向こうで、何かとよくしてくれる先輩が、思い切り肩を震わせている。

み、見られた。完全に油断していた。顔が真っ赤になっていくのを感じる。そのまま凍り付く私の元に、扉を抜けてやってきた先輩は、「ほら」とあたたかいペットボトルを差し出してくれた。私好みの濃い目の緑茶だ。前祝いだと笑いかけてくれる先輩に、恐縮です、と頭を下げながらありがたくペットボトルを受け取る。じんわりと伝わってくるぬくもりが、なんとも嬉しく、そしてこそばゆい。

思えば、私が今回企画を任せてもらえることになったのも、この先輩の手助けがあってのことだ。何かお礼をさせてほしくて、「先輩、私にしてほしいこととか、私としたいこととか、何かありますか？　応相談です」と冗談混じりに笑いかけると、驚いたように目を瞠《みは》った先輩はほんのわずかな間も置かずに、「じゃあ俺と付き合ってほしい」と大真面目に言い切った。

――え？

今度は私がぽかんと大口を開けて、大きく目を瞠る番だった。

そんな私の反応に、自分が何を言ったのか遅れて気付いたらしい先輩は、みるみる内に顔を真っ赤に染めて、「ち、違う！　いや違わなくて本音だけど、その、こんな風に交換条件みたいにして付き合ってほしい訳じゃ……！」なんてごにょごにょ必死になんとかごまかそうとしてくれているけれど、まあそれでごまかされる私ではない。

あまりにも先輩が慌てているものだから、いわゆる告白をされた身であるというにも関わらず、なんだか妙に冷静になってしまう。先輩は相変わらずわたわたと挙動不審だ。その姿がどうにもおかしくて、かわいくて、ついつい噴き出してしまう。

――そうですね、先輩、私は……。

わたし、は。その後、どう答えるつもりだったのだろう。ふいに言葉に詰まる。先輩のことは素敵な人だと思う。仕事ができて頼りになるし、親切だし、優しいし、それでいてこんな風にかわいいところだって見せてくれる、とても魅力的な男性だ。

けれど、それなのに、何故私はすぐに頷けないのか。

そもそも――――先輩の名前って、なんだったっけ？

そう気付いた瞬間、手から力が抜けた。せっかくもらったペットボトルが階段から転がり落ちていく。慌てて拾おうとしてバランスを崩した私のことを、慌てて先輩が抱き締めるように支えてくれる。

力強い男の人の腕。確かなぬくもり。息を呑む私を、先輩がそのまま抱き締めてくる。私はたぶんこの人のことが好きで、だから嬉しいはずなのに……それなのに、どうしようもない恐怖に襲われる。

だって、だって私が欲しいぬくもりは、このぬくもりではないのだから。

そこまで思ったところで、私はようやく、夢から目を覚ました。

＊＊＊

エリオットとエルフェシアに左右を挟まれて眠るフィリミナの姿を、布団の上に片肘をついて見下ろしながら、エギエディルズは思う。フィリミナに異常が現れてから、はたして今日で何日目だろうかと。一か月程度であるはずなのに、その日々はあまりにもあっという間だった。

最初は味覚。次に嗅覚。更に聴覚、視覚と続き、今はもうフィリミナは、決して一人では生活できないところまで追い込まれている。

それでも気丈に、なんでもない、大丈夫なのだと振る舞う妻の姿に、何度胸が締め付けられたことだろう。なんでもないはずがない。大丈夫であるはずがない。それなのに、それでもフィリミナは自分で立とうとする。以前よりはマシになったとはいえ、未だに他人を、エギエディルズを頼ることを、よしとしない節がある。

いい加減にしろと怒鳴りつけても、頼むから頼ってくれとすがっても、どちらも無駄であるに違いない。エギエディルズの妻は、そういう変なところで頑固なのだ。きっとそう本人に告げたら、「あなたにだけは言われたくありませんわ」と唇を尖らせるのだろうけれど。

エリオットを挟んで繋いだ手に力を込める。確かにそこに自分が愛するぬくもりがあるというのに、不安ばかりが胸を占める。失えないぬくもりが、徐々に、確実に、失われつつある。誰にそう言われた訳でもないというのに、喪失感が日に日に大きくなっていく。

フィリミナが最後に食事を作ってくれたのはいつだったか。土産にと渡した花の香りを彼女は知らないまま。どれだけ呼びかけてもこの声は届かず、いくら向き合っても本当の意味で視線が噛《か》み合うことはない。

五感の内、四つもの感覚を失ってしまったのはフィリミナの方であり、不安も恐怖も、フィリミナこそが感じるべきものであるというのに、それなのにエギエディルズは、まるで自分の方が五感を失っていっているような感覚に陥《おちい》っている。

二つ目の感覚、嗅覚が失われた時点で、もしやとは思っていたのだ。だからこそ姫や養父にも相談し、自身だけの魔力に頼る狭義の意味での魔法、精霊の力を借りる霊魔法、神の力を借りる魔法、それ以外にも様々な呪術に手を出し、フィリミナに守護の魔法をかけた。

フィリミナ本人は知らないことだが、今の彼女は、それこそ国賓《こくひん》級、下手すればもっと貴い身分の存在以上に、ありとあらゆる守護や加護に守られている状態である。

それなのに、それら一切をすり抜けて、彼女の五感は失われていく。

フィリミナがいるからこそ、自分は食事をおいしいと思うし、季節の匂いを感じ取れるし、言葉の意味そのもの、その重要性を理解することができるのだし、フィリミナが隣で笑ってくれる世界を美しいものだとこの目で認識することができるのだ。

けれどそんな彼女が、失われつつあるのだ。そんなことなど許せるはずがないのに、現状としてただ手をこまねいて見ていることしかできない自分の無力があまりにも情けなく、悔しくてならない。

女神の愛し子という、光魔法の大家と言っても過言ではない姫とともに、大祭の準備の合間を縫って……いや、むしろ大祭の準備を片手間に追いやって、日々過去の文献をさらい、毎日のようにフィリミナの身体を診察しているものの、未だ何一つ手掛かりは得られていない。

その事実こそが、なおさら事の異常性を引き立てている。

フィリミナの身体には、一つとして異常がないのだ。ただただ自然な、かくあるべき状態であり、姿であり、病気である訳でも呪いにかかっている訳でもなく、純粋に五感の内の四つが失われている、それだけだ。

養父であるエルネストとともに、失われた感覚を補佐する魔宝玉や魔法具を取り急ぎ作ったものの、どれも無駄に終わった。守護の魔法と同じく、何一つ意味がない。どれを使っても、相変わらずフィリミナの感覚は失われたままだった。まるで、その感覚そのものが最初から存在しなかったかのようだった。

手掛かりになるものなど何一つない前例のない状態である。だがそれがなんなのだ。どんな異常も最初は前例がなくて当然で、ならばその第一例として扱うだけだ。

エギエディルズは自分の能力というものを正しく理解しているつもりでいる。だからこそ、必ずフィリミナのことを自分の力で元に戻せるものだと思っていた。

――それが過信であったと気付かされたのは、いくつめの五感が失われた時だっただろうか。

一つ、感覚が失われるたび、フィリミナの存在もまた希薄になっていくようだった。四つの感覚が失われた今、フィリミナの存在感はあまりにもはかなく感じられてならない。

いくら呼びかけても、抱き締めても、そのまま消えてしまうのではないかという不安に苛《さいな》まれる。

おかげで最近はちっともよく眠れない。何度夜中に目を覚まして、フィリミナの寝顔と、その寝息を確認し、確かに鼓動があることに安堵したことか。

　フィリミナは困り果てていたけれど、仕事を黒蓮宮《こくれんきゅう》ではなく、フィリミナの側にいられるこのランセント家別邸に持ち込んでいるのは、決して間違った判断ではなかったとつくづく思う。ほんの少しでも目を離したら、エギエディルズにとって他に誰の代わりもいないたった一人の存在は、そのまま音もなく消え失せてしまいそうだった。

　エギエディルズですらそう思っているのだから、母親という存在に重きを置くエリオットやエルフェシア、そしてエストレージャについては言うに及ばないだろう。

　エギエディルズは、今のところかろうじて子供達の前では落ち着いた態度を取ることができているが、それでも子供達は子供達なりに思うところや感じ取るところがあるらしく、フィリミナから離れようとしない。

　以前であれば、それはエギエディルズにとって、幸福の象徴である光景だった。愛しい妻と、大切な子供達が、揃って穏やかに時を過ごしている姿は、エギエディルズの宝だった。

　それが今はどうだ。いずれ……いいや、もうすぐにでも、その光景が失われてしまうのではないかと思えてならないのだ。

　フィリミナの現状について知る者は少数に限られているが、当然フィリミナの実家であるアディナ家は、この現状について詳《くわ》しく知るところとなっている。フィリミナの両親は元より、彼女の弟であるフェルナンの動揺はすさまじかった。「お前がついていながら……！」と胸倉を掴まれたものだ。

　ああそうだとも。他ならぬ自分がついていながら、フィリミナを追い込んでいる。だからこそどんな罵倒《ばとう》も、なんなら拳すらも受け入れようと思っていた。

それなのに、あの義弟は、今にも泣き出しそうな顔になって「姉上を、助けてくれ」と自分にすがったのだ。どんな窮地に陥ろうとも、絶対に自分にだけは頼み事はしないと決めているはずの義弟の、血を吐くような懇願に、エギエディルズは唇を噛み締めることしかできなかった。

助けられるものなら、とうの昔に助けている。誰よりも何よりも、フィリミナのことを想っている自負があるからこそ、必ず自分が彼女のことを助けてみせるつもりだった。それなのに。

「――俺は」

なんて、無力なのだろう。

王宮筆頭魔法使いという肩書も、救世界の英雄という肩書も、純黒を持つ者という肩書も、飾りにすらならない。どれもこれもがエギエディルズにとってはフィリミナのためにこそある肩書であるからこそ、フィリミナを助けられないそれらなんて、何の意味もないのだ。

フィリミナ。フィリミナ。何度呼びかけても、答えてくれる声はない。子供達に囲まれた、嬉しそうな、穏やかな寝顔は、いくらだって見ていたいものだけれど、同時にどうしようもなく不安になる。このまま彼女が目覚めなかったら、と。

かつて彼女が呪いをかけられた事件のことが思い出される。エギエディルズを庇《かば》ってセルヴェス・シン・ローネインの凶刃《きょうじん》に倒れたフィリミナは、そのまま呪いに取り込まれ、生死の世界をさまよった。あの時も、もしもこのままフィリミナが目覚めなかったら、と、最悪の予想に苦しめられたものだ。あの時とは状況が違う。呪いではなく、もっとまた別の何かによって、フィリミナが奪われようとしているのではないか。そう思えてならない。

誰が相手であろうとも、エギエディルズ・フォン・ランセントから、フィリミナ・フォン・ランセントを奪うことは許さない。許すものか。もしもそんな存在がいるのだとしたら、たとえフィリミナ本人に止められたとしても、必ずこの手で八つ裂きにしてくれる。

この想いの名前は何なのだろう。

恋か。それとも愛か。なんだっていい。どうでもよかった。ただエギエディルズにとっては、フィリミナがいてくれたらそれでいい。ならばこの想いには『フィリミナ』とでも名付けるべきなのかもしれない。

――わたくしの居場所は、あなたの隣。あなたの側。あなたの腕の中ですとも。

見えないはずの目でしかとエギエディルズのことを見つめて誓ってくれた穏やかな声が耳朶《じだ》によみがえる。

そう、既に言質《げんち》は取っている。本人がそう言ってくれたのだから、誰に恥じることもなく、エギエディルズはその権利をほしいままにする。たとえフィリミナが「やっぱりなしで……」なんて言い出したとしても知ったことか。誰が手放してやるものか。誰に奪わせるものか。

重要なのはフィリミナで、あとはもちろん子供達と、お互いの実家の家族と、それから一応、数少ない自称友人達。それでいいのだ。

エギエディルズにとって、真実本当に大切なものとはとても少なくて、だからこそ何一つ失えない。

フィリミナは「あなたも丸くなられましたね」なんて笑っていたけれど、それはフィリミナがいてくれたからこそなのに。

フィリミナがいなくなってしまったら、それらは何もかも意味をなさなくなるのだということを、フィリミナばかりがちっとも解ってくれないのだからなんとも歯痒く、いっそ腹立たしい。

「俺には、お前だけなんだ」

エリオットを挟んだ向こう側で穏やかに寝息を立てているフィリミナに、そっと囁く。自分を生かすのも殺すのも、すべて彼女だ。エギエディルズを今日まで生かしてくれたのはフィリミナで、明日からのエギエディルズを生かすのももちろんフィリミナなのだ。

彼女は数えきれないほどの宝を自分に与えてくれた。その最たるものであるのが、今こうして一緒に眠っている子供達だ。

優しい寝息が四つ、エギエディルズの耳に届く。手前から、エリオット、フィリミナ、エルフェシア、エストレージャである。久々に母と一緒に眠れることがよっぽど嬉しいのか、エリオットもエルフェシアも、ぴったりとフィリミナにくっついて、ふにゃふにゃと倖せそうに寝言を呟いている。その更に向こう側では、エストレージャもまた穏やかに眠っていた。

朝日夏の提案にてこうして床で一緒に寝るという運びになったのだが、当初エストレージャは「俺はいい」と顔を真っ赤にして断ってきたものだ。そこを、エリオットとエルフェシアに「にいしゃまも一緒なの！」「一緒じゃなきゃめっ！　なのよ！」と捕まえられ、目に入れても痛くないほどかわいがっている幼い弟妹の主張に、長男坊はあえなく陥落していた。

この愛おしい光景も、フィリミナがくれたものだ。フィリミナがいてくれるからこそ成り立つものだ。逆を言えば、彼女がいなくては決して成り立たないものなのだ。

だからこそエギエディルズは、何があろうともフィリミナを元に戻してみせるつもりだ。それこそ、何を犠牲にしたとしても。どんな存在も、エギエディルズにとってフィリミナに代えられるものではないのだから。

ぎゅ、ともう一度、フィリミナの手を握り直す。反射的に握り返される手に心底安堵する。彼女がここにいてくれることが、ただただ嬉しくて、だからこそ失いがたくて。

だから、と唇を噛み締めたエギエディルズの鼻を、ふわりと何かがくすぐっていった。一瞬それがなんなのか解らなかったが、遅れて気付く。花の香りだ。

心地よく芳《かぐわ》しいそれは、大輪の百合のそれか。特に香を焚《た》いているわけでもないのにおかしなこともあるものだ。そしてエギエディルズは、そういえば、と思い出す。

――母さんから、花の匂いがするんだ。姫様と同じ匂い。どんどん強くなってる。

そんなことを、つい先日、エストレージャが言っていた気がする。

フィリミナとクレメンティーネの親交は、エギエディルズが思わず嫉妬せずにはいられないほど深いものだから、フィリミナがクレメンティーネから、何かしらの香水や香木でも贈られたのかもしれない。

ああそれにしても、本当に、いい匂いだ。どうにもこうにも眠気を誘われてならない。

近頃、それこそ何も解らないはずのフィリミナすら「エディ」と苦言を呈してくるくらいに寝食を削って大祭に向けた準備とフィリミナの異常についての調査に追われていたものだから、余計に眠いのだろう。

子供達が寝たら、また新たな禁書を開こうと思っていたのに、と、そこまで思ったエギエディルズの意識は、そのまま眠りの淵《ふち》へと沈んでいった。


そして、エギエディルズは、一晩ぐっすり眠ったのちに、は、と、ようやく目を覚ました。


すっかり眠りこけてしまった。今日も仕事だ。それからもちろんフィリミナのための調査だってしたい。どちらに重きを置くかと言えばもちろん後者だ。

今年の大祭が、クレメンティーネの婚約者という扱いとなっている千夜春のお披露目の意味合いも込められているとはいえ、エギエディルズにとっての優先順位は何よりもフィリミナが一番なのだから仕方ない。フィリミナには怒られそうなものだが、クレメンティーネ本人にだって「貴方《あなた》はフィリミナを優先なさい」と言われている。だから誰にも文句を言われる筋合いはないし、言わせるつもりなど毛頭ない。

さて、食事の準備はアディナ家から出向中の乳母であるシュゼットと、朝日夏に任せてあるから、自分は自分で身支度を整えて、昨夜読み損ねた禁書でも開こう。そう結論付けて身を起こしたエギエディルズは、そこでようやく、フィリミナもまた身を起こしていることに気が付いた。

知らず知らずの内にぎくりとする。まったく気付かなかった。気配には敏《さと》い自覚のある自分が、自分よりも先に目覚めているフィリミナに気付かないなんて、そんなことがあるのだろうかといっそ不思議になる。それくらいに、彼女の気配は、希薄になっていた。それこそ、向こう側が、透けて見えるのではないかとすら思えるほどに。

「フィリミナ？」

呼びかけても、彼女の耳には届かないことは解っていた。それでも呼ばずにはいられなかった。エギエディルズの唯一無二の妻は、布団の上にぺったりと座り込み、ぼんやりと宙を見上げていた。その瞳がゆらりと揺れて、ゆっくりと彼女は周囲を見回す。

「……エディ？」

そうして最初に呼ばれたのは、彼女にだけ許した、自分の呼び名だった。エギエディルズが返事をするために、寝ている間にほどけていたフィリミナの手を再び掴もうと手を伸ばすが、それよりも先に、フィリミナはきょろきょろと周囲を忙《せわ》しなく見回す。

「エリー？　エル？　エージャ？」

続いてその唇からこぼれたのは子供達の愛称だ。

頼りなげな声に、何か、とても、本当にとても、嫌な予感がした。

「みんな、どこ、に、いるの？」

呆然《ぼうぜん》と呟かれた言葉にぞっと冷たいものがエギエディルズの背中を駆け抜けていった。まさか、と思う間もなく、フィリミナが立ち上がろうとして、失敗してバランスを崩す。その身体が布団に沈む前に、素早くエギエディルズが受け止めたものの、フィリミナはそんなエギエディルズに気付くことなく、懸命に身をよじる。

「いや、いや、どこ⁉　皆、どこにいってしまったの⁉」

それは、最早《もはや》完全に悲鳴だった。

悲痛な叫びに、子供達もまた目を覚まし始める。そしてエストレージャが顔色を変え、エリオットもエルフェシアも、母のただならぬ様子に怯《おび》えながらも懸命に母に抱き着こうとする。だが。

「どうして動けないの⁉　いや、だれか、エディ、エディ、どこですか。たすけて……！」

「フィリミナ！」

俺は、ここにいる。お前のことを、確かにこの腕に抱き締めている。

そう伝えたいのに、伝える術がない。

フィリミナは、エギエディルズに抱き締められていることを理解していない。ただ身動きが取れないという事実に恐怖し、エギエディルズに助けを求めている。エギエディルズは、彼女のことを抱き締めているのに。ぬくもりが伝わっていないのだ。つまり。

「触覚までか……！」

とうとう最後に残されていた五感の一つ、触覚まで失われてしまったのだ。暴れようとするフィリミナをもっと強く抱き締める。そうしなければ、エギエディルズの方が気が狂ってしまいそうだった。

辛いのは、苦しいのは、フィリミナの方であるのに。


——ああ、花の匂いがする。むせ返るまでに甘く芳しい、数多《あまた》の花の匂い。

「おかあしゃま！」

「おかあしゃまぁ！」

「母さん！」

「————ッ！」

子供達の叫びに、フィリミナは声なく悲鳴を上げた。そしてその華奢な身体から力が抜ける。ぶらりと手が落ちた。ぎょっと目を見開くエギエディルズの腕の中で、フィリミナは、完全に意識を失ったのだった。

「フィリミナ……！」

エギエディルズの呼び声に、答えてくれる穏やかな声は、聞こえない。

6

ふ、と。

唐突に意識が浮上して、私はぱちりと目を開いた。開いてから、自分がそれまで目を閉じていたことに気付いて、おや？　と首を傾《かし》げる。その首を傾げる仕草すら、自分でやっているというのに他人事のようだった。

なんとも不思議な感覚ばかりが全身にまとわりつき、正直あまりいい気分ではない。

「わた、くしは……」

誰にともなく呟《つぶや》いて、おやおや？　と更に首を傾げる羽目になった。ええと、私はどうなったのだろう。

また『前』の『私』の夢を見たことは覚えている。それから目覚めた後、左右にくっついてくれたはずの小さなぬくもりも、この手を握り締めていてくれた頼りになるぬくもりも、何もかも感じ取れなくなっていたのだった。

何も見えず、聞こえず、感じられないあの感覚は、筆舌に尽くしがたい。なりふり構わず泣き叫び、あの男のことを呼んで、それから。

「……？」

そこまで考えてから、ようやく、自分の目が、自分の姿を捉えることができていることに気付く。目が見える。周囲は花の匂いで満ちていて、その匂いも感じ取れる。強すぎる甘い匂いにむせ返りそうになるほどだ。自分の声は元々聞こえていたけれど、今までよりもはっきりと聞こえるようになっている気がする。訳が解《わか》らず思わず抱き締めた自分の身体《からだ》の感覚もまた取り戻していた。この調子では味覚も戻っているのではないだろうか。

つまり、現状として私の状態は、ようやく本来の万全たるものとなった訳だ。

「エディ……？　エージャ、エリー、エル？　どこにいるの？」

一緒に寝ていたはずの男や子供達を呼んでも、誰も答えてはくれない。そうしてようやく、たった一人、真っ白な空間に取り残されていることを自覚する。きょろきょろと周囲を見回しても、この目に映るのはどこまでも続く真白。上も下も右も左もなく、ただただ真白い空間が続いている。

どうやら私はまた夢を見ているらしい。それも、どちらかと言えば悪夢と呼ぶにふさわしい方の夢っぽいところがなんとも憂鬱だ。早く目覚めなくてはいけない。きっとあの男も子供達も心配している。けれどこんなにも私の意識ははっきりしているのに……いいや、はっきりしているからこそ、どうやって目覚めたらいいのか解らない。

えっこれ詰んでないか？　と愕然《がくぜん》としていると、突然——本当に突然、前触れなど何もなく、目の前に大きな姿見が現れる。

私の身長よりもずっと高く、横幅もある、とても大きな鏡だ。百花繚乱《ひゃっかりょうらん》とばかりに白銀の花の装飾がほどこされている、美しいそれ。ひえっと思わず後退《あとずさ》りしつつも、そのチリも指紋も何一つ残さず見事に磨き抜かれた鏡面から目が離せない。なんて綺麗《きれい》な鏡だろう。

鏡には、私が映っていた。目をまんまるにしてこちら側を見つめてくる、フィリミナ・フォン・ランセント。間違いなく私である。そして鏡に映り込む背景もやはり白。目が見えていることを改めて確認しつつ、一歩、二歩と続けて前へ出てもっと鏡を覗《のぞ》き込もうとすると、突然ぐにゃりとその鏡面が歪《ゆが》んだ。

これまた驚きに後退りしそうになったけれど、寸前で思いとどまる。だって鏡に映っていた私の姿が、瞬《まばた》きの後に、『前』の『私』の姿になったからだ。そしてその背景は、懐《なつ》かしい、『私』が暮らしていた日本のものへと変わる。

「――どうして」

呆然《ぼうぜん》と呟く私をよそに、鏡の中の『私』は、リクルートスーツに身を包んで、夜道を急ぎ足で歩いていた。

あのスーツには見覚えがある。忘れるはずがない。『私』が命を落とす原因となったひったくりに遭《あ》ったあの日に着ていたスーツなのだから。だったらこの後は、と顔を蒼褪《あおざ》めさせる私の目の前で、『私』が背後からやってきた車によってひったくりに遭った。音は聞こえないものの、甲高いブレーキ音が聞こえてくるようだった。

ひっと身体を震わせる私の目の前で、硬いアスファルトの地面の上に転がった『私』は、そのまま命の灯火《ともしび》をかき消され――る、ことはなかった。


「……うそ」


『私』は生きていた。多少怪我《けが》は負ったものの、打ちどころが悪かったということもなく、よろよろ上半身を起こして、走り去るひったくりの車に向かって、おそらくは「バカヤロー！」なんて叫んでいる。そんな『私』の元に、騒ぎを聞きつけたご近所の皆さんが駆け寄ってきてくれて、警察と、一応ということで救急車を呼んでくれた。

そこから先は、まさに順風満帆《まんぱん》と呼ぶべきものだった。ひったくりに遭ったものの、軽傷で済んだ

『私』は、就職先が見つかった。大変だけどやりがいのある仕事で、しかも何かと目をかけてくれる頼りになる先輩がいる。

『私』よりも四歳年上であるという彼は、わざわざ「前に話していたから」とルームフレグランスを贈ってくれたり、「試写会のチケットが当たったから」と映画に連れて行ってくれたりと、正直『私』がうっかり恋に落ちてもおかしくないことを次々とやらかしてくれている。実際、鏡の中の『私』は、その先輩と一緒にいるのが、とても楽しくて嬉《うれ》しくて仕方がない様子だった。

これは、何だ。私は、何を見せられているのか。そう呆然と立ち竦《すく》む。

いいや、違う。〝何〟もないことは、本当は解っていた。

これは、夢だ。

私がここ最近、ずっと見てきた夢だ。『前』の『私』が事故に遭っても命を落とさずに、そのまま人生を継続させている夢。

もしかしたら、と、ほんの少しだけ願ったことがある、途方もない夢だった。


「────すてきでしょう？」

「ッ⁉」

甘く匂い立つかのような、魅惑的な声だった。幼く稚《いとけな》い少女のそれのようにも、妙齢の美女のそれのようにも聞こえる、なんとも不思議な、確かな魅力にあふれた女性の声だ。

突然聞こえてきた声に身体をびくつかせつつ背後を振り返る。そして私は息を呑《の》んだ。

「こんにちは、はじめまして……と、人の子はこういうときに言うのかしら？」

『それ』は、とても、本当にとても、美しい、美しすぎる女性だった。

地にまで届く豊かに波打つ髪は、金剛石かオパール、はたまた真珠を思わせる、それでいてそんな無機物とは比べ物にならないほどきらびやかにきらめく白銀の髪。

瞳は磨き抜かれた輝ける大粒の黄金。その瞳を縁取る睫《まつげ》毛の色は髪と同色の白銀であり、長く濃く生え揃《そろ》うさまはさながら豪奢《ごうしゃ》な王冠を戴いたかのようだ。

肌の色は雪よりも白く透明で、その肌を覆う衣装は真白くたっぷりとした、最低限の縫い目……いいや、縫い目なんて存在しないかのような、ごくごく自然でありシンプルなドレスだけれど、彼女を飾り立てるに当たって余計な装飾など何一つ不要なのだということを証明するかのようなドレスだった。

たっぷりと贅沢《ぜいたく》に布を使った、極めてゆったりとしたドレスでありながら、彼女の豊満な女性らしい身体のラインははっきりと窺《うかが》い知れた。豊かな胸、くびれた腰、その腰から続く下半身への優美なライン。

どれもこれもがあまりにも魅力的な、美しい存在だった。とても、とても、本当に。

けれど彼女にはどこか見覚えがある。魅入《みい》られたように見つめながら、思わず「姫様？」と私は呟いた。呟いてから、ああそうだ、と納得する。

目の前の彼女は、まるで、私が敬愛する姫様がいずれ成長なさったらこうなるのでは、と思わずにはいられないほど、姫様のお顔立ちに似通って……いいや、姫様のお顔立ちそのものを持っていた。

私の呟きに、成長した姫様と極めて似通った、けれど決して同じではない存在は、「お前の目にはそう映るのね」と微笑《ほほえ》んだ。それがどういう意味かと問いかけるよりも先に、「それよりも」と彼女は続ける。

「ねえ、すてきでしょう」

先程と同じ台詞だ。彼女の黄金の瞳が、私の背後の姿見へと向けられていることに気付き、どう答えたものかと迷っていると、彼女はふわりと春風のように慈悲深く、美しく微笑みを深めた。

「わたしなら、そのすてきなものを、お前にあげられるわ」

ねぇ、すてきでしょう。そう再び繰り返す彼女から、どんな言葉であっても表現できないような威圧感を感じた。ただそこに佇《たたず》んでいるだけなのに、圧倒的な存在感を感じる。

あの男や姫様が時に他者を威圧する場合に発するものではなく、むしろエストレージャがその本性たる狼《おおかみ》の姿になった時や、先達《せんだつ》て渡った精霊界において出会った精霊王を前にした時に感じたもの。

その威圧感は、人間のものではない。人間の手の届かないところに坐《いま》す、もっと高位の存在がまとうその雰囲気。圧倒的な神気を放つ、目の前の存在は。

「まさか、御身は、女神様でいらっしゃるのですか？」

図らずも声が震えた。私の問いかけに、美しい存在は深く微笑み頷《うなず》いた。是、と。

そんなまさか、なんて言っている場合ではない。女神を自称する彼女の笑顔を一概に否定することは簡単だ。けれどできない。私はもうすっかり、彼女が女神であることを認めてしまっていた。目の前の彼女の存在は、私をそう納得させるだけの力にあふれていた。だからこそ余計に呆然とすることしかできない。

何故、女神が、私の目の前にいらっしゃるというのだろう。愛《いと》し子にして巫女《みこ》である姫様相手であれば解る。幾度も女神から託宣を授かっていらっしゃる姫様の前にこそ、女神は現れるべきだろう。私のような箸《はし》にも棒にも掛からない、神官ですらない一般人の前に現れるなんてそんな馬鹿なことが起こってたまるものか。

ただただ唖然《あぜん》と立ち竦むばかりの私に、女神と呼ばれる存在は、くすくすと笑った。鈴を転がすかのような愛らしい笑い声にぞくりとする。男であろうとも女であろうとも関係なく、なんというかこう、〝そそられる〟とでも言うのがふさわしい、あまりにも魅力的な笑い方だ。けれど神様相手にそんな不埒《ふらち》な思いを抱くことこそ罰当たりすぎて、私は懸命に素知らぬ顔を装う。くすくすと更に笑い声を上げる女神にはバレバレであるらしいけれど。

「おはなしを、しましょうか」

「おはな、し？」

「ええ。わたしがおまえを呼んだ理由について。おまえも知りたいでしょう？」

ね？　と小首を傾げて問いかけられ、反射的に頷く。元より否やと答えられるなどと思っていなかったらしい女神は、よろしい、とばかりに私に頷きを返すと、まるで銀でできたしなやかな枝のような、華奢《きゃしゃ》な両腕をそれぞれ宙にかざした。

何をするつもりかと息を詰めている私の目の前で、女神の両手にそれぞれ光が宿る。球体のそれは、そのまま、二つの星の姿を形作った。片方は、『前』の『私』が暮らしていた日本が存在する地球。そしてもう一つは、おそらくは、私が現在暮らしている世界の星の姿だ。

やがて、並び合う二つの星、つまりは世界の合間の空間に、ぴしりとヒビが入る。最初はほんのわずかだったヒビは、みるみる内に大きくなっていく。しばらくしてようやくその進行は止まったものの、私の目から見てもそう簡単には修復できないようなヒビが、世界の間に刻み込まれていた。

「このヒビはね、わたしにとっても予想外だったの」

こまったことに、と、ちっとも困っているとは思えない様子で女神は続ける。その言葉に、説明されなくても解ってしまった。

今、女神が掲げている二つの世界の間のヒビこそ、先達て、精霊王が語った、世界の間を隔てる壁に入ったヒビなのだろう。そのヒビのせいで、《プリマ・マテリアの祝宴》において、王都中の子供達が精霊界に渡る羽目になり、日本を生まれとする千夜春《ちよはる》少年と朝日夏嬢《あさひな》が、こちら側の世界にやってくる羽目になったのだ。

私がそこまで理解したことを正確に汲《く》み取ったらしい女神は、「だから」と笑う。とても美しく、慈悲深く、そして、自身が高みにある存在であると解っているからこそ浮かべられるに違いない、傲慢な笑みだった。

「このヒビからわたしの世界に落ちてきた二人の迷い子を、ちゃんと使ってあげようと思ったの」

「使う、って」

「そう。わたしはわたしの世界の子らにそれぞれ荷物を背負わせるのが役目の一つだわ。わたしの世界に落ちてきたのなら、迷い子らだってその定めに従うのが道理でしょう」

正直なところ、何が言いたいのか意味が解らなかった。

〝使う〟という言い方については非常に引っかかるものを感じるが、彼女が言いたいことはなんとなく解る。『女神が人間にそれぞれに見合う荷物を背負わせ、人生という旅路に送り出す』とはよく知られた詩歌の一節だ。その通りだというならば、千夜春少年や朝日夏嬢についても、こちら側にやってきた時点でその理《ことわり》に組み込まれるのだと、女神はそう言いたいのだろう。

そう、だからこそ解らないのだ。

千夜春少年と朝日夏嬢がこちら側の世界にやってきたことと、私がこうして女神と向き直っていることが、どう関係するというのか、もう本当にさっぱり解らない。

自然と眉根を寄せる私に、女神は、「そもそものおはなしよ」とどこか幼げな口調で続ける。

「魔王という存在が、わたしの世界にいたことは知っての通りなの。魔王はね、『悪意』の象徴。わたしの世界で生まれ、集《つど》い、凝《しこ》った負の感情の末の姿が魔王なの。そういう存在は、世界の天秤《てんびん》を揺るがす重石《おもし》になってしまうから、ある程度のところで世界は自浄することを求められるわ」

さらりと言ってくださったが、いやいやいやいや、これ、そんなさらりと言っていい内容ではないですよね？

魔王という存在について、世界各国の魔法使いや学者達の間で、様々な論議を呼んでいる。魔王が魔物の王であるとは知っての通りだが、その存在の生まれや意義については謎に包まれたままなのだ。

　五百年前は封印という手段が取られたが、先達て、勇者として選出されたユリファレット・リラ・シュトレンヴィハイン青年を中心とした魔王討伐隊により、魔王は完全に滅され、以来その存在は絵物語の中でのみのものとなるとされてきたけれど……今の女神の話を聞くに、これ、その内また新なる魔王が生まれるということなのではなかろうか。

　だって『悪意』なんて限りがないものだ。人間が存在する限り、必ず悪意もまた存在し続ける。人間とはそういう生き物だ。悲しいことに。けれどそれと同じくらい『善意』だって存在するとは思っているけれど、今はそういう性悪説だとか性善説だとかについて論じている場合ではない。

　いやいやいやいや、これ、絶対に、私が一人で聞いていい話ではない。ぶっちゃけ聞かなかったことにしたい。けれど聞かなかったことにしてしまったら、この現状についての説明も得られない訳で、結局私は冷や汗をかき、拳に汗を握り締めながら、大人しく女神の話の続きを待つことしかできないのだ。

「世界の自浄のために、わたしはわたしの愛し子を送り出したの。お前が『姫様』と呼ぶ、わたしのかわいい子よ。それから、冬の君にお願いして、冬の君の御子も。この子はあいにく役に立たなかったから、ほんとうに残念だったわ」

　ほう、と甘やかな吐息を物憂げに吐き出す女神の姿は、その台詞さえなければ、私はうっかり見惚《みと》れてしまっていたことだろう。『冬の君』とは、善き冬の狼と呼ばれる冬を司《つかさど》る神の別名だ。その御子とはつまり、私のかわいい長男坊、エストレージャのことに違いない。

何が、何が役に立たなかった、だ。冗談ではない。ふざけるのも大概にしていただきたい。あの子が、エストレージャが、私達に出会うまで、どんな気持ちで――――ッ！

「あら、怒っているの？　いやよ、怒ってはだめ」

「ッ！」

ぱしん、と。見えない力で、文字通り怒気を払われる。自分でも何を言っているのか解らないが、確かに今、怒りの感情を、奪われてしまった気がした。

呆然とする私に、「こわいのはいやなの」と女神は微笑み、「それから」と謳《うた》うように囁《ささや》いた。

「ほんの少し前に人の子にあげた剣と、その剣による適合者の選定。それから最後に、おまえたちが『純黒』と呼ぶあの子の誕生」

純黒。その言葉が示す存在を、私は、後にも先にもたった一人しか知らない。羨ましいを通り越して恨めしくなるくらいに綺麗な漆黒の髪と、どこまでも果てしない美しい朝焼け色の瞳が、脳裏をよぎった。

「エディ、も、あなたの采配であったということですか？」

「ええ、そうよ」

努めて平静を装っているものの、そんな虚勢は人ならざる高きところに坐す存在の前では何の意味もないのだろう。それでも、自分が自分であれるように、必死になって言葉を紡ぐ。

女神はそんな私の言葉に、嬉しそうに頷いた。まるでとっておきの工作を褒められた幼い子供のような仕草だった。

「なかなかあの子はよくできた子よ。でもね、わたしの世界は、《黒》にやさしくないでしょう。そういうふうにしたのはわたしだけれど、でも、あんまりにもやさしくないから、だから放っておいたら、あの黒の子はいずれ魔に堕《お》ちてしまうのは目に見えていたわ」

だから、と一旦言葉を切って、女神は私に笑いかけた。何故だかぎくりとする私に向けて、桜貝のような爪の乗る、ほっそりとした白い人差し指が、ついと向けられた。

「だから、おまえを喚《よ》んだのよ」

おわかり？　と女神は微笑む。

いや、『おわかり？』と言われても。何故そこで私が登場するのだろう。

まさか、まさかここで、私にも〝女神に選ばれし聖女〟的な何かがあるというのだろうか。それこそまさかではないか。そこまで私は私を過信していないし、今更そんな設定を出されても、という気持ちである。

この内心の声はすべて筒抜けになっているらしく、彼女は「べつにおまえじゃなくてもよかったのだけれど」と至極あっさり頷いた。そこまであっさりだと若干辛《じゃっかんつら》いものがある。すみませんねぇ一般人で。

「わたしが欲しかったのは、黒の子を支えることができる子よ。でもわたしの世界の中ではそれを望むことができる子がいなかったから、他の世界からもらってくることにしたの」

こういうふうに、と、女神が掲げた地球から、小さな蛍のような光が一つこぼれでて、こちら側の世界へと移動する。つまり、異世界間輸入？　と首を傾げてみせると、女神は然《しか》りとばかりに笑みを深めた。

「わたしの世界のことわりに縛られない子が必要だったの。異世界の子にはそれができるわ。その中で、たまたまいのちを落としかけていた異世界の『お前』と、わたしの世界において同じくいのちを落としかけていたお前。魂を同じくする存在として同時にそのいのちの灯火を潰《つい》えさせようとしていたのがちょうどおまえだったから、だからわたしはあちら側の『お前』をこちら側に招き入れたのよ」

そして結果はこの通り、と言わんばかりに、女神は私をもう一度指差した。

へー、ふーん、ほーう。そういう訳だったのかー。そーかそーか。納得である……なんて、納得できるか。

思っていたよりもだいぶ適当な理由で私ったら異世界転生させられている。これでも幼い頃はそれなりに悩んだり、期待したりもしたのに、ふたを開けてみれば『異世界の魂なら誰でもよかった』なんて、少々どころでなくがっかりすぎる理由である。

あの男のために転生したのだ、と思うと嬉しくない訳ではないが、私ではない誰かが今の私の立場に収まっていたのかもしれないと思うとどうにもやりきれない。乙女心は複雑である。私でよかった、と思うのは傲慢が過ぎるだろうか。

そう一人思い悩み始める私を、女神はしげしげと興味深そうに眺めていたけれど、やがてそれにも飽《あ》いたのか、「つづけてもいいかしら?」とわざわざ問いかけてきた。意外と親切な女神にどうぞ、という意味を込めて頷きを返すと、女神はにっこりと笑った。

「でもね、もういいのよ」

「……はい？」

「だから、もういいの。お前の役目は終わったのよ」

「………はい？」

「もう、理解の悪い子。あたまの悪い子はすきじゃないわ」

むうっと頬をふくらませる仕草も、大層愛らしく、それでいてどうしようもなく美しい。

頭が悪いと言われてしまった訳だが、そうは言われても、本当にどういう意味で何を言われているのかが解らないのだから仕方がないではないか。言葉が見つからず呆然と立ち竦む以外に、何ができるというのだろう。そんな私を、女神はどこか憐《あわ》れむように見つめてきた。

「わたしが人の子に、『荷物』と名付けた『役目』をあげるのは知っているでしょう。異世界からやってきたお前に、わたしがあげた役目は、あの黒の子の支え。でももういいのよ。お前はよくやってくれて、あの黒の子も立派に役目を果たしてくれた。黒の子が魔に堕ちることはもうないでしょう。だから、お前の役目はもうおわり」

「え、ええと、つまり？」

首をひねるばかりの私に、じれったそうに女神は「だから」と続けた。

「お前を、元の世界にかえしてあげるわ」

「……………………はぁ!?」

何を言われたのか、一瞬理解ができなかった。そのせいで、一貴族の妻としてどうかと思われるような、すっとんきょうな声を上げてしまった。

元の世界に、かえしてあげる。その一連の言葉を内心で反芻《はんすう》して、それからようやく、いやいやいや、と突っ込みを入れる。

女神は、まさか私が断るなんて思っていないのか、私のそんな内心の突っ込みに、きょとんと不思議そうに金色の瞳を瞬かせた。そんな仕草もこれまた美しい、なんて言っている場合ではない。

かえして――帰して、あげる？　今更すぎる提案だ。『前』の世界に帰してあげると言われて、「やったーラッキー！」なんて喜べるような時代は、私はもうとうの昔に乗り越えてしまったのに。

「うれしくないの？」

どうして？　と言いたげに首を傾げる女神を見つめながら、深呼吸を繰り返す。

落ち着け、落ち着け。ここでうろたえてばかりいても何にもならない。私は私の望みを、ちゃんと伝えなくては。

「わたくしは、もう『前』の世界に戻る気はございません。私が帰るべきは、あの人の――エディの腕の中です」

もしも幼少期に同じ提案をされていたら、きっと私は、喜んで『前』の世界に……日本に、帰っていたことだろう。けれど、もう駄目だ。私はもう選んでいる。

『私』と一緒に『わたくし』は決めたのだ。あの男とともに生きることを。だからもう何を言われたってその思いが、その誓いが、揺るぐことは決してない。あの男は、私にとってもう『荷物』ではなく『宝物』なのだから。誰に言われたって、女神ご本人に言われたって、今更手放せるはずがないのだ。

「そんなことを言っても、だめ、こまるわ、そんなの」

「何故ですか？」

柳眉《りゅうび》を垂れさせて、頑是《がんぜ》ない子供のわがままを前にしているかのように呟く女神に対し、一歩前に出て問いかける。ここで何が困るというのだろう。私が納得できる説明をしてもらおうではないか。

そう更にずずいと前に出ると、だって、と女神は薄紅に色付く唇を尖《とが》らせた。

「おまえを元に戻さなきゃ、世界の天秤が水平に戻らないじゃない」

「世界の天秤？」

「そうよ。ごらんなさいな」

すいっと女神がたおやかな手を動かすと、宙に浮かんでいた二つの星の下に、私の背後の銀の姿見と揃いのような、美しく大きな天秤が現れた。

女神がそれぞれ空っぽの皿を指差すと、宙に浮く星がそれぞれ左右の皿に乗る。そのまま水平に保たれるかと思われた天秤は、かしゃん、と音を立てて傾いた。日本のある『向こう側』が軽く、『こちら側』の世界が重いことを、その天秤は示している。

「異世界の存在はね、それだけで世界にとっては重荷になるの。わたしがあらたに加護をあたえたあの子と、その妹だったかしら。その二人がこちら側に来た分、世界は傾いているわ。おまえもあちらの生まれとはいえ、魂は元々こちらの子と同じものだから、おまえの場合は今まではなんとかなっていたけれど……あらたなる二人分の重みのせいで、世界は大きく傾いているのよ」

だから元に戻したいの、と女神は続けた。世界の天秤という単語と、その説明を聞かされて、ようやくふとあの男の言葉を思い出す。

先達て、王都中の子供達が精霊界へとさらわれてしまった事件において、私と男だけが精霊界へと渡り、同行したがっていたエストレージャは『こちら側』に残される運びとなった。それはあの男曰《いわ》く、エストレージャは神族の末裔《まつえい》であるからこそ精霊界においてもそのまま『エストレージャ』として存在できるが、その分の存在の『重み』は、世界の均衡に影響を与えるに十分に足るものであり、『あちら側』にエストレージャが渡れば、その瞬間に世界の均衡を担う天秤のバランスが一挙に壊れかねない――とかなんとかそういうことではなかったか。

今、女神が言っていることは、つまりはそういうことなのではないだろうか。私は元より『こちら側』の世界の存在として生まれついたために天秤に影響は与えないが、新たなる『重み』として『こちら側』へと落ちてきた『あちら側』の存在である千夜春少年と朝日夏嬢の存在は、天秤の水平を乱してしまう。だからこそ、その水平を取り戻すために私をまた『あちら側』――って。ちょっと待った。

そこまで考えてから、私ははたと気付いた。

「あの、千夜春さんと朝日夏さんが『重み』となり天秤の水平を乱すというならば、あのお二人を元の世界へと送り返してさしあげればいい話なのでは？」

そうだとも。バランスを乱しているのも、水平に戻すために必要なのも、私ではなくて、あの二人だ。私を『前』の世界に送り返すことが可能であるならば、千夜春少年と朝日夏嬢を送り返すことだって可能なのでは？

そんな気持ちを込めて女神のことを見つめると、彼女は「そうね」とあっさり頷いた。

「それもできるわ。でもね」

にこり、と女神は微笑む。美しく、かわいらしく、無邪気に、残酷に。


「それじゃあつまらないじゃない」

「な……っ⁉」


くすくすと笑みを含んで告げられた台詞に、二の句が継げなくなった。

つまらない、って。私はともかく、千夜春少年や朝日夏嬢は、突然異世界に放り出されて、さんざん悩み苦しんだというのに、そんな一言ですべてをこの目の前の存在は片付けてしまうのか。

驚きや怒りを通り越した、ぞっと冷たい何かが背筋を駆け抜けていく。話が通じないどころの話ではない。最初から女神は、私と会話する気なんてないのだ。

でも、それでも。

「わたくし達は……っ⁉」

「うるさいのもいやよ」

見えない力で口を塞《ふさ》がれる。それでもなんとか声を絞り出そうとする私をしばし見つめていた女神は、そうして「そんなにごふまんなら」と片手をすいと私に向けた。そのほっそりとした手が、蝶《ちょう》のようにひらりとひらめく。
「いちど、体験していらっしゃい」
トンッとまた見えない力に身体を押された。そのせいで後ろへとたたらを踏むと、背中が固いものにぶつかる。姿見だ、と思った次の瞬間、鏡から女性の腕が――『私』の腕が伸びてきて、驚くほどの力強さで私を捉えた。ひゅっと息を呑む間もなく、抵抗もできないまま背後へと引っ張られる。
私の身体は、そのまま、とぷん、と、姿見の中へと引きずり込まれ、そして。

……。

…………。

……………。

………………？

「――さん、××さん！」
「え、あ、はいっ！」

突然名前を呼ばれ、私は勢いよく突っ伏していたデスクから上半身を持ち上げた。

いけないいけない、仕事中だというのに居眠りしていた。昨日うっかり撮り溜めていたドラマを夜遅くまで見てしまったからなぁ、と思いながら、背後を振り返る。この会社に入社して以来、私の研修担当として何かとよくしてくれている先輩が、苦笑混じりに私のことを見下ろしていた。

「××さん、流石《さすが》に驚きすぎでしょ。そんなにいい夢見てたんだ？」

「す、すみません……」

夢。夢か。解らない。確かに夢を見ていた気がする。刹那《せつな》よりも短いような、永遠よりも長いような、なんとも不思議な夢、だったような。

けれどその内容を深く思い出すよりも先に、鼻先にあたたかい缶コーヒーが差し出される。

「はい。これ飲んで目を覚ましたら、一緒に外回りに行こう」

「承知しました、先輩」

ゴチソウサマです！　と笑いかけると、先輩はくつくつと喉を鳴らして笑った。わりとイケメンに入る部類なのに、本人曰くその要領の悪さゆえに未《いま》だに彼女一人できたことがない彼は、こういう風に笑うと、目尻にしわができる。なんか、いいなぁ、なんて、ついそう思って、そんな気恥ずかしさを隠すために缶コーヒーを一気にあおった。

缶コーヒーはどこまでいっても缶コーヒーの味だ。これはこれで疲れた身体に染み入る乙なものだけれど、私はどちらかというと、丁寧に淹《い》れた紅茶や薬草茶の方が……。

「××さん？　もういい？」

「あ、はい。すみません、待たせてしまって」

「いやいいよ。急ぎじゃないしね」

なんだ、今の。紅茶どころか薬草茶なんてもの、まともに飲んだことなんて一度もないのに。私は何を思っていたのだろう。

よく解らないけれど、まあいい。さっき見ていたかもしれない夢をまーだ引っ張っているのか。一体どんな優雅な夢だったんだか、と我ながら気恥ずかしくなりつつ、デスクに広げていた筆記具やファイルを鞄《かばん》に詰め込んで、私の準備ができるまで、急《せ》かすことなくちゃんと待っていてくれた先輩の後に続く。

オフィスから外に出ると、ふわりと優しい春風が髪を乱した。あたたかい風だ。朝は肌寒かったけれど、この時間にはやはりトレンチコートは不要らしい。自分の判断の正しさにつくづく感服してしまう。

対する先輩はと言えば、本人のご申告通り寒がりらしく、季節外れに着ぶくれしていて、なんだか笑えてきてしまった。

「先輩、さっさと契約をゲットして、あったかいオフィスに早く帰りましょうね」

「いっちょまえの口を利《き》くようになったね」

「そりゃあ、素晴らしい先輩に恵まれましたから？」

「いっちょまえばっかりじゃなくて更に調子のいいことまで言えるとは……俺の教育の賜物《たまもの》？」

「ですね。流石です」

ぱちぱちぱち、とわざとらしく拍手してみせると、先輩は照れたように笑って、「確かに寒いんだけど」ともっともらしく口を開く。

「でもたまには外回りもいいなって思うようになったんだよなぁ」

「え、何かお気に入りの寄り道のお店でも見つけたんですか？」

「違う違う。ただ、君とこうやって二人きりで歩けるんだから、俺もついてるなっておも……………………ごめん、聞かなかったことにして」

「……いいんですか？」

「いや、その、よくは、ないん、だけど。でもあのやっぱ恥ずかしいだろ!?　あーもーなんで言っちゃったかな俺!?」

顔を真っ赤にして叫ぶ先輩に、私まで顔が赤くなる。一緒になって雑踏を歩く中で、先輩の大きな声に対してわざわざ振り返るような人はいない。まるで世界には私と先輩しかいないみたいだ。

黒髪に焦《こ》げ茶色の目の人なんて珍しくもないのに、私にとっては先輩のそれらがとても特別なもののように思える。そうだとも、黒髪なんて、ちっとも珍しいものなんかじゃない。特別でもなんでもない。それでもこの人だからと、そう、思って、私、は。

「……あれ？」

なんだろう。何か今、違和感を感じた。それは今があまりにも充実しているからこそ感じる不安なのだろうか。新しい就職先に恵まれて、仕事の内容も以前よりもずっと充実していて、気にかけてくれる優しい先輩がいて。我ながら驚くほどのリア充ぶりである。

それなのに、どうして私は、「何かが足りない」なんて思っているのだろう。

「××さん？　どうかした？」

「い、いいえ」

なんでもありません、と答えようとして失敗した。

××。それは確かに私の名前だ。何の変哲もない、日本人によくある苗字《みょうじ》だ。そして、名前だって同じく、大して珍しいものではない。

「あの、先輩」

「ん？」

不思議そうに首を傾げる先輩に、「私の名前って何でしたっけ」と聞こうとして、遅れてその馬鹿馬鹿しさに気付いて口をつぐむ。私の苗字は××で、名前は。

「あれ……？」

「××さん？　本当にどうした？　気分でも悪いなら、どっかでちょっと休もうか？」

明らかに様子のおかしい私の顔を、先輩が覗き込んでくる。ありがとうございます、とそう答えればいいのに、声が出てこない。

あれ、そういえば、先輩の名前って、なんだったっけ。

それから、私、わたし、は？

「…………あ」

その時だった。

私と先輩の間を、一匹の蝶が飛んでいった。

とても綺麗な蝶だ。青のような、紫のような、きらめく螺鈿《らでん》細工を思わせる翅《はね》を持つ、大きな蝶。

なんとなく、それでいてどうしようもなく気になって、その姿を目で追いかけると、蝶はふわふわと私の周りを舞うように飛び回った。

そしてそのまま雑踏へと消えようとする蝶の後を、気付けば導かれるようにして私は追っていた。

「××さん!?」と背後で先輩が驚きながらも呼びかけてくれたけれど、構ってなんていられなかった。

何かに急かされるようにして、行き交う人の群れの中を必死に走る。大きな蝶のことを気に留める人は誰もいない。ただ私が人混みを無理矢理かき分けるようにして走るのを、迷惑そうに見てくる人ばかりだ。

そんな彼らの髪もまたほとんどが黒。瞳はほとんど焦げ茶色。日本なのだから当たり前だ。けれど何故だか私はその光景が不思議でならない。だって私にとってはいつだって、黒髪という符号は、たった一人を——と、そこまで思った瞬間、私はオフィス街の一角の公園に辿《たど》り着いていた。

ずっと走ってきたから息が切れている。履きやすさを重視しているとはいえ、やっぱりパンプスでこんなにも走るのは辛かった。

蝶は、あの蝶はどこに。そう自分でも驚くほど必死になって探している自分がいる。

「っ見つけた！」

蝶が飛んでいく。そしてその先に立っている、黒をまとう人影の元に、更に一歩踏み出そうとすると、そんな私の元に、公園で遊んでいた真っ白な鳩《はと》達が一斉に飛び掛かってきた。

「きゃあああああっ⁉」

痛みはない。ただ何も見えなくなる。何もかも、鳩の羽の色と同じ白に呑み込まれていく。ああもう、そうだ、こんなことをしている場合ではないのに。先輩のことを置いてきてしまった。早く彼の元に戻って、謝って、それから一緒に取引先に——……。


「————××××！」


何もかもを呑み込むような真白いうねりを、鮮やかな黒が切り裂いて、そのまま私をかき抱いた。鳩が一斉に飛び去っていく。

ほっと息を吐くのも束の間《つかのま》、誰のものとも知れない腕に抱き締められていることに気付いた私は、「ちょっと⁉」と悲鳴を上げた。

「ああああの、助けてもらったことについてはお礼を言いますけど、あの、離していただけます⁉」

ぎゅううううと力強く抱き締められて、いい加減苦しくなってきて全力で身をよじると、ようやくその腕の力が弱まった。

ほっと息を吐いて、私を抱き締めていた人物から二歩ほど離れる。それからその顔を見上げて、私は大きく息を呑んだ。

――うわっ！　とんでもない美人！

そんな月並みな感想しか出てこない自分の貧困な語彙《ごい》が悔しくなるような、ド迫力の美形がそこにいた。

男性的とも女性的ともいえる、中性的な美貌。紫色と橙色《だいだいいろ》が入り混じる不可思議な色の瞳は、カラーコンタクトでは表現できない、それこそ朝焼けをすくい取ったかのように美しいそれだ。きめ細かい白磁のような肌、そして艶やかな黒髪。どれもこれもとっておきの一級品。ありとあらゆる贅《ぜい》を尽くして作り上げられたかのような美貌を持つ男性だ。

ただその格好はどうなのだろう。え、コスプレ？　なんだその漫画だのラノベだのに出てきそうな黒のローブは。魔法使い的な？　意味が解らない。その綺麗な髪には先程見つけた蝶を思わせる髪留めが翅を休めており、よりファンタジーな雰囲気を演出している。本当に相当気合の入ったコスプレである。

いわゆるそういう人のための祭典会場でもない、こんなただの何の変哲もない公園のど真ん中でそんな格好をしているマナー違反者とは、正直とぉっても関わりたくない。

「え、ええと、それじゃ、ありがとうございました……」

「待て」

「ひえっ⁉」

がしりと両肩を掴《つか》まれる。思い切りびっくぅ！　と身体を震わせる私に、トンデモ美青年は続けた。

「×××××、だろう？」

「え？」

聞き慣れない響きに首を傾げると、美青年は何やらとてもショックを受けたような顔をして凍り付いた。そんな顔をしても美人は美人……といっそ感動してしまう私をよそに、美青年は呆然と、「俺が、わからないのか」と呟いた。声も美声とはもういっそ恐れ入る。

わからないのか、と言われても、生憎平々凡々な人生でして、あなたのようなトンデモ美形と関わるような機会には恵まれておりません。

そうはっきりと言いたくなったけれど、何故か罪悪感もくすぐられたので、こくこくと頷くだけに留めた。美青年の顔が悲痛に歪む。ますます罪悪感がくすぐられるとはいえ、だからと言って下手に言葉をかけることもできずに沈黙を選ぶ。

そのまま互いに黙りこくることしばらく、もういいかな？　と美青年から離れようとしたのだけれど、この美青年ときたら私の肩からちっとも手を放してくれないのだ。そろそろ勘弁してほしい。

「あ、あの」

「聞け」

「はいっ！」

ドスの利いた声で言われて、反射的に姿勢を正していいお返事をしてしまった。やばい、と思ったものの、ここで「無理です！」とお断りする方がもっとやばいことになりそうな気がしたので、ここはとりあえず大人しくすることにする。

あれだ、いざという時には悲鳴を上げてなんとしてでも逃げよう。美形だからって何でも許されると思うなよ。そう内心で決意を固める私に気付いているのかいないのか、美青年は改めて口を開いた。

「ここは現実ではない。お前の夢の中だ。現実のお前は、昏倒《こんとう》した後にそのままずっと眠りに就いている」

「は、はい？」

何の話だ。これが現実ではない？　夢の中？　そういう設定のファンタジーのコスプレでもしてるのかこの色んな意味でトンデモ美青年は。それとも私が気付いていないだけで、この青年が実は芸能人で、一般人にドッキリでも仕掛けているのだろうか。

どちらであるにしろ、まともに取り合ってはいけないやつだこれ。

そう結論付けて後退りしようとしたのだが、がっしりと掴まれたままでは身動きが取れない。控えめに言って詰んだ。

「俺は、エストレージャが魔族に操られた時のように、お前の深層心理に魔法で侵入したんだ。俺だけの力では叶《かな》わなかったが、エストレージャと姫の神気を借りることでなんとか成功し、こうしてお前に干渉することができた。まさかお前を眠らせているのが、光魔法……いいや、女神そのものの力だとは思わなかったがな」

くつり、と喉を鳴らして笑うその姿はやはりとても美しいのだけれど、瞳に宿る底冷えする光のせいで、恐ろしい以外の何物でもない。

「あああの、そういう設定なのは解りました。でも、もういいですか？　私、戻らないと」

知らない単語ばかりを並べ立てられたって、文字通り私の知ったことじゃないのだ。早く私は先輩の元に帰らなくてはならない。何せ就業時間真っ只中《ただなか》なのだから。ここでまたクビを切られたら今度こそ路頭に迷いかねない。金がないのは首がないのと同じである。

私はここで、生きていかなくてはいけないのだから、だから、こんなところで遊んでいる場合ではない訳で……と、更に言葉を重ねようとしているのに、何故だか声が出ない。

知らない単語だ。エストレージャなんて小難しいカタカナも。魔族や姫や神気や光魔法なんていう使い古されたファンタジー用語も。女神、なんていう存在も。そして、それからもちろん、目の前のこのトンデモ美青年のことも、私は、知らない。

何も私は知らないのだ。知らないはずだ。それなのにどうしてこんなにも妙に引っかかるのだろう。目の前の美青年の、懸命に冷静を装いつつも伝わってくるあまりにも必死な感情が、私にそう思わせるのか。

ねえどうして、あなたは初対面の私に、そんなにも必死になっているんですか？

そう問いかけることすら、何故だかためらわれる。

もしかしたら、私は、本当は、知っているのではないか。ただ忘れているだけで、思い出せないだけで、本当は。

どうすることもできず立ち竦む私の左手を、美青年の手が持ち上げた。何を、と目を瞬かせる私の目の前で、美青年が片手を宙へと差し伸べる。次の瞬間、はらりとどこからか、赤いリボンが降ってくる。

え、どんな手品？　と驚きに目を瞠《みは》る私の左手、その薬指に、美青年はその赤いリボンを蝶結びにする。小指でもないのに、何故だか運命の赤い糸を思わせるそれ。

一体どういうつもりなのかと更に戸惑う私に、美青年は言った。

その声は、確かに震えていた。

「お前がいきたい世界が他にあるのだとしても、すまない、俺はお前を手放してやれない。すまない、すまない。ゆるさないでいい。どれだけ恨んでも、憎んでもいい。俺はそのすべてを受け入れる。生涯をかけてつぐない、そしてあがなおう。だから」

何を、言っているのだろう。

美青年が懸命に、今にも泣き出しそうに紡ぐ言葉の、その内容の半分も理解できない。それが何故だか無性に悔しくて、これ以上なく悲しくてならない自分がいる。

ねえ泣かないで。笑ってほしいの。あなたには笑っていてほしいのです。

そう誰かが、わたしが、懸命になって目の前の男に囁こうとする。

「だからどうか」

どうかどうかと、祈り願う声が耳朶《じだ》を打つ。男は私の左手に自らの唇を寄せ、そして続けた。

「どうか、俺のいる世界で、俺の隣で、倖《しあわ》せになってくれ」

ぽたり。男の眦《まなじり》から、透明なしずくがこぼれ落ちる。真珠のようなそれが、ちょうど私の左手の薬指の、赤い蝶結びの上に落ちた。その途端、朝焼け色の光が蝶結びから迸《ほとばし》る。あまりにもまぶしく、けれど目を射ることはない美しい光が周囲を満たし、何もかもを塗り替えていく。

気付けば赤いリボンの蝶結びは、銀の台座に朝焼け色の宝石が乗る、一つの指輪へと変じていた。失ったと思っていたはずのそれの存在から、頭の中に、この胸の中に、大きなうねりとなって流れ込んできたのは。

目の前の青年が、分厚い本を読み漁《あさ》っている。その側《そば》には既《すで》に読み終えられた後であるらしいこれまた分厚い本が山積みになっていた。知らない文字だというのに、何故だか読み取ることができるそれらの本のタイトルから察するに、どうやら医学書や、ファンタジー世界でよく見るような魔導書のたぐいであるらしい。

美青年の朝焼け色の瞳の下には、うっすらと隈《くま》が浮かんでいた。一体どれだけ寝ていないのか。机の片隅に置かれた食事には一切手を付けていないのも見て取れて、既にそれらは冷め切っている。

――これも違う。

舌打ちとともに読んでいた本を押し遣《や》って、美青年はまた新たな本に手を伸ばした。

――五感にまつわる専門書など、今なら俺自身が書けそうだな。

冗談というよりも自嘲を大きく含んだその声に、ぐっと喉が詰まるような気がした。無理をしないで。ちゃんと食事をして。ちゃんと寝てください。そう言おうにも、私の声が届かないことは解っていた。だってこれは、この美青年の記憶だから。

場面が変わる。蜂蜜色の髪に一房だけ黒髪が混じった小さな女の子と、淡い亜麻色《あまいろ》の髪の小さな男の子が、美青年にしがみついている。美青年と同じ朝焼け色の瞳を持つ二人は、口々に美青年に問いかけていた。

――おかあしゃまはいつもとにもどるの？

――おかあしゃま、エリーのこと、気づいてくれないの。

――エル、エルのことも、ぜんぜんなのよ。

ぽろぽろと涙を流しながら子供達は口々に訴えている。抱き締めてあげたかった。大丈夫よと言ってあげたかった。けれど私の声も手もやっぱり届かなくて、けれどその代わりに、美青年の手が二人のことを強く抱き締める。

――大丈夫だ。

はっきりと言い切るその声に、子供達が身体を震わせる。

――必ず、俺が、お母様を元に戻してみせる。

――ほんと？

――ほんとぉ？

――ああ、もちろんだ。俺がお前達に嘘《うそ》をついたことがあったか？

美青年に問いかけられると、男の子と女の子は顔を見合わせ、そしてふるふると揃ってかぶりを振る。その頭を撫《な》でて、美青年は笑った。

――ほら、だからお前達は、早くお母様の元へ行ってやれ。

――はぁい！

――はぁい！

とてとてと走り出す子供達のことを、美青年は柔らかい視線で見つめている。けれど、その拳が、元々の白さよりももっと白くなるほどきつく握り締められていた。そんなに握り締めては、きっと爪が手のひらに突き刺さってしまうのに、それなのに。

また場面が移り変わった。長いアッシュグレイの髪を一つに結んだ、あらまあイケメン、と言いたくなるような、十代後半と思われる男の子が、美青年の前で肩を落としていた。

――ごめん、父さん。俺、何の役にも立てなくて。

――気にするな。これは俺の仕事だ。

――でも。

――謝らなくていいところで謝るのはよくないと、あいつも言っていただろう？

その言葉に、男の子の顔が悲痛に歪んだ。だって、でも。そう続けて、男の子は美青年に取りすがる。

――父さん、ちっとも寝てないじゃないか。ほとんど食べてないし、それに……！

大祭の準備だけでも大変なのに、と続ける男の子は、今にも泣き出しそうに俯《うつむ》いてしまった。その手を握ってあげたい。どうか泣かないでと抱き締めたい。けれどやっぱり私の声も手も何もかも、この光景には届かなくて。

――父さんにまで何かあったら、俺、俺は……っ！

そのままずるずるとうずくまってしまう男の子に続いて、美青年もその場に膝を折った。ためらうことなくその背に手を回し、ぽんぽんと叩《たた》いて、美青年は「大丈夫だ」と繰り返す。

――大丈夫だ。心配するな。

――で、もっ！

――でもも何もあるものか。

俺に不可能はない、と美青年はにやりと笑ってみせたのである。うわあああ、すごい綺麗だけどなんという傲慢な。そう呆《あき》れる私をよそに、きょとんと綺麗な黄色い瞳を瞬かせた男の子は、そうして初めて小さく笑った。

――母さんには敵《かな》わないなっていつだって思ってるけど、父さんにも敵わない。

父さんはすごいな、としみじみと続ける男の子に、美青年はフンと鼻を鳴らした。

――それは困るな。息子とは父親を超えていくべきものだと、養父上《ちちおや》が仰《おっしゃ》っていたぞ。

――それ、すごい無茶ぶりだと思う。

――そうか？

――そうだよ。

深く頷く男の子に、美青年は「まあ頑張ってくれ」と訳知り顔で頷き返している。くしゃりと男の子の顔が歪む。笑い出したいのか、泣き出したいのか、なんとも判断に困るその表情。

――でも父さん、それはそれとして、ちゃんと寝て、ちゃんと食べてくれ。

じゃないとおじい様達に言いつけるから、と大真面目《おおまじめ》な顔で男の子は言い切った。美青年の顔がなんとも複雑そうなそれへと変わる。

——……お前もつくづくあいつに似てきたな……。

——ありがとう。褒《ほ》め言葉として受け取っておく。

母さんがいないと、本当に父さんって駄目なんだなって、最近本当にそう思う。どこかからかうように続ける男の子に、美青年は今度こそ、見たこともないような情けない顔になって、そっと視線を逸《そ》らしていた。

そしてまたくるりと場面が変わる。ピンク色の天蓋《てんがい》の張られた、大きく立派なベッドの上で眠っている『誰か』の左手を、ベッドサイドで跪《ひざまず》いている美青年が、ぎゅうと両手で握り締めている。

——××××。

私の知らない響きを口にして、まるで祈るようにして、両手で握り締めた『誰か』の手を、自らの額に押し当てている。まるで美しく崇高な宗教画のような場面だった。

——頼むから、どうか。

どうか、どうかと、美青年が何かを言っている。聞こえない。どれだけ耳を澄ましても何も聞こえないのが、歯痒《はがゆ》くて仕方がなかった。

私は聞かなくてはいけないのに。聞き逃してはいけないのに。それなのに、と、その場で地団駄すら踏みたくなってくる。

当然そんな私に気付く様子もなく、美青年が、そっと『誰か』の手をベッドの上に、まるで壊れ物でも扱うかのように丁寧に置いた。

続いて、美青年が取り出したのは、一つの指輪だ。シンプルな銀色の台座に、とても綺麗な朝焼け色の石が乗っているもの。今の私の指にあるものと、まったく同じそれ。

ああ、それは。これは。

そう驚く私を置き去りに、美青年は小さく笑い、そして『誰か』に向かって語りかけ始める。

――覚えているか？　まあ忘れられているはずがないとは思うが。

深い眠りの中にいるらしい『誰か』が反応することはない。けれどそんなことに構うことなく、美青年は続ける。

――新しく創ったものではないぞ。間違いなく、王家の別荘地で崖の下に落ちたあれだ。

指先で指輪をもてあそびながら、美青年はそうして、笑みを深めた。見ているこちらまで胸が締め付けられるかのような、そんな、切なげな笑み。

――折を見てお前に返そうと思って回収しておいたんだが……まさかこんなことになるとはな。

美青年が再び、『誰か』の左手を持ち上げる。その薬指に指輪をはめさせて、再び美青年はその手を両手で包み込んだ。


「フィリミナ。俺の唯一無二の、うつくしいお前」

×××××。ふぃりみな。フィリミナ。その響き。その名前。

それは、美青年が、この男が、いつだって甘く囁いてくれる、私の、わたくしの。

そこまで思った瞬間だった。眠っている『誰か』の指にはめられた指輪の朝焼け色の石と、私の指にある指輪の朝焼け色の石が、同時に輝き出す。

あふれんばかりの朝焼け色の光に、またしても何もかもが塗り替えられ、頭に、胸に、あたたかなものが流れ込んでくる。

――――それは幼い頃の話。

初めて作ったチーズクッキーを、もくもくと食べてくれた、とてもかわいい男の子がいた。何一つ感情を読み取らせない無表情に、もしかしてお口に合わなかったかと、私は不安に思ったものだ。けれどその男の子は、チーズクッキーを、確かにおいしいと思っていてくれたらしい。あっという間にその子はたっぷり焼いたはずのクッキーをすべて食べ切ってくれて、それを見た弟に「ぼくの分まで食べた!!」と半泣きで怒鳴られていた。

あらあらと苦笑する私に、その子はお礼だと言って薬草茶を淹れてくれたのだ。チーズクッキーの濃厚な味をさっぱりとさせてくれる、爽やかな薬草茶は、以来私のお気に入りとなった。

そんな男の子は、私とともに犯した罪により、魔法学院という全寮制の施設へと入学してしまった。婚約を結んだとは言っても、ほとんど口約束のようなものだった。それでもその口約束を馬鹿みたいに信じていた私は、我ながら本当に健気《けなげ》なものだったと思う。

待てど暮らせど帰ってこないあの子は、いつしか『男』と呼ぶにふさわしい年齢にまでなってしまって、そんな中で唯一交わし続けていた手紙。重いなぁ、引かれるかなぁ、なんて思いつつもつい送ってしまった酢漿草《かたばみ》の刺繍《ししゅう》のハンカチに対する返信は、愛らしい雛菊《ひなぎく》の花束だった。そのささやかな、それでいて確かな甘い香りを覚えている。

ようやく婚姻を結んだ末にも私達は擦《す》れ違ってしまったけれど、それでも抱き締め合った時に感じた男がまとう薬草や香草の匂いに、どれだけ安心したことだろう。

今際《いまわ》の際《きわ》で、よりにもよって、私に対して「しあわせにならないでくれ」なんて願ったのだという男に、私は大層呆れさせられたものだ。

馬鹿な男だ。本当に。

その声がもう二度と聞けなくなると思っただけで、私はもう絶対に倖せになんかなれなかったのに。いらない心配だったのですよ、と後になって伝えたところ、「お前は案外図太いからな」なんてむっすりしつつ、それでもその声には安堵《あんど》と歓喜がにじみ出ていて、本当に仕方のない男だと思ったものだ。

私に睦言《むつごと》を囁くその声は、どんなお酒よりもタチが悪いのである。その最たるものがきっと「しあわせにならないでくれ」であるのだから、私も相当趣味が悪いと言えるだろう。

魔王討伐の旅路の中、その命を落としたとされた一件にて、男は左目の下に傷を負った。浅くはない傷ではあったけれど、男の治癒魔法であれば消すことも決して難しくはないはずであったのに、男は決してその傷痕を消そうとはしなかった。「お前を泣かせてしまったからな」と一言だけ説明してくれたけれど、私としてはせっかくのお綺麗な顔が……とつくづくもったいなく思わずにはいられなかった。

別に傷一つあったって男のお美しい御尊顔には何一つ遜色はなかったけれど、それでもせっかくなのに、とごねる私に、男はくつくつと笑って「自戒だ。悪いな」と肩を竦めてみせた。

笑うと傷が少しひきつれて、少々不格好になるのだ。そんな笑顔を見ていると、なんだか無性に胸がきゅうっとなって、もっとずっと見ていたくなって、だったらもうやっぱりそのままでいいか、なんて納得したことを思い出す。

そして、それから。

何よりも忘れてはならないのは、私を抱き締めてくれる、そのあたたかなぬくもりだ。

どうして忘れていたのだろう。どうして忘れられるだろう。そのぬくもりがどれだけ尊く、そして愛おしいものであるのかということを、私は誰よりも知っていたはずだったのに――――！

「――――エディ」

最強の呪文が、唇からこぼれ出た。左手の薬指の指輪の、朝焼け色の魔宝玉から同色の光があふれ、私を包み込む。肩口で切り揃えていた黒髪は、腰ほどまで長い淡い色のそれへ。ばっちり決めていたリクルートスーツは、着慣れたシンプルなドレスへ。そして、鏡を見なくても解る。瞳は、元の赤みがかった榛色《はしばみいろ》に戻っている。

男の目に、表情に、歓喜が浮かぶ。私の左手を祈るように両手で包み込む男の手に、右手を重ね、私は声を震わせた。

「ごめんなさい、エディ。私は――わたくしは、あなたに約束したのに。ええ、ええ。そうですとも」

そうだとも。私は。『私』は。わたくしは。

「わたくしの居場所は、あなたの隣。あなたの側。あなたの腕の中」

そう約束した。そう誓った。それは誰にも譲れない願いであり祈りだ。たとえ神様にだって覆《くつがえ》させたりなんかしない。


「わたくしは、あなたの隣で、生きていきたい」


私は、××ではなく、フィリミナ。フィリミナ・フォン・ランセント。あなたとともに生きる者。

そう言った瞬間、何よりも愛おしい腕に、力いっぱい抱き締められる。苦しさよりも喜びが勝《まさ》り、私もまた力いっぱい抱き締め返す。何故だろう。気を抜いたら、涙があふれてしまいそうだった。それは『前』の世界に対する惜別の涙であり、同時に、この男の元に帰ってこられたのだという歓喜の涙でもある。

「エディ……エディ」

「ああ、ああ。フィリミナ、俺はここにいる」

繰り返し呼ぶごとに、同じように呼んでもらえる私の名前。それだけでこんなにも嬉しくて、こんなにも倖せになれる。このままずっとこうしていたかった。ただこの男の腕に抱かれ、そのぬくもりを全身で感じていたい。けれど。

「だめよ、そんなこと」

　突如割り込んできた声とともに、真白い鳩が何羽も一斉に襲い掛かってくる。反射的に身体を竦ませる私を片腕に抱き直し、男はその手に愛用の杖《つえ》を召喚する。

　杖の魔宝玉が輝きながら、襲い来る鳩を一閃《いっせん》した。真白い羽毛が雪か、はたまた花弁のように舞う。その向こうに、いかにも不満そうな顔をした女神が立っている。

　気付けば周囲は、私の知る日本の姿ではなく、元の白いばかりの空間に戻っていた。

「わたしのいうことをきかなきゃだめよ。いやよ。ほら、かわいい子。いい子だからわたしの……」

「生憎」

「え？」

「生憎俺は、フィリミナの前では、『いい子』ではなく、『悪い男』になりたい男なものでな」

「ちょっとエディ!?」

　いきなり何を言い出しているのだこの男は。その腕に庇《かば》われながらも抗議すると、「男なんて惚れた女の前では皆そういうものだぞ」なんてしたり顔で言い放ってくれる。

　え、そ、そうなのか……？　と、うっかり納得しそうになったけれど、目の前の女神が、笑顔であるというにも関わらずにまとっている怒りの雰囲気に、そんなことを考えている場合ではなくなってしまう。

「だめよ。いやっていっているじゃない。わたしを楽しませてくれなくちゃだめなの。いやなの」

「知ったことか！」

男の杖の魔宝玉が一際大きく鮮烈な光を放ち、そのまま何百、何千という刃《やいば》となって女神を襲う。

私が言うのも何だけれども、女神相手に攻撃魔法なんてなんという真似を……！　と悲鳴を呑み込みつつおののく私は、彼女の華奢な身体が千々に引き裂かれる姿を想像した。けれど。

「――――ほんとうに、わるい子ね」

女神は片手を挙げた。それだけで、男が放った朝焼け色の刃のすべてが、その場にぴたりと停止した。白く透けるような、たおやかな手がひらめくと同時に、刃の切っ先が女神ではなくこちらへと反転する。ひゅっと私が息を呑んだ次の瞬間、一斉に刃が私達を襲った。

「エディ！」

私が傷付くことはなかった。その代わりに、私を抱え込み、すべての刃から守ってくれた男は、ぐうと唇を噛《か》み締める。その顔色は悪く、私を抱き締めたままであるとはいえ、足元が今にもふらつきそうだ。血がしたたり落ちる代わりに、生命力そのものが流れ落ちていくかのようだった。

「つまらないことをしないで。ほら、その娘をわたしにかえして？」

ただそこに佇んでいるだけだというのに、その威圧感は筆舌に尽くしがたい。びりびりと肌が引き裂かれ、そのままかき消されてしまうのでは、なんていう錯覚に陥《おちい》る。

先程の男の台詞が強がりであったことにようやく気付いた。私は、そして男は、女神に逆らえるだ

けの力を持ち合わせていないのだ。

　私、私が、『前』の世界に戻りさえすれば、この男は助かるのだろうか。だとしたら、という私の逡巡《しゅんじゅん》は、男の腕に強くかき抱かれることによって打ち消される。

「俺は、フィリミナを手放すつもりなど毛頭ない。誰にも奪わせない。俺が、エギエディルズ・フォン・ランセントが、お前だけのものであるように、フィリミナ・フォン・ランセントは、俺だけのものだ！」

　それは、宣誓だった。すべてを統《す》べる女神に仇《あだ》なすために、大きな反旗が翻《ひるがえ》る。

　言葉が出てこなかった。そんな場合なんかじゃないのに、それなのに、私は、嬉しいと、思ってしまった。泣き出したいくらいに嬉しくて、でも、だからこそこの男を私だって失えなくて。

「エディ……」

「フィリミナ。馬鹿なことを考えるなよ。お前はこの腕の中にいればいい」

「ってですが！」

「知るか。聞こえないな」

　フン、と鼻を鳴らして笑う男に、とうとう涙がにじんだ。ここまでこの男に言わせておいて、私が『帰る』なんて言えるはずがない。そもそも帰りたくなんてないのだし。私の居場所は、もう決まっているのだから。決めてしまったのだから。

　互いに互いを支え合いながら女神に相対する私達に、女神はぷうっと頬をふくらませた。頑是ない子供のような仕草なのに、ぞっとするほどの艶《えん》を孕《はら》んだその仕草。

「ああ、いや、いやだわ。つまらないのは大嫌い」

今にも地団駄を踏みそうな様子で、彼女はそう続けて、ほう、と物憂げな溜息《ためいき》を吐く。

「ああ、だめ、いやなの。そうだわ、もういっそのこと」

ふふ、くすくす。そうだわ、それがいいわ。そんな風に、それまでの辟易《へきえき》とした様子が嘘のように、愛らしく、美しく、女神は笑い声を上げる。自らの感情のおもむくままに、彼女は、名案だと言わんばかりに呟いた。

「まとめて、消してしまえばいいのかしら？」

ねえ、そうおもうでしょう？　と問いかけられたその瞬間、ズン、と、全身にかかる圧力が増した。身体中から冷や汗が吹き出す。震えが止まらない。けれどそれでも男のぬくもりがそこにあることが、私を支えてくれている。

とはいえ、それ以上はどうしようもない。これは万事休すか——と、拳を握り締めて、それでも必死に女神を睨《にら》み返した、その時だった。

それまで余裕にあふれた微笑みを浮かべていた女神の表情が、ふいに強張《こわば》る。これまでの彼女から考えると、どうにもらしくない表情だ。

続いて、私を庇っている男もまた、は、と何かに気付いたように、その朝焼け色の瞳を瞠らせる。

え？　と私が首を傾げたその次の瞬間——……！


——ォオオオオン！

勇ましく、凛々《りり》しく、堂々とした吠《ほ》え声が、真白い空間に響き渡った。それは優しくあたたかく、それでいて停滞していたこの場の空気を切り裂き、一陣の風を呼ぶ。

冷たく凍えるような冬の木枯らしだ。

その風がぐるりと円を描くように凝ったかと思うと、瞬きののちに、そこには大きな白銀の狼が顕現していた。

「……エストレージャ？」

思わずその名を呼んだ。白銀の狼がちらりとこちらへと視線を向ける。その確かな重みを伴った視線を放つ瞳の色は、黄色ではなく、金色。まさか、と男が呟いた。

「《善き冬の狼》ご本人か……！」

ご名答、とばかりに、白銀の狼は一つ頷いて、視線を私達から女神の方へと移動させる。女神が目に見えてびくりとした。それまでの余裕たっぷりの、高みに立っていた態度から信じられないような、稚い、親に叱《しか》られる直前の子供のような顔。妙齢の美女がやるとそんな表情もまたグッとくるものだけれど、ここで見惚れている場合ではないことは解っていた。

——春の娘よ。

低く心地よい声が、頭の中に流れ込んでくる。それが《善き冬の狼》のものであることに気付けたのは、またしても目に見えて女神がびくついたからだ。

「な、なぁに、冬の君」

びくびくと怯《おび》えながらそれでも懸命に余裕を装う女神に、《善き冬の狼》は溜息を吐いた。出来の悪い娘を前にした父親そのものの、やけに人間じみた仕草だった。

――もうわがままも大概にせよ。我が末子まで巻き込んだのだ。これ以上は我とて許せぬ。

「で、でも、だって冬の君」

――二度は言わぬ。

ぴしゃり、と言い切られ、しょんぼりと女神は肩を落とした。どうやら女神は、《善き冬の狼》には強く出られないらしい。

《善き冬の狼》は、冬の間眠りに就く女神の守護者とされているが、それ以外の季節においても、女神を支える父親のような側面を持っているのだと、そういえば男がエストレージャに教えていたことを思い出した。

つまりはそういうことなのだろうかと呆然と事の次第を窺っていると、再び《善き冬の狼》の視線がこちらへと向けられた。圧倒的な高みに位置する上位の存在に直視され、思わず男に擦《す》り寄った。男は険しい顔で杖を構え直す。

私達のそんな反応を静かに見つめていた《善き冬の狼》は、ゆっくりとそのこうべを垂れた。「冬の君!?」と女神が悲鳴を上げるが、構うことなく彼は続ける。

――我が末子を救ってくれた恩を、今、返そう。

《善き冬の狼》にとっての末子とはつまり。私達の長男坊であるエストレージャのことであるに違いない。一体何を、と目を瞠る私達の前で、《善き冬の狼》は天に向かって遠吠えをした。それはまるで、歌っているかのような美しい響きだ。

そして。


「え、あ、あれっ⁉」

「な、なんなのよ⁉」

「ハル？」

「朝日夏さん⁉」


突然、本当に突然、まるでぽいっと投げ出されたかのように、私達の目の前に、新藤《しんどう》千夜春少年と、その双子の妹である朝日夏嬢が現れたのだ。

え、なに、どういうこと。そう呆然とする私だったが、そんな私と、やはり驚きをあらわにしている男に気付いた二人は、慌《あわ》てて私達の元に駆け寄ってくる。

「エギさん！」

「フィリミナさん！」

転がるように私達の元までやってきた千夜春少年と朝日夏嬢は、そのまま思い切り私達に抱き着いてくる。あらあら、と思う間もなく、二人は口々にここに至る経緯を話し始めた。

曰く、現実世界の姫の私室にて、意識のない私と男の側に、姫やエストレージャ達とともに寄り添ってくれていたらしい。するとと急に眠くなり、そのまま意識を失った挙句、気付けばここにいたのだという。

「いやほんとなんだよこれ。いきなりファンタジー展開すぎるだろ」

「のんきなこと言ってる場合じゃないでしょ！　それより、それよりフィリミナさん、大丈夫なの……？」

呆然としている兄の頭を張り倒し、朝日夏嬢が恐る恐るといった様子で問いかけてくる。笑顔で頷きを返せば、ほっと明らかに安堵の息を吐いてくれる朝日夏嬢はやっぱりとってもかわいい素敵な女の子だ。

そんな新藤兄妹の視線が、私達の元から、大きな狼の姿である《善き冬の狼》と、まるで姫様が成長したかのような姿の女神へと向けられる。私達以上に驚いて目を瞠り、そのまま固まる二人に、私もまたここに至るまでの経緯を話す。男の手前、私が転生した経緯についてなどは省かせてもらったが、おおむね正しく伝えられたと思う。

言葉を重ねるたび、二人の表情は強張り、顔色は蒼褪めていった。怒りを通り越すと無表情になるのだな、といういい見本である。ついでに、未だに私を片腕に抱いている男もまた、私の話は当然初耳である訳で、やはり無表情である。

美形三人分の無表情に囲まれて、私はとっても怖いです。勘弁して。

そんな私の嘆きが届いたのか、ゆらりと《善き冬の狼》が、私達の元までその尾をゆっくりと揺らしながら近付いてきた。間近で見上げる彼の姿はやはり大きい。見上げる形になる私達を見下ろして、彼は続ける。

——生まれ変わりし稀《まれ》なる娘か、迷い込みし兄と妹。

——片方は、あちら側に、帰還せねばならぬ。

——帰還すべきは、いずれか。

——帰還したきは、いずれか。

明言されずとも、選べ、と言われている気がした。そう感じたのは私ばかりではなかったらしく、男が離すまいとするかのように私を抱く腕の力を更に強くして、そして新藤兄妹は。


「そんなの、帰りたいに決まってるだろ！」

「当たり前じゃない！」


悲鳴のような、涙混じりの声だった。どれだけ大人びていたって、二人はまだ十代の少年少女なのだ。当たり前の反応だろう。

うんうん、と頷いていると、千夜春少年が気まずそうに、そして朝日夏嬢が申し訳なさそうに、私へと視線を向けてくる。自分達ばかりの状況ではなく、こんな時ですら私のことを慮《おもんぱか》ってくる二人の気持ちを、素直に嬉しいと感じる。

「大丈夫よ」

以前に、朝日夏嬢に、日本についてどう思っているのかと問われた時と、同じ台詞を繰り返す。この〝大丈夫〟は、本当に本物の〝大丈夫〟だ。

私はにっこりと心から笑って、男に改めて寄り添った。

「わたくしの生きる場所は、この人の隣だから。だから、いいの。気にしなくていいのよ」

新藤兄妹が『あちら側』へと帰還するならば、私にはそれが叶わなくなると先程《善き冬の狼》は仰っていた。けれど構わない。だって私は、もうとっくに決めてしまっている。

だからいいのだと繰り返すと、涙ぐみながら千夜春少年と朝日夏嬢は、「こんな時までノロケかよ」「ほんと恥ずかしいわね」なんて憎まれ口を叩いて笑ってくれた。はっはっはっ、ノロケなんて言った者勝ちだぞ。

そう笑ってから、私は私を抱く男を見上げた。じっとこちらを見下ろしてくるその朝焼け色の瞳に、少しばかりいじわるな気持ちが湧いてきて、にやりと笑ってみせる。

「ほっとしました？」

「言ってろ」

こつんと額を小突かれてしまったけれど、痛くもなんともない。声を上げて笑うと、男や新藤兄妹のまとっていたぴりぴりとした空気がようやく和《やわ》らぐ。そして。

――選択はなされた。我が迷い子らを導こう。

「そんな……っ」

《善き冬の狼》の言葉に、女神がなおも食い下がろうとするけれど、じろりと金色の瞳に睨み付けられて、またしても彼女はしょんぼりと肩を落とす。

だって、でも。そうもにゃもにゃとまだごねようとする女神を見据え、《善き冬の狼》は、もう一度「春の娘」と彼女に呼びかける。

「――――わかりました」

ちっとも解っていなさそうな不満げな口振りとともに、女神はほっそりとした手を千夜春少年へと向けた。白銀の光が千夜春少年のことを包み込み、瞬きの後には、彼の髪は、朝日夏嬢と同じ、限りなく黒に近い焦げ茶色へと変化する。

それを満足げに見届けてから、《善き冬の狼》は膝を折り、自らの背を新藤兄妹に示して見せる。

「え、なんだよ」

「まさか、乗れってこと……？」

若干引き気味になっている新藤兄妹に、然り、とばかりに《善き冬の狼》は頷く。断れる雰囲気ではないことは、その場にいる誰もが解っていた。

おっかなびっくり千夜春少年がその背にまたがり、朝日夏嬢も後に続く。そうして、《善き冬の狼》は、大きく吠えた。


――――ォオオオオオオオンッ！


何もなかった真白い空間が、突如光に満たされる。そして形作られる一つの大きな扉。かつて精霊界でも目にした、界渡りのための扉だ。

――まずはお前達にとっての現実へと帰してやろう。稀なる娘、稀なる黒の子。我に続け。

そう言い残すが早いか、《善き冬の狼》は地を蹴った。「うわっ！」「きゃあっ!?」という千夜春少年と朝日夏嬢の悲鳴が遠ざかっていく。《善き冬の狼》が扉の向こうに消える。その扉の向こうから聞こえてくるのは。

——父さん、母さん。

——おとうしゃま！

——おかあしゃまぁ！

何よりも大切な、かわいい子供達の声。今にも泣き出しそうなその声に、ぎゅっと胸が締め付けられる。ああ、早く。一刻も早く、帰らなくては。

「おまちなさい」

男と手を取り合って《善き冬の狼》の後に続いて扉の向こうへと足を踏み出そうとすると、声をかけられる。振り返ると、いかにも不満そうな顔をした女神が、むっすりとこちらを見つめていた。

「後悔は、しないのかしら？」

もう二度とこんな機会はないのよ、と、その台詞には暗に込められていた。

繋いだ手に力がこもる。私は笑って頷いた。

「後悔してこその人生です」

いくたび後悔を繰り返したとしても、最後に悪くない人生だったと思えるのならば、私の勝ちだ。

その『悪くない』人生には、どうしても私にとってこの男が必要なのだから、仕方がない。

『前』の世界に残してきた両親や親しい人達に対する愛情や申し訳なさはもちろんあるけれど、それでも私はもう選んだのだ。フィリミナ・フォン・ランセントという人生を。

「さあ、いきましょう、エディ。子供達が待っていますわ」

「……ああ、そうだな」

不意打ちでこめかみに落とされた口付けに笑ってから、そうして私達は、扉の向こうへと一緒になって足を踏み出したのだった。

7

目覚めて一番に目に映ったのは、豪奢《ごうしゃ》ながらも上品でかわいらしい、淡いピンク色の天蓋《てんがい》だった。

あら、と瞬《まばた》きを繰り返して身を起こすと、隣で眠っていた男もまた遅れて目を覚まし、あくびを交えながら同じく身を起こす。さて、ここはどこだ、なんて今更の問いかけだ。先程の〝夢〟の中の通りなら、ここは姫様の私室であるはずだ。

流石《さすが》姫様のベッド、私と男が並んで寝てもまだまだ余裕がある――なんて、感動している場合ではない。

「おかあしゃま！」

「おとうしゃまぁ！」

ベッドにしがみついていたエリオットとエルフェシアが、転がるように私と男に飛びついてきた。ぐすぐすえぐえぐと泣きじゃくりながら、幾度となく「お父様」「お母様」と繰り返す二人を、男と一緒になってぎゅうぎゅうとこれでもかと抱き締める。それでも足りないのか、幼い双子は更に私達に身体《からだ》を押し付けてきて、そのぬくもりに対する愛おしさがどんどん胸の奥底からあふれ出てくる。

そして、私達にとって愛おしいぬくもりは、この二人ばかりではなく。

「エストレージャ」

ベッドから少し離れたところで、呆然《ぼうぜん》と立ち竦《すく》んでいる、長男坊の名を呼ぶ。びくりと身体を震わせるかわいい子に、私達は、双子をそれぞれしがみつかせたまま、両手を広げた。

「あなたもいらっしゃい、わたくしとエディのかわいい子」

「～～ッ！」

呼びかけるのとほぼ同時に、足をまろばせかねない勢いでベッドまで駆け寄ってきたエストレージャは、そのまま長い両腕で、まとめて私と男、それからその間にいる幼い双子を抱き締めてきた。きゃーあ！　とつい一瞬前まで泣きじゃくっていたのが嘘《うそ》のように、双子が嬉《うれ》しそうな歓声を上げる。「くるしいよ」「くるしいの」と双子が言っても、エストレージャにはそんなことに構っている余裕などないようだった。

「母さん、父さん……！」

「ええ、ええ。お母様よ。心配をかけてごめんなさい。全部あなたと、姫様と、エディのおかげよ。なんてあなたは頼りがいのある素敵な男の子になってくれたのかしら。わたくしとエディの自慢の息子ね」

「ああまったくだ。お前は、俺達の誇りだ」

「ッ！」

私がエストレージャの滂沱《ぼうだ》の涙で濡《ぬ》れる頬を両手で包み込み、男がその頭を撫《な》で繰り回し、エリオットとエルフェシアが「にいしゃま、いいこ！」「いいこね！」とにこにこと笑う。

ますます泣き出してしまう長男坊を、今度は私達から抱き締めるようにして、家族揃《そろ》って団子になっていると、慌《あわ》ただしい足音が、扉の向こうから聞こえてきた。

「フィリミナ！　エギエディルズ！」

姫様だ。普段の姫様らしからぬ、余裕の欠片《かけら》もない様子で息せき切って駆け込まれてきた彼女に、私はベッドの上で姿勢を正し、頭を下げた。

「姫様におかれましては、このたびは……」

「そんな挨拶なんてどうでもよくてよ！　それより、それより貴女《あなた》、その様子だと、もう五感は戻っているのね？」

「あ、はい」

おかげさまで、姫様のお美しいお顔を見ることができるし、姫様の鈴を転がすような愛らしいお声も聞こえるし、姫様の花のようないい匂いも感じ取れるし、エストレージャや男を押し退《の》けて私に抱き着いてくださるそのぬくもりもばっちり感じられる。この調子では間違いなく味覚も取り戻していることだろう。

「よかった……！」

私をその華奢《きゃしゃ》な腕で抱き締めながら発せられた、万感の思いが込められた姫様のお言葉に、つい涙がにじむ。彼女の薄い背に手を回して、私もまた「はい」と涙ぐんで頷《うなず》いた。

私のことを大切なお友達と仰《おっしゃ》ってくださるこのお方に、こんなにも心配をかけていたことが申し訳ない。そして、そんな私のことを、男やエストレージャとともに救ってくださったのも姫様なのだ。

これは一生頭が上げられそうにない。

「ティーネちゃん、ちょっと待ってってって！　俺達思いっきり寝起きなんだけど！」

「そうだよ！　それに姫様、フィリミナさんは⁉」

「ちょっとお待ちなさい。今いいところなのよ」

姫様に続いて慌ただしく部屋に入ってきたらしい千夜春《ちよはる》少年と朝日夏嬢《あさひな》に対し、すぱっと言い切った姫様につい苦笑しつつ、私は二人へと視線を向けた。

〝夢〟の中で見た通り、白銀であったはずの千夜春少年の髪は、黒髪へと変わって……いいや、戻っていた。私の視線の意味に、私の腕の中の姫様は気付かれたらしく、ようやく私から離れて凛《りん》と立ち、なんとも言いがたい渋面――そんな表情も魅力的でいらっしゃるが――で、「女神からの加護が失われたようね」と呟《つぶや》かれた。

そして私達はようやく、ベッドの上から移動する運びとなった。流石に夜着姿のままでは、と焦《あせ》る私の肩に、男が自らのローブをかけてくれた。そのぬくもりに、改めて自分が〝帰って〟きたことを思い知る。

そうして、私と男はもちろんのこと、絶対に私達から離れるものかと引っ付いてくる子供達、それから新藤《しんどう》兄妹と一緒になって、姫様に、彼女が私的に使われる応接室に通された。

「それで、結局どういうことだったのか。一から十まで、しっかり説明してちょうだい」

上座の一人がけのソファーに腰かけられている姫様は、どんなごまかしも許さないと言いたげな雰囲気をまとっていらっしゃった。

姫様の仰ることはごもっともだ。私の五感が失われた件について、その原因が女神であるということに気付いてくださったのは姫様であったらしい。女神の愛し子にして巫女《みこ》でもあるからこそ気付けたらしいのだが、だからこそ余計に何故私がそんな状態に陥《おちい》る羽目になったのかが解《わか》らないのだといいう。

そして、千夜春少年から失われた、女神からの加護。女神からの加護があるからこそ千夜春少年は姫様のお相手として認められた。それが失われたとなれば、また話がひっくり返ってしまう。姫様にとっては、決して放置しておけない事態だろう。

きっとこれから話す話は、姫様のことをとても傷付けることになってしまうだろう。けれど、黙っていたらもっと傷付けることになってしまうに違いなかったから、私は男と目配せし合って、私が体験した〝夢〟の話を始めた。

話せば話すほど、姫様の白いかんばせは、白を通り越して蒼褪《あおざ》めていった。何度話すのをやめようかと思ったことか。

それでも姫様ご自身が「続けなさい」と仰ってくださったから、私は乞《こ》われるがままに〝夢〟の内容、女神についてを語り続けた。なお、私の転生云々《うんぬん》については、うまいことぼやかさせていただいている。

「女神様は、〝つまらない〟のが嫌なのだと仰っていました。その結果が、今回の顛末《てんまつ》かと思われます」

そうしてようやくすべてを語り終えたあかつきには、姫様の顔色は、すっかり蒼白《そうはく》になっていた。

「姫様」

「――――そんな」

思わず声をかけた私の言葉を遮るように、姫様は呆然と呟く。

「そんな、こどもみたいなわがままを言うような存在に、あたくしはずっと、付き合わされ、踊らされていたのね」

疲れ切った声音だった。誰に向けるでもなく呟かれたその声に対し、誰も答えることができない。

「つまらないのが嫌、なんて。ふふ、そんなこと、こどもみたいな……いいえ、こどもだってなかなか言わないわ。そう思わなくて？」

そんなことはありませんと言うのは簡単だった。けれど、簡単であるからこそ、それだけの台詞《せりふ》で片付けてはいけないことだった。

男が静かに目を伏せ、エストレージャもまた気遣わしげに姫様を見つめる。いつも賑《にぎ》やかな新藤兄妹も、今ばかりは口を挟める雰囲気ではないと判断したらしく、大人しく口をつぐんでいる。

エリオットとエルフェシアばかりが、「ひぃしゃま?」「どうしたの?」ときょろきょろと私と姫様の顔を見比べていた。

そのまま重苦しい沈黙がいつまでも続くかと思われた、その時。

突然、エストレージャが顔色を変えた。その表情がすっと抜け落ちて、何の感情も感じさせないそれになる。

何事かと身構える私達の目の前で、エストレージャの瞳が黄色から金色に輝き、そしてその姿が、大きな白銀の狼《おおかみ》のそれとなる。

「おおかみしゃんだぁ!」

「おおかみしゃんね!」

幼い双子が歓声を上げるが、私を含めた大人達にとってはそれどころではない。姫様の応接室だからこそこの大きさの狼がなんとか収まっているものの、それでもなんとも窮屈そうな印象を受ける。

何故このタイミングで狼の姿に、と戸惑っていると、目の前に座っていらした姫様もまた、触れてはならない何か尊い存在のように冒《おか》しがたい雰囲気を身にまとわれた。琥珀《こはく》色の瞳が、エストレージャと同様に、金色に輝く。

「――たった今、託宣を授かったわ。エストレージャ……いいえ、《善き冬の狼》よ。世界の壁を越えて、ハル・シンドーと、ナツ・シンドーの両名を、元の世界へと送り返しなさい」

どこか夢うつつな、謡《うた》うようなその命令に、白銀の狼の姿のエストレージャ――いや、違う。姫様の仰る通りだ。

今ここにいるのは、私達のかわいい長男坊ではない。〝夢〟の中で出会った、《善き冬の狼》と呼ばれる古き神の一柱だ。私達の長男坊の意識はどうやら現在、彼に乗っ取られているらしい。

そして、白銀の狼が吠《ほ》えた。姫様の背後の、応接室における大窓が、ばたん！　と左右に大きく開かれる。その向こうには夜空が広がっていた。大きな青い月が輝いている。ああもう夜だったのかと、初めて気が付いた。そしてその夜空の中に浮かぶのは、白銀でできた、両開きの大きな扉。

先程の〝夢〟の中のように、《善き冬の狼》は新藤兄妹の前で膝を折った。またしても「乗れ」ということなのだろう。

「本当に、帰れるのか」

呆然としながらも、心底安堵《あんど》したような声で、千夜春少年が呟いた。その隣で、朝日夏嬢が、ぽろぽろと涙を流しながら何度も頷く。その姿に、やはり帰るべきは彼らであると思えた。

ああ、よかった。私は今度こそ、間違えずに済んだ。正解を選ぶことができたのだ。

「千夜春さん、お元気で。それから、朝日夏さん」

「……なっ、なに、よ」

しゃくりあげながらこちらを見つめてくる朝日夏嬢の手を両手で持ち上げて、祈るようにその手を額に押し当てる。驚きに息を呑み、涙を流すことすら忘れてしまう少女に構うことなく、私は続けた。

「さようなら、『もしかしたらのわたし』。朝日夏《のさん》さん。あなたのこれからが、素敵なものでありますように」

朝日夏嬢に対する別ればかりではなく、それは私にとっては、『前』の世界に対する永遠の決別でもあった。そんな私の気持ちは、朝日夏嬢に確かに伝わっていたらしく、彼女は涙をぬぐって、強気に笑い返してくれる。

「ぜっっっっったいに、フィリミナさんくらい……ううん、フィリミナさん以上に、倖《しあわ》せになってみせるんだから。だから、だから……私のこと、忘れないでいてくれる？」

前半は余裕たっぷりに、そして後半はいかにも恐る恐るといった様子で問いかけてくる少女を、私は力いっぱい抱き締めた。もちろんだとも。頼まれたって忘れられるはずがない。

「あなたの倖せを、ずっと祈っているわ」

それが、私にできる、かつての世界へのはなむけだ。

また泣き出してしまいそうになる朝日夏嬢に笑いかけると、少女はぐいっとまた涙をぬぐって、花のように笑い返してくれる。ありがとう、と震えを押し殺した声で小さく告げてくる朝日夏嬢から身を離すと、今度は男に肩を掴《つか》まれ引き寄せられた。

「二度とこちらには来るなよ」

自分だって寂しいくせに、かわいくないことを言う男に苦笑する。本当に素直でない。幸いなことに、朝日夏嬢も千夜春少年も、この男の本音に気付いてくれているらしく、深く頷きを返してくれる。

「はるくん、なっちゃん、またねぇ！」

「エルとまたあそぶのよ！」

ちっとも事態を把握していない幼い双子に、誰もが苦笑した。その頭を撫でて、千夜春少年と、朝

日夏嬢は、「いつかな」「いつかね」とどこか切なげに笑ってくれた。その笑顔に、いくら幼くとも思うところがあったらしいエリオットとエルフェシアは、急に神妙な顔になって、こっくりと頭を上下させ、私と男の足にしがみついてしまった。

そんな様子を寂しそうに見ていた新藤兄妹は、そうして先程と同じように、《善き冬の狼》の背にまたがる。いざ、と彼が再び地を蹴ろうとしたところで、私は「朝日夏さん！　千夜春さん！」と声を上げた。振り返る二人に、私は渾身《こんしん》の笑顔を浮かべてみせる。

「朝日夏さん、色々、本当にありがとう」

「……ほんっと、お人好しすぎるんだから」

「性分だもの。それから千夜春さん」

「なになに？　俺がいなくなるの寂しいって？」

「ええもちろんそれはそうなのだけれど、それだけじゃなくて」

ふふ、と笑うと、不思議そうに新藤兄妹は揃って首を傾《かし》げる。本当にそっくりな二人だ。

「千夜春さん、白銀の髪より、そちらの黒髪の方がずっとお似合いね」

きょとん、と千夜春少年の瞳が大きく瞬いた。その白い肌が、みるみる内に赤くなる。そんな兄の頭を、「お兄ちゃん！」と朝日夏嬢が叩《はた》くと、それを合図にしたかのように、今度こそ《善き冬の狼》が床を蹴る。そのまま彼は宙を飛び、天に開かれた白銀の扉の向こうへと飛び込んでいった。

開かれた扉が静かに閉ざされ、そのまま消え失せる。これが千夜春少年と朝日夏嬢との、きっと、いいや、確実な、永遠の別れだ。寂しくないと言えば嘘になるけれど、二人が無事に帰れるのならば、それに越したことはない。

そう思っていると、ぐいっと肩を引き寄せられた。逃がすまいとでもしているかのような男に、私は引き寄せられるままに身を寄せる。そんな私達の足元で、エリオットとエルフェシアが、不安そうに窓の外を見つめていた。

「おおかみしゃんは？」

「にいしゃまは？」

どこに行ったの？　と稚《いとけな》く問いかけてくるその頭をそれぞれ撫でて「お兄様はお仕事を終えたらすぐに帰ってくるわ」と告げると、二人ともほっと安堵したようだった。子供達はこれでよし。そしてそれよりも現状として、ある意味子供達以上に気になるのは、他の誰でもなく姫様だ。

姫様は、疲れ果てた様子で、ソファーに身を預けていらした。物憂げな表情はぞっとするほどに美しく、どこか人形めいてすらいる。こんな姫様のお姿なんて見たことがない私は、息を呑むことしかできない。

――つまらないのが、嫌、なんて。

姫様の呟きが脳裏で反響する。どんな言葉がかけられるというのだろう。今まで女神の愛し子、その巫女として生きていらしたのが姫様だ。その人生には、常に女神の存在がつきまとっていた。そんな女神という存在が、まさかああいう感じであり、何もかも彼女の手のひらの上のできごとで、そのわがままで道を指示され続けてきたというのなら。

私ですらそれなりに衝撃的なのだから、姫様が受けられた衝撃は比べ物にならないだろう。姫様、と、声をかけようにも、他に何をどう続けていいのか解らない。そのお心を思うと、私まで胸が苦しくなる。

この応接室の扉が、慌ただしくノックされたのは、そんな時だった。姫様が大層おっくうそうに、「入りなさい」と答えると、それを待っていましたとばかりに、いかにも急《せ》いた様子で姫様の腹心の一人である執務官――ハインリヒ・ヤド・ルーベルツ青年が入ってきた。

「失礼致します。神殿から急ぎの伝達が。界渡りの扉が開かれたとの報告が入っております。現状世界は安定しており、大事には至っていないようですが、クレメンティーネ様の元に何か神託が降《くだ》っていないかと……クレメンティーネ様？」

早口で書状を読み上げていたハインリヒ青年が、姫様のことを見つめ、訝《いぶか》しげに言葉を切った。すっかりハインリヒ青年に注目していた私達もまた、視線を姫様へと向ける。姫様の顔色は相変わらず蒼白のままで、お労《いたわ》しいことこの上ないのだけれど、それよりも衝撃的だったのは。


「――――ッ!?」


それは、誰の悲鳴だったのか。

おそらく、たぶん、きっと、姫様ご自身の、声なき悲鳴だった。

豊かに波打つその白銀の髪が、根元から塗り替えられていく。根元から毛先まで、すっかり変わってしまった月明かりにきらめくその髪の色は、金色がかったマホガニー色。白銀とはまた異なる美しさを抱くその色は、姫様のお母様であらせられる、王妃殿下の髪と同じ色だ。

「ほあー！」

「きれーえ！」

子供達がのんきに歓声を上げるけれど、私や男、ハインリヒ青年は元より、姫様ご自身はそんなことを言っている場合ではない。

「女神、が、お眠りに、就かれたんだわ」

呆然と、愕然《がくぜん》と、そう姫様は呟かれた。鈴を転がすような愛らしい声はすっかり震え切っており、その華奢な肢体《したい》もまた小刻みに震えていらっしゃる。そうして同じく震える両手をじいと見下ろして、姫様は続ける。

「感じられないの。ずっと、ずっとあたくしの側《そば》にいらした女神の存在を」

それは、迷子になってしまった、小さな女の子のような、頼りない声だった。

「もうあの方の声はあたくしには届かない。いいえ、あたくしだけではなく、誰の耳にもあの方の声は届かず、その逆もまた然《しか》りだわ。冬の間の束《つか》の間《ま》のまどろみとは訳が違うの」

小さな小さな女の子が、誰一人頼れる者のいない人混みの中で、呆然と立ち竦んでいる姿が見えるようだ。

どうしよう、どうすれば。女の子は今にも泣き出しそうになりながら、それでも懸命に涙をこらえている。けれどそんな強がりが、いつまでも続くはずがない。

くしゃりと女の子の——姫様のかんばせが、悲痛に歪《ゆが》む。

「あの方は、女神は、死にすら等しい深い眠りに就かれたのよ」

震える声で紡がれたその言葉に息を呑んだのは、私も、男も、そしてハインリヒ青年もまた同様だった。

このヴァルゲントゥム聖王国が、小国ながらも国際社会においてある一定の立場を保ち、守り続けることができていたのは、〝女神を守護神とする聖なる国〟であったからだ。女神がお眠りに就かれたというならば、その価値は失われ、我が国の立場は危うくなってしまうことは世情に疎《うと》い私ですら理解できた。

そして同時に、その愛し子、巫女である姫様のお立場も、また。

「あたくしの、存在意義も、失われたのね」

涙すら通り越した自嘲を含んで、そうぼんやりとどこか夢うつつに呟く姫様に、そんなことはないと伝えたかった。女神の加護があろうとなかろうと、私にとっては姫様は何よりも大切な友人だ。大好きなお友達なのだ。

小刻みに震え続けるその手を取りたい。その華奢な身体を抱き締めたい。そう一歩踏み出したのに、私の手は姫様の元に届かなかった。

私よりも先に動きやがった存在がいたからだ。

「なっ⁉　何をするのハインリヒ⁉　離しなさい！」

「嫌です」

「あたくしが命令しているのよ⁉」

「たとえ命令であろうとも、こればかりは従えません。私は、この時を、ずっと、ずっと待ち焦《こ》がれていた」

姫様を両腕できつくかき抱いて、ハインリヒ青年は声を震わせた。その震えは、恐怖だの焦燥《しょうそう》だのからは程遠い、あまりにも大きな歓喜によるものだ。

「やっと、やっと私は、一人の男として、一人の女性である貴女を、抱き締めることができる……！」

「……！」

姫様の琥珀色の瞳が大きく見開かれる。眦《まなじり》から、透明なしずくが、つうっと頰を伝って落ちていった。そのさまの、なんて美しいことだろう。

「そんな、こと、言っている場合じゃないでしょうに」

姫様の声は、もう震えてはいなかった。それでも懸命にそれ以上の涙をこらえていらっしゃることが解ってしまったから、私は、男と顔を見合わせて、それぞれエリオットとエルフェシアを抱き上げて、一礼とともに一旦応接室を後にすることにした。

個人的にとっても気に食わないあのハインリヒ青年と、今の状態の姫様を二人きりにするのは、すごくすごく癪《しゃく》にさわったけれど、それでも、今の姫様に必要なのは、私達ではなくハインリヒ青年だと解ってしまったから。誰よりも何よりも、姫様が、女神の愛し子でもなく巫女姫でもなくなることを、こいねがっていた相手だから。だから私は、我慢する。あとはお若いお二人で。

「不満そうだな」

「当然です」

即答すると、男はくつくつと喉を鳴らして笑った。つられてエリオットとエルフェシアもくふくふと笑い出し、そんな三人を見ていたら、結局私も笑ってしまった。

そして私達は、まず、新藤兄妹を無事に送り届けて帰還してくれたエストレージャを、応接室の隣の休憩室で出迎えることとなった。

界渡りの影響でぐったりとしている長男坊に休息が必要なのは、誰の目から見ても明らかだった。そのため、しばらくしてから応接室からハインリヒ青年とともに出てきた姫様の勧めにより、私達はとりあえずは、自宅であるランセント家別邸へと帰宅する運びとなったのである。姫様の目が真っ赤になっていたことについては、もちろん気付かないふりをして。

男の転移魔法により帰宅した我が家を訪れるのは、随分と久しぶりである気がした。ここ最近ずっと、五感が揃わない状態で寝室にこもりきりになっていたのだからそれも当然と言えるだろう。

エリオットとエルフェシアのご要望により、またしても床に布団を敷いて五人並んで眠ることになった。よっぽど疲れていたのか、エストレージャは驚くほどすぐに寝入ってしまったし、そんな兄にくっついているエリオットとエルフェシアもまた、これまた驚くほどあっさりと夢の世界へと旅立ってしまった。

大好きなお兄様にくっついて眠るエリオットとエルフェシア、そしてもちろんそのお兄様であるエストレージャ。三人とも寝顔が天使。いや起きていても天使だけれど。随分と久々に目にすることができた気がする寝顔の額に、一人ずつ、そっと唇を落とす。いい夢が見られますように、というおまじないだ。

「本当によく眠っていること。そんなに疲れていたのね」

「安心したんだろう」

「え？」

「お前が以前のようにちゃんと目を合わせて笑いかけ、呼びかけに答えてくれて。子供達はずっと不安がっていたからな」

「……そう、ですね」

こんなにも幼い子供達にまで、随分と心配をかけさせてしまったことが申し訳なく悔やまれる。三人の頭を順番に撫でると、揃いも揃って擦《す》り寄ってくるものだから、無性に愛しさが込み上げてくる。三人が起きていたら間違いなくぎゅううっと抱き締めていたに違いない。こんなにも気持ちよさそうに眠っている子供達を起こすような真似はしないけれど。

「それで？」

「はい？」

飽きることなく順番に子供達の頭を撫でている私の髪が、くん、と引っ張られた。そちらを見遣《みや》ると、その髪を唇まで持ち上げた男が、もう一度、くん、と引っ張って、その毛先にそのまま唇を触れさせる。ひええ、と赤面する私をじいと見つめて、男は続けた。

「お前は、俺に言うべきことはないのか？」

「……私がまた説明しなくても、もうお解りでしょうに」

「俺は、お前の口から、俺だけのために聞きたい」

だめか？　とどこか幼げな口調で、小首を傾げて問いかけられ、ぐぬっと言葉に詰まる。ず、ずるい。それはずるいぞこの野郎……！

ああそうとも、解っている。私だって男の言いたいことは解っているとも。この男は、私が『前』の『私』の姿になっていても、私のことを、フィリミナのことを、ちゃんと見つけてくれた。だからもう私にとってはそれでいい。今更説明しなくたって、この嫌になるほど賢く頭の回転が速い男なら、とうの昔に全部理解しているはずなのに。それでも説明を求めるその意味が解らないほど私だって馬鹿ではない。だったら、ずっと言えなかった秘密について、今、語ろう。

――――でも。やっぱり。私はそれでも往生際が悪い訳で。

「解っていらっしゃるくせに」

「ああ、そうだな。だが聞きたい」

だから言え、と促《うなが》してくる男に、うろうろと私は視線をさまよわせる。

「……怒りませんか？」

「内容による」

だったらうやむやなままにしておいてくれてもいいではないかと思う私は間違っていないはずだ。

思わず男を睨《にら》むと、驚くほどまっすぐに見つめ返されてしまい、あえなく撃沈する羽目になる。

「…………不気味がりません？」

「今更だろう」

えっ、それは酷《ひど》いのでは？　と突っ込みたくなったが耐えた。ならば。

「…………怖がりません？」

「俺にとって怖いのはお前と子供達を失うことだけだが？」

素面《しらふ》でよくもまあそんな恥ずかしいことがさらりと言えるものである。いっそ感心してしまう。

「ありがとうございます」と思わず頭を下げてしまった。その頭を撫でられて、ぐっとまた言葉に詰まりそうになった。それでも、自分でも驚くほど一生懸命になって言葉を続ける。

「それでは、最後に」

さいごに、と、もう一度口の中で繰り返す。握り締めた拳の中で汗がにじむ。もうとうに覚悟は決めていたはずなのに、それなのに口の中がからからに乾いていく。ねえ、あなた。

「わたくしのこと、き、嫌いになったり、しませんか？」

情けなくも声が震えた。言葉にしてみたら、一気に震えが全身を襲う。どうしよう。どうしよう。もしも私が、『私』について話したとして、そうしてこの男が、私のことを嫌いになったりなんかしたら。

だってそうだろう。今までの私が、この男に当たり前のように『普通』に接することができていたのは、私がこの世界の理《ことわり》に縛られないからだと、女神はそう言っていたではないか。

そんなのずるだ。私が私でなければならなかった理由なんてなくて、だとしたらもうこの男は、こんな面倒臭い女のことなんて……と、そこまで思ったその時だ。

ぐいっと引っ張られる。そして気付いた時には、私は男の腕の中にすっぽりと収まっていた。

「ありえない」

気付けば涙がにじんでいた眦に、薄い唇が触れる。その一言に、どうしようもなく安堵する。

ならば話そう。やっと話せる。いつか必ず話すからと誓った、私と『私』の秘密の物語を。

そして私は、男の腕の中に横向きに座り込んで、頭をその胸に預けて、ぽつり、ぽつりと話し出した。私のことを。『前』の『私』のことを。私の魂の生まれは、千夜春少年と朝日夏嬢と同じ世界であり、女神によって『こちら側』の世界に輸入されたのだということを筆頭にして、今日にいたるまでのすべてを。

長い話になってしまったというのに、男は黙ったまま私の話を聞いてくれていた。時折私の髪をくるくると指先でいじって遊んでいるものだから、この男本当に聞いているのか？　なんて思ったりもしたけれど、重要なところではしっかり相槌《あいづち》を打ってくれていたから、だからそういう心配は無用なことは解っていて。

だから私はすっかり安心してしまって、ついついしゃべりすぎてしまった。

「……と、いう訳で、女神様はわたくしのことを『前』の世界に送り返そうとなさったのですが、お断りさせていただきました」

あなたがいるから、と、付け足すと、私の腰に回された男の両腕の力が強くなる。そのまま首筋に顔を押し当てられた。さらさらとした漆黒の髪が肌に触れるのがくすぐったくて思わず笑うと、ようやく男はその美貌を持ち上げて、間近で私の顔を覗《のぞ》き込む。

「大筋は解った。それで？」

「え」

それで、とは。え、そんなこと言われても、なんかこう、言うべきことはあるのではなかろうか。何せ前世だぞ前世。転生だぞ転生。もっとこう、もっとあるだろう。聞きたいこととかないのだろうか。

というか本当に信じてくれたのか？　こんな突拍子もない話を？　本気で？

そんな私の疑問はありありと顔に出ていたらしく、男はフンと鼻を鳴らして、「そもそも」と口火を切った。

「異世界からやってきたことについては、驚くよりもむしろ納得した。今までのお前のありえない行動も、これで説明がつく」

「あ、ありえないって」

「ありえないだろう。幼い子供が突然やけにできのいい、前例のない菓子を作ったり。どこの国の言語でもない言葉の歌を歌ったり。それから何より、黒持ちの中でも最高峰の純黒と呼ばれる、この俺を恐れなかったりな」

「あなたのことを解ってくださる方はわたくし以外にもたくさんいらっしゃいます！」

前の二つはともかく、最後の純黒云々については聞き逃せず、思わず声を荒げると、男はふと笑った。昔は滅多に見せてくれなくて、今は子供達の前でたびたび見せてくれるようになった、その柔らかい笑顔にどきりとしていると、男の手が私の頬を優しく撫でる。

「ああ、そうだな。それを教えてくれたのは、お前だった」

男の手のぬくもりが心地よくて、つい先程の子供達のように擦り寄り、そのまま頭を預けると、男は反対側の私のこめかみに口付けを落とした。それだけで、ふわりと心が軽くなっていく。

だがしかし、だがしかしだ。

「でも、あの、エディ。それで、とは？」

そうだ、そこだ。前世だの転生だのの話の末に、そんな適当に「それがどうした？」みたいに言われてしまうと、こちらとしては立つ瀬がない。これでもかなり勇気を振り絞って話したというのに。

思わず頬をふくらませると、その頬をぶにっと掴まれる。ぶふっと空気が抜けた。恥ずかしさに顔を赤くする私に、男はまた笑った。

「それで、も、何も。だから、『それで』、何がどう変わるんだ？」

「え……？」

それは、どういう意味だろう。何がどう変わる、と言われても、と、戸惑う私に、男は「ほら見ろ」と肩を竦めた。

「お前の生まれが別の世界であろうとも、お前が俺の妻で、エストレージャ、エリオット、エルフェシアの母親であることは変わりがないだろう。それともお前は、俺の知る『フィリミナ・フォン・ランセント』ではないのか？」

……なんて、途方もない質問をしてくれるのだろう、この男という奴は。そんな風に言われてしまったら、私の答えなんて、もうたった一つしか残されていないではないか。

どうしよう。泣いてしまいそうだ。けれどそれがなんとも悔しかったから、私は必死に笑ってみせた。不格好な、不細工な笑顔だと解っていたけれど、それでも男は何よりも美しく微笑み返してくれる。それがすべてだ。

「……いいえ、いいえ。わたくしは、わたくしのすべては、フィリミナ・フォン・ランセントです。あなたの知るわたくしが、わたくしのすべてですとも」

結局耐えきれなくて、涙がこぼれた。その涙のしずくに、男が唇を寄せる。塩辛いだけだろうに、まるで蜂蜜でも舐《な》めたみたいな顔をしている。それがなんともこそばゆくて、私は男に向き直り、両手で、男の両頬を固定するように包み込んだ。

「わたくしは、誓います。女神様にではなく、他ならぬあなたに」

一房だけ長く伸ばされた、私が子供達と一緒になって贈った髪留めで留められた、美しい漆黒の髪に、唇を寄せる。

「わたくしは、あなたを想う」

男の目が見開かれる。何よりも美しい朝焼け色の中に、私の笑顔が映り込んでいる。ふふ、と少しだけ笑ってから、構うことなく続ける。

「あなたを認める。あなたを労《いた》わる。あなたを助ける。あなたを支える。あなたを敬う。あなたを守る。あなたを信じる」

一言宣誓するごとに、男の手の甲に。手のひらに。指先に。頬に。まぶたの上に。自分でも驚くほど丁寧に、一つ一つに口付けを落としていく。

かつて王都の外れの小さな神殿で催した結婚式にて、この男が女神に対して誓ってくれたように。

あの時と違うのは、先程も言った通り、誓う相手が女神ではなく、目の前にいる存在に対してだということだ。

「わたしはあなたを乞う」

最後に、少し顔を持ち上げて、男が待っていたとばかりに少しだけ下げてくれた頭の、その額に口付けて。すると今度は、男の唇が、私の額へと落とされる。

「俺は、お前のすべてを許す」

ああ、やっと。やっと私は、この世界で生きていける。そう思った。やっと何もかもがゆるされた気がした。

やっと私は、わたくしは、あなたとともに本当の意味で歩んでいける。


「――わたくしはあなたを愛する」

そうして、重なり合う唇に、私はまた泣いてしまった。悲しみでも悔しみでもない、ただただあふれんばかりの、喜びと倖せの涙を。

8

とうとう、大祭当日がやってきた。

このヴァルゲントゥム聖王国のいたるところから国民が王都に集まり、大神殿の正面バルコニーの前へと集《つど》う。例年と同じくまだつぼみの花々がところ狭しとあちこちに飾られ、今か今かと開花の時を待っている。

歌い踊る人々の群れは、見ているだけで心が弾む。エリオットとエルフェシアが、吟遊詩人や大道芸人の元に行きたがったり、立ち並ぶ屋台の元に行きたがったりしたものの、「後で皆で行きましょうね」と宥《なだ》めすかして、なんとか私は、主賓《しゅひん》である夫と長男坊、そしてかわいく幼い双子とともに、大神殿の控え室に集まっていた。

控え室にいるのは私達ばかりではない。おなじみの魔王討伐隊の面々もまた雁首《がんくび》を揃《そろ》えている。ただし、その中に姫様はいらっしゃらない。

「ほら、エリー、たかいたかーい！」

「きゃー！」

「ほらよ、エル、ぐるぐるぐるー！」

「きゃー！」

勇者であるユリファレット・リラ・シュトレンヴィハイン青年と、王国騎士団長であるアルヘルム・リックス青年に、めいっぱいお相手をしていただいて、それはもうエリオットもエルフェシアも楽しそうである。あんまりお二人を困らせてはだめよ、と双子には言ったものの、勇者殿も騎士団長殿も、子供の相手は慣れているのだそうで、自ら「任せておいて」「任せろ！」とめいっぱい遊んでくれているという訳だ。おかげさまで双子はそれはもう以下省略。

どたばたと幼児と成人男性が駆け回る控え室にて、私は片隅に置かれているソファーに、男とエストレージャ、そして男の弟子であるウィドニコル少年と、気分を落ち着かせるための薬草茶を飲んでいた。

「ま、毎年のことだって解ってるんですけど、やっぱり緊張します……」

引きつった苦笑いを浮かべながら、両手でティーカップを包み込み、なんとか気を休めようとしているウィドニコル少年に、エストレージャが深く頷《うなず》いた。

「解《わか》る……。姫様の守護者なのはいいんだけど、こういう式典とかは本当に慣れなくて……」

「ですよね……」

ウィドニコル少年もエストレージャも根が真面目《まじめ》すぎるきらいがあるせいか、かっちこちに緊張し切っている。本人達の言う通り、毎年のことなのに。

そんな二人の様子を見ていると、逆にこちらは落ち着いてしまうのだから不思議なものだ。あと私は主賓ではなくそのおまけだし。はははは、とっても気が楽である。

「母さん、他人事だと思ってるだろ」

「あ、あら、ごめんなさいね。ほら、甘いものでも食べて、気分を落ち着けなさいな」

じっとりとエストレージャとウィドニコル少年に見つめられ、私は笑顔でごまかしつつ持参した焼き菓子を乗せた皿をそれぞれに差し出した。エストレージャがチーズクッキーを、ウィドニコル少年がチョコチップクッキーを口に運び、その表情をようやく緩ませるのを後目《しりめ》に、私は窓の外へと視線を向けた。

「フィリミナさん……」

「……姫様は、どうしていらっしゃるかしら」

小さな呟きは、幸いなことに、外の賑わいの中へととけて消え、誰の耳にも届かずに済んだ。

例年通り、いいや、例年以上の賑《にぎ》わいを見せている、大祭当日を迎えた王都。それは今年の大祭において、我らが生ける宝石たるクレメンティーネ姫様が、そのお相手、いずれ王配となられる殿方を公表すると、誰もが知っているからだ。

自分達の誇りである姫君のお相手とはどんな方なのだろう。噂《うわさ》では異世界からの来訪者だとか。女神からの加護を受けた、姫様と同じ白銀の髪を持つ少年らしい。だがつい先日、その少年は、突如として消えてしまったのだとか。それは一体どういうことだ。

そんな噂……もとい、事実が、王宮ばかりではなく王都に、国全体に、既《すで》に広まっている。

消えた未来の王配殿下に続いて、姫様ご自身も、今日にいたるまで、公の場に現われていないこともまた、民にとっては訝《いぶか》しく思わずにはいられない事実らしい。

——それも当然だろう。

いずれ女王陛下となられる姫様は、これまで積極的に自らの存在を誇示してきた。それなのに、未来のお相手を公表する段階になって身を隠すなど、何かあったのではなかろうか。未来の王配殿下は、一体どこへ行ったのか。

そんな疑問が、不信となり、そして不安にすらなりながら、民の間に広まっていきつつある。

姫様のご事情を既に存じ上げている私だが、それでも……いいや、だからこそ余計に姫様のことが心配でならない。今頃どんなお気持ちで、と拳を握り締める私の手に、ふとあたたかなぬくもりが重なる。

ああもう、私の旦那様は、本当によくできた旦那様である。いっそ悔しいくらいだ。この手のぬくもりだけで、何も言われずとも大丈夫だと思えてしまう。

そして、思う。姫様にとってのこういうぬくもりに、私がなれたらと。いいや、それが叶《かな》わなくても、誰でもいい、誰かが姫様にこういうぬくもりを差し上げてほしい。そう思わずにはいられないのだ。今のところそれはきっと、あのいけすかない青年の役目になるのだろうけれど。うん、それはやっぱり腹立たしいな。姫様のことを任せてもいいかどうかはまだ様子見にしておく所存である。

うんうん、と頷いていると、控え室の扉がノックされた。外の歓声が大きくなる。ああ、時間だ。私は主役の一人ではないけれど、主役の一人の妻として、エリオットとエルフェシアとともにバルコニーに出ることを許されている。

「エリー、エル、いらっしゃい。お時間よ」

「はぁい！」

「はぁい！」

勇者殿の掲げられた両腕と、騎士団長殿の肩の上から、それぞれ下ろしてもらったエリオットとエルフェシアは、ふんすふんすと興奮しきりの様子で、私の元まで駆け寄ってきた。よっぽど楽しかったらしい。興奮のあまりぽかぽかになっている二人の手をそれぞれ右手と左手で繋《つな》いで、本日の主役の面々に対して頭を下げる。

「ご健闘をお祈りしておりますわ。そして、どうか姫様のことを」

よろしくお願いします、という気持ちを込めて、更に深く一礼してみせると、勇者殿が力強く頷き、騎士団長殿は頼りがいのある笑みを浮かべ、ウィドニコル少年は「はい！」と元気よくお返事をしてくれた。まだこの三人だって、他の民と同様に姫様の現状について知らされていないというのに、それでも彼らは、必ずや姫様の味方であってくれるだろうと、そう思える反応だった。

ほっと息を吐く私に、男が肩を竦《すく》め、エストレージャは表情を引き締める。

そして私達は、案内人の後に続いて、この大神殿の正面バルコニーへと向かった。まだバルコニーの下からはこちらは見えないだろうけれど、こちら側からは、バルコニーの手すりの向こう、その下から、数えきれないほどの歓声が聞こえてくる。口々に姫様や勇者殿達の名前を呼び、女神やこの国そのものを称《たた》える言葉が繰り返される。

ちょうど、後二歩ほど前に出れば、バルコニーの中心に立ち、誰の目からもその姿が窺《うかが》えるようになるのだけれど、そうはならない、そのギリギリの位置で、背後にハインリヒ青年を控えさせた姫様が、こちらに背を向けて立っていらした。

此度《こたび》の大祭における執行者でもある姫様の立ち姿は、例年通りとてもお美しい。けれど、本来そこにあるべき花冠の代わりに深く被《かぶ》った長く大きなヴェールが、彼女の髪も表情も隠してしまっていた。私達が到着したことを、ハインリヒ青年に耳打ちされた姫様は、一つ頷かれ、いよいよバルコニーの中心へと足を踏み出される。

歓声が一際大きくなるが、同時に戸惑いの声も聞こえてくるようだった。他ならぬ姫様が、女神からの加護の証《あかし》である髪も、王家に連なる者の証である瞳も、そのヴェールで隠してしまっているのだから当然だろう。

背後に私達が控えるのを待っていたかのように、姫様はいよいよ、そのヴェールを自ら取り払われた。ばさりと繊細な細工がほどこされたヴェールが宙を舞う。姫様の、白銀ではない、金色がかったマホガニー色の髪が、風にあおられる。

どよめきが上がった。あれは誰だ。姫様か。なんだあの髪の色は。王妃殿下か？

そんな声が上がる中で、構わずに姫様は、凛《りん》とその場に佇《たたず》まれた。


「皆、聞きなさい」

それは、決して大きな声ではなかったはずだ。けれど、不思議と誰もが耳を傾けずにはいられないような、確かな力に満ちた、それこそ女神からの託宣を思わせるような声だ。誰もが自然と息を呑《の》み、口を閉ざす中で、姫様はその白銀ではない髪をなびかせながら、朗々《ろうろう》と続ける。

「我らが守護神たる女神は、先達《せんだつ》て、お眠りになられました。おそらくは、長い、永い眠りでしょう。あたくしのこの髪の色こそがその証拠。あたくしはもう、女神の愛《いと》し子でも、巫女《みこ》でもありません」

ざわり、と民の間に動揺が広がっていく。

女神がお眠りになられたとはどういうことだ。女神は我々をお見捨てになられたのか。我らが姫から加護が失われて、これから我々はどうしたらいいのか。

不安と恐怖が、じわじわと広がっていくのが、このバルコニーからでもはっきりと見て取れた。誰もがすがるような目を姫様に向けている。話を聞かされていなかったらしい周囲に控えていた神官達すら呆然《ぼうぜん》としている。どうか嘘《うそ》だと言ってくれと、彼らの瞳は語っていた。

それらすべてをその華奢《きゃしゃ》な身体《からだ》で受け止めて、姫様は更に言葉を紡がれる。

「あたくしの夫となるべき異世界からの来訪者は、元の世界へと《善き冬の狼》の力を借りて帰還しました。あたくしが授かった、彼を王配とすべきであるという託宣は、女神ご自身と《善き冬の狼》によって否定されたのです」

そんな、と誰かが叫んだ。そんなことがありえるものか、あって許されていいはずがない。そんな感情が大きなうねりとなってバルコニーへと向かってくる。けれどやはり姫様は、一歩たりとも退かれなかった。

「あたくしは知りました。神もまた、人間と同じく、間違いを犯すものであるということを」

その言葉は、国民を諭《さと》すようでもあり、ご自身に言い聞かせるようでもあった。

神が間違いを犯すなどという発言は、この女神を尊ぶ我が国においてはあってはならない言葉であり、考え方だ。神の導きにより連綿たる歴史を紡いできたこの国が、今、根底から覆《くつがえ》されようとしている。それを成そうとしているのは、誰よりも何よりも女神のお近くにあった姫様だ。

そうせねばならないと強《し》いられた訳ではないけれど、姫様は、ご自身が女神の愛し子であり、巫女姫であるからこそ、それを責務として、全《まっと》うなさろうとしている。

ふざけるな。そんなことが許されてなるものか。そう反感を抱く国民の負の感情のうねりに対し、毅然《きぜん》と立ち向かわれる姫様の姿の、なんと美しく、尊く、そしてお労《いたわ》しいことだろう。

「そしてだからこそ、気付いたことがあります。あたくし達人間は、自分の力で立つことができるのではないかと」

誤った教えに導かれるばかりではなく、この足で、自分の力で、立つことができるのだと。そう姫様は朗々と言葉を紡がれる。

「あたくし達には、転機が訪れました。もうあたくし達は、神に祈り、願い、頼るばかりではなく、あたくし達自身の力で、生きていくべきなのです」

それはつまり、女神からの託宣、そして神殿による支配からの、脱却を促《うなが》すものだった。

「このヴァルゲントゥム聖王国第一王位後継者、次代の王として、あたくしは宣言します」

ふう、と一つ姫様は息を吐いた。そしてまた大きく息を吸い込んで、今までで一番大きな声で告げる。それは、宣言であり、宣誓だ。神に対する祈りでも願いでもなく、一人の人間としての誓いだった。

「あたくし達人間は、もう、神には頼らず、そして、縛られない。あたくし達は、自らの力で生き、その足で人生という旅路を歩んでいくべきなのだと！」

張り上げられた声は、まるで大聖堂の鐘を鳴らすかのような、大きく圧倒的な響きを孕《はら》んでいた。美しく、荘厳であり、それでいて人々の心に染み入る声。

戸惑いとともに、姫様の言葉は、民の間に広がっていく。けれど、誰もが納得できる訳がない。もしかしたら……いいや、確実に、納得できていない者の方が多かった。

解っていたことだ。今まで当たり前のようにそこにあった信仰が、今、この瞬間に、何もかも否定されようとしているのだから。

冗談じゃない。受け入れられるか。許されるものか。そんな感情は今度は大きな塊《かたまり》となり、そのまま一気に爆発する。女神の加護を失って、我々はどう生きていけばいいのか。姫のあの髪を見ろ、女神が我々をお見捨てになられたのは、姫に原因があるのではないか。そんな声が上がる。その声は驚くほどたやすく周囲に浸透し、一気に王都中に広まり、そのまま姫様に対する罵声《ばせい》へと変わる。

不敬罪だとか言っている場合ではない。誰もそんなことを考える余裕などない。ただ込み上げてくる不安と恐怖に踊らされ、それを姫様に罵声としてぶつけることで、なんとか自分を保とうとしているのが窺い知れた。

やがて人々の声は、そもそも女神など存在しなかったのではないか、というものへと変わっていく。

自分達は最初から、王家に、神殿に、騙《だま》されていたのではないか。すべてまやかしで、自分達はただただ奴らに支配されていただけなのではないか。何が女神だ。何が異世界からの来訪者だ。全部嘘だったのだろう。そういう刃《やいば》のような感情が、インクをぶちまけたかのように広がっていく。

あれだけ心酔していた女神に対してすら疑問を抱くのは、他ならぬ姫様ご自身が、その存在について疑問を呈《てい》したからなのだろう。

だからこそ姫様は、背後に私達を控えさせたまま、決して私達を前へと出そうとせず、バルコニーの最前列に佇まれている。彼女はやはり何もそれ以上語られない。ただ凛と背を伸ばし、毅然と前を向き、すべての罵声を受け入れていらっしゃる。それこそが、女神の愛し子、巫女姫と呼ばれ尊ばれてきた、自分の役目であるのだと言わんばかりに。

ああ、もう、本当に。嫌になってしまう。

困ったものだ。

どうして私の周りの人たちは、そうやって一人で抱え込もうとしてしまうのだろう！

長い袖の下からわずかに覗《のぞ》く姫様のその御手が、ぎゅうと握り締められていることに、どうして誰も気付かないのか。その拳が、確かに震えていることに、どうして気付こうとしないのか。そして姫様ご自身も、どうしてそれを隠そうとなさってしまわれるのだろう。

ここで大人しくしていたら、私は私が許せなくなる。だって私は、姫様の友人なのだから。友人が独りで耐えているところに手を差し伸べず、どうして胸を張って友人であると名乗れるだろう。

だから。

「姫様」

「フィリミナッ⁉」

男やエストレージャが私のことを止めようとしてきたけれど、その手を掻《か》い潜《くぐ》って、姫様の隣に並ぶ。こんな公の席で、未来の女王陛下のお隣に立つなんて、とんだ名誉であり、そして同時にとんだ不敬罪だ。けれど、眼下の人達だって十分すぎるほど不敬罪なのだから、今更誰にも文句を言わせるつもりはない。

驚きに目を瞠《みは》り、私のことをその背に庇《かば》おうとする姫様を押しとどめ、その拳を両手で持ち上げた。元々白い御手が、力を込めて握り締めすぎていたせいか、白を通り越したなんとも不健康な色になっている。そっとその手をほどくと、手のひらには爪のあとが刻まれ、赤い血がにじんでいた。

せいいっぱいの労《いた》わりを込めてその手のひらを撫《な》で、そしてぎゅっと握り締める。突然手を繋いできた私に、姫様はとうとう言葉を失ってしまわれた。唖《あ》然《ぜん》としている姫様を、手を繋いだまま、今度は私の方が背に庇うようにして、一歩前に出る。

ねえ姫様。わたくしは申し上げたでしょう。あなたの選択に、間違いはないと。あなたの選択こそが、正解なのだと。その言葉を、今こそ私が証明してみせる。

バルコニーの最前列。とっておきの席だ。

その時ふわりと風が吹いた。春のぬくもりを孕んだ優しい風が、私の衣装の裾を翻《ひるがえ》す。『前』の世界で春が巡ってくるたびに愛《め》でた桜のような色のゆったりとしたドレスは、女神の衣装を模したという謂《いわ》れのある形のものだ。大祭において女性が身に着けることが慣例であるそれは、自分達が女神に感謝して咲き誇る花の一輪であるのだと示すのだという。

そんなドレスを身にまとう私は、大祭の一参加者にしか見えないだろう。突然姫様の前に現れた、どこからどう見ても一般人でしかない私を目にした人々が、いったん罵声を吐き出していた口をつぐむ。彼らはいかにも訝しげに、なんだなんだと私を見上げてくる。

さあ、勝負どころだ。

私はにっこりと微笑《ほほえ》んでみせる。とっておきの、最高の笑顔を浮かべてみせる。すると、いつの間にか私の隣にまでやってきていた男が、姫様と繋いでいない方の私の手を取って持ち上げた。

「エディ。お願いできますか？」

「俺に拒否権はないんだろう？」

「察しがよろしくて結構ですこと」

くすくすと笑いながらその横顔を見上げると、男はいかにも仕方がないと言いたげに深い溜息《ためいき》を吐いて、それから、私と繋いでいない方の手に、愛用の杖《つえ》を顕現させた。その姿に、眼下の人々が、

「エギエディルズ様だ」「純黒の……！」なんてまた騒ぎ立て始めるけれど、男は構うことなく杖を掲げる。

杖の先端の魔宝玉が輝き出す。同時に、私の左手の薬指の指輪の、魔宝玉も。

〝夢〟の中で男が私に改めてくれた指輪は、〝夢〟から醒めてもなおこの手にある。私が寝ている間に男がはめてくれたのだから当然だ。けれど、たとえもしも夢の中の出来事でしかなかったとしても、私はやはりこの指輪の存在を当たり前のものだと思っていたに違いない。それを当たり前のことだと受け入れられるのだから、私も随分とこの世界に染まっているらしい。まあ元々私はこの世界の人間なのだから、どんな不思議だってこの世界ならばありえると納得してしまうのだろうけれど。

そして、男の杖の魔宝玉と、私の指輪の魔宝玉の光が一際大きくなり、重なり合い、そして、晴れ

渡る空に大きな映像を映し出す。

どよめく人々の目に映る映像は、さながらプロジェクションマッピングのようだ。連なる高層ビル群。忙《せわ》しなく道路を走り抜けていく自動車。圧倒的な人々の群れ。彼らの髪は、ほとんどが黒。

どういうことだ。自分達は何を見せられているのだ。あの光景はなんなのだ。空を見上げる人々がそう口々に喚《わめ》き立てる中で、今度は私が声を張り上げる番だった。

「ご覧になっていただいているのは、先達て姫様のお相手として選ばれた殿方の故郷である、異世界の姿です」

今までで一番大きなどよめきが上がった。私の手を握り返してくださっている姫様もまた、驚きに大きく目を瞠られている。

そんな彼女に笑いかけ、私は更に声を張り上げた。

「わたくしは、フィリミナ・フォン・ランセント。隣にいてくださっている、エギエディルズ・フォン・ランセントの妻でございます。ですがこの魂の生まれは、ご覧いただいた異世界——姫様のご婚約者であった新藤千夜春《しんどうちよはる》さんと同じ。わたくしの魂は、異世界からこの世界に、女神様によって招かれました」

気付けば、しん、と、辺りは静まり返っていた。誰もが——それこそ、姫様も、ハインリヒ青年も、その背後の勇者殿達も、エストレージャも、呆然としながら私のことを見つめていた。

ただエストレージャと手を繋いでいるエリオットとエルフェシアだけが、「おかあしゃまがんばえ！」「がんばえー！」と事態をよく把握してもいないのに、懸命に応援してくれている。その声が嬉《うれ》しくて、私は一つ頷きを返した。

そうだとも。お母様は頑張るぞ。

「女神様は確かにいらっしゃり、異世界もまた確かに存在するのです。わたくしこそが、その証」

──ああ、そうか。

ふと納得する。私の役目は、本当は、これだったのかもしれないと。男のことを支えるためばかりではない。女神の存在、そしてその意味、その過ちを証明することもまた、私の役目であるのではないか。何故だか今、そう思えた。

「わたくしは、この世界に転生し、女神様から、この人──純黒の魔法使いたる、エギエディルズ・フォン・ランセントという『荷物』を授けられました」

女神ご本人から聞いた話なので、これは間違いではない。男が「俺が荷物か」となんとも複雑そうな表情を浮かべたけれど、未《いま》だ繋いだままの手に力を込めて、男に笑いかける。

ああそうだとも。この男ときたら、本当に、とんでもなく重い、重すぎる荷物だ。けれど。

「先達てわたくしは、女神様とお会いする機会に恵まれました。女神様は仰《おっしゃ》いました。もうわたくしは、『荷物』を降ろしていいのだと。もう役目は終わったのだと。ですが」

ですが、と、もう一度噛《か》み締めるように口の中で呟《つぶや》いて、そうして姫様に倣《なら》って毅然と前を見る。

ここで下や後ろを向く訳にはいかない。

私は、誰に恥じることもなく、これから言う台詞《せりふ》をこの場にいる人々に伝えねばならない。

「わたくしは、その『荷物』を、これからも降ろすつもりはございません。女神様に許されようとも、誰に願われようとも、決して降ろしたりなどするものですか。それは、女神様から授けられた『荷物』を途中で放り出すような真似をしたくないから、なんて、真面目な理由ではございません。言ってみればわがままです。他ならぬわたくし自身が、この『荷物』を降ろしたくないのです。わたくしにとって、この人は、エギエディルズ・フォン・ランセントという人は、『荷物』ではなく、もう決して手放せない、手放したくない、唯一無二の『宝物』なのですから」

女神が眠りに就かれ、姫様に対する加護が失われたのは誰の責任でもなく、誰かに原因がある訳でもないと思う。あえて言うならば女神ご本人のご機嫌のせいな気もしたが、それは言わぬが花だろう。

その辺のことはさておいて、とにもかくにも。

「わたくし達人間は、自らの意思で、女神様からの『荷物』を降ろすことだって、逆に背負うことだって、あるいは他の誰かから受け取ることだって、できるのではないでしょうか。わたくし達は、女神様に頼らずとも、違う世界ででも、ちゃんと倖《しあわ》せになれるのです！」

どうか私を見てほしい。

『前』の世界で不幸な事故に遭《あ》い、たまたま偶然でこの世界の女神に魂を転生させられ、そしてこの隣の男というとんでもない『荷物』を背負わされた。けれどそれらすべてに、今ならば感謝してもいい。だって私は、今、こんなにも倖せなのだから。

だからどうか、どうか解ってほしい。

女神の采配などなくとも、私達は、人間は、必ず自分達の力で人生を歩み、その先で倖せを見つけることができるのだということを。

そうして私は、ようやく口を閉ざし、ずっと強張《こわば》っていた肩から力を抜いた。いつまでも繋いだままになっていた姫様と男の手から自分の手をほどいて、改めて、姫様を真似てしゃんと背筋を伸ばす。

眼下の人々は、未だに戸惑っているようだった。私の言葉に納得してくれた人もいるようだが、それでもやはり納得しきれずに、今度は姫様に対してばかりではなく私にまで罵声が飛んでくる。

ここまで来るといい加減万事休すか。いいや、まだだ。私はともかく、姫様のことだけは……と、再び私が姫様を背に庇おうとすると、そんな私を押しとどめて、左右から姫様と男が私を背に庇ってくれた。

「エディ、姫様！」

「お前を守るのは俺の特権だ」

「あたくしだって、あなたに庇われてばかりではいられなくてよ」

気付けばいつもの強気な笑みを浮かべている二人に息を呑む。それでも、いくら二人が強気であるからと言ったって、この騒ぎがそう簡単に収まるはずがない。

下手するとこのまま暴動が……！　と私が焦《あせ》り始めた、その時だった。

「――――聞け、我がヴァルゲントゥムの民よ！」

普段の落ち着き払った、余裕たっぷりの穏やかな声からは想像できないような、迫力のある声だった。ハインリヒ青年だ。それまで沈黙を保っていた彼が、私を押し遣《や》って男の腕に押し付け、自分は姫様をその腕に抱き、そしてバルコニーの最前列に立って声を張り上げる。

新たなる役者の登場にざわめく民衆を、左は若草色、右はオパール色という、異なる色彩を抱く双《そう》眸《ぼう》でねめつけたハインリヒ青年は、その右目――蒼穹《そうきゅう》砂漠での姫様のお見合いにまつわる事件において、姫様から授けられた魔宝玉の瞳を、示して見せた。

「私の、この右の瞳を見るがいい。元は光すら感じられなかったこの右目は、クレメンティーネ様の慈悲により光を得た！」

オパール色の右目がきらりと光る。その輝きは、決して大きなものではないはずだったのに、何故だかこの場にいる誰もの目にも、確かな輝きとして届いているように見えた。周囲が息を呑み、ハインリヒ青年の迫力に気圧《けお》されて口を閉ざす中、彼は更に続けた。

「私にとってはクレメンティーネ様こそが光です。我々の姫は、女神の加護があろうともなかろうとも、唯一無二の宝であることを、何故忘れているのですか。我々の姫こそが、生ける宝石そのものであることを、我々は誰よりもよく知っていたはずでしょう」

その一言一言に、姫様に対する想いが、確《しか》とにじむ……どころか、あふれ出して止まらないようだった。

なんだかとんでもない愛の告白を聞かされているような気がしてきたぞ。そう思っているのは私ばかりではないらしく、先程までとは違った意味の戸惑いが、人々の間に広がっていく。

それでもなお、ハインリヒ青年にとってはそんなことは関係ないらしい。周囲の反応も、腕の中にいる姫様の顔色も、どちらにも構うことなく、彼は声を張り上げ続ける。

「魔王が討伐できたのも、女神の加護あってのことばかりではありません。クレメンティーネ様と、その仲間達に、そうしようとする意志と力があったからこそなのだと、どうして私達は、気付こうとしなかったのでしょうか」

ハインリヒ青年が、そう言って背後で言葉もなく事の次第を見守っていることしかできずにいた勇者殿達の方を振り返る。ハッと息を呑んだ彼らは、揃って足を踏み出して、姫様とハインリヒ青年の隣に並んだ。

それを満足げに見回したハインリヒ青年は、そうして、腕の中で固まっている姫様と向き直り、絵物語の中の騎士のごとく跪《ひざまず》く。絵画のような光景に、誰もが目を離せない。

ありとあらゆる視線に晒《さら》されてもなお構うことなく、ハインリヒ青年は、姫様の白くたおやかな手を持ち上げて、その手の甲に唇を落とした。

「愛しています、私の唯一の姫君。女神の愛し子でもなく、巫女でもなく、これからはどうかこの、貴女に恋に落ちた哀れな男の、妻になっていただきたい」

――なんて、熱烈な、愛の告白だろう。

聞かされているこちらですら相当恥ずかしいのだから、それを向けられている姫様のお気持ちたるやいかほどのものか。当然心配になって、姫様の様子を窺うと、彼女は、そのかんばせを、真っ赤に染め上げていた。

見たこともないような表情で、自らの目の前に跪くハインリヒ青年を見下ろしていた姫様の眦から、ぽろりと。真珠のような涙がこぼれ落ちた。それはとどまることなく、次から次へとあふれ出て、姫様の薔薇《ばら》色の頬を濡《ぬ》らしていく。

「……ばか」

そうして姫様は、ぽつりとそう呟かれた。よく聞こえなかったらしい周囲の人々が首を傾《かし》げる中で、姫様は今度こそ、それこそ悲鳴のような声で、また「ばか!!」と叫ぶ。

「ばか、ばか、本当にばかじゃなくて!?　こんな、こんな時にそんな……！」

「生憎《あいにく》、私は貴女の前ではいくらでも卑怯《ひきょう》になれる男でして」

「～～～～ばか！」

そう最後に大きく叫んだ姫様は、両手で顔を覆って、その場にうずくまってしまわれた。ハインリヒ青年が、跪いたまま、同じ高さにしゃがみ込んでしまわれた姫様を労わるように、彼女の背をそっと撫でる。姫様の嗚咽《おえつ》だけが、やけに大きく響き渡る。

姫様、と誰かが呟いた。その響きは、先程までの攻撃的なものとは程遠い、戸惑いと労わりが入り混じる、なんとも複雑なものだった。

ああ、そうだ。そうだとも。どれだけ完璧で立派な姫様だって、まだ、年若い十代の女の子なのだ。まだまだ周囲に守られ、周囲を頼ることを許されて然《しか》るべき彼女の薄い肩に、私達は、一体どれだけの重圧を背負わせてきたのだろう。やっと私達は、その事実に気が付けたのだ。

まあそれでも、未だに諦《あきら》め悪く、姫様が～とか、私、つまりフィリミナが～とか、なんやかんや不平や不満や文句を垂れてくる声も聞こえてくる訳で。

ここまでくるとどうしたものかな、と思っていると、男がその手の杖を高く掲げた。そして、その隣にエストレージャが並び、彼もまた愛用の剣を、杖のあとに続くように天に掲げる。男の杖の先端と、エストレージャの剣の先端が、美しく十字に交差した。

「エディ？　エージャ？」

「まあ見ていろ」

「母さん、ここは俺達に任せてほしい」

何やら示し合わせたように頷き合う父と息子の姿に、私は首を傾げることしかできない。エストレージャと手を繋いでいたはずのエリオットとエルフェシアが、ぴったりと私にくっついてくる。その表情は、なんだかとてもわくわくしているのが伝わってくるものだった。

「おとうしゃま、何するの？」

「にいしゃま、がんばるのよ！」

幼い双子の声援が、合図になったのか。男の杖の魔宝玉が朝焼け色に輝き出し、エストレージャの剣の刀身もまた白銀に輝き出す。そして、その光が一際大きくなり、バルコニーどころかもっと広い範囲を包み込み、朝焼け色と白銀が絡《から》まり合い一条の光となって晴れ渡る空へと駆けた。

「――――日照雨《そばえ》だ！」

晴れ渡る空から、ざあっと一気に雨が降ってくる。日の光を弾《はじ》きながら降り注ぐ雨に、悲鳴とも歓声ともつかない声が上がる。そしてその雨がようやく止《や》んだかと思えば、続けざまに、空を彩雲がいろどり、大きな虹が青い空に橋をかける。雲の切れ間からは太陽の光が地上に向かって後光のごとく降り注ぐ。天使のはしごと呼ばれるそれだ。

どれもこれも、吉兆と呼ばれるべき自然現象である。その認識を得たのは当然私ばかりではなく、民衆もまた同様だ。彼らの間に広がっていた不安や恐怖が、まばゆい雨によって洗い流されていったようだった。

唖然として男とエストレージャも見つめていると、男はなんでもないことのように鼻を鳴らし、エストレージャは照れ臭そうに微笑んでくれた。この二人が規格外であることは知っていたが、それにしても天候まで操るなんて、と、もういっそ笑うしかない私である。

人々のざわめきが徐々に変化していく中で、うずくまっていらした姫様が、ハインリヒ青年の手を借りて立ち上がられた。その琥珀色の瞳は赤くなっており、頬は涙で濡れていたけれど、もう彼女は泣いていなかった。

いつものように優美な、余裕たっぷりの笑みを浮かべるそのお姿に見惚《みと》れていると、姫様は小さく声を上げて笑った。

「ここまでされたら、あたくしも負けてはいられないわね」

姫様が、ハインリヒ青年の手に、自らの手を重ねられた。わずかにハインリヒ青年は驚いたようだったけれど、姫様のすることに異存を申し立てる気は一切ないのか、姫様の手をそっと握り返す。
それを確かめてから、姫様はその鈴を転がすような愛らしい声音で、古い聖句を唱えられた。それは、世界が始まろうとしたその時、最初に芽吹いた花を見つけた人間が、その美しさを称《たた》えるために唱えたとされる文言。

――ゴォッ!!

ハインリヒ青年のオパール色の右目……つまりは姫様がお創りになられた最高峰の魔宝玉が、さまざまな色を孕んだ白銀の輝きを放つ。それは何もかもを呑み込むかのような、それこそこの国そのものを呑み込むかとすら思われる光。
姫様とハインリヒ青年を中心にして、突風が巻き起こる。
その風が、王都を、国中を駆け抜けていく。

そして、世界が花に満ちた。

王都中ばかりではなく、おそらくはこの国中に飾られていた花々が、一斉に開花したのだ。それこそがまさに、大祭の執行者としての役目。今までにない、最高の奇跡。
「……ああ、そうだ。これもついでだ」

「え？」

「お前達が俺に贈ってくれたものを、ここで一つ、全国民に自慢してやる」

姫様がハインリヒ青年とともに起こした奇跡を見守っていた男が、ふいににやりと美しくも凶悪に口の端をつり上げた。えっ、何するつもりだこの男。そう私が顔を引きつらせるのをよそに、男は自らの、一房だけ伸ばされた漆黒の髪をまとめている髪留めを取った。

大輪の月下美人が彫り込まれた透明な月長石《げっちょうせき》に、青のような紫のような螺鈿《らでん》細工で作られた蝶《ちょう》がその翅《はね》を休めている髪留めは、先達て私が子供達と一緒に男に贈ったもの。魔法具としても封印具としても、最高峰であるというそれ。その髪留めを、男は杖を持っていない方の手に乗せて、高く掲げた。

次の瞬間だった。月長石が大きく輝き、そこから両腕で抱えてもあまるほどの大きな月下美人が宙に投影される。美しい白の花弁のあいまから、数えきれないほどの数多《あまた》の蝶の幻影が飛び出した。

ゆらめき燃える炎を映した、爛々《らんらん》と盛る赤の蝶。流れる水を映した、吸い込まれそうな青の蝶。様々な季節を運ぶ風を映した、輝くような黄の蝶。鉱物のきらめきを映した、どこまでも深い茶の蝶。

それらはすべて、以前朝日夏嬢《あさひな》から男が奪い封印した、精霊王の力の証。

「使いどころがなくて封印したままになっていたからな。解放するにふさわしい機会など、今をおいて他にはないだろう？」

「……はい、はい。ええ、その通りですね」

どこか自慢げな男の言葉に、何度も頷く。褒めてくれと言わんばかりの男についい笑ってしまって、その隣に寄り添ってから、私はまた上空を見上げた。

ああ、なんて、なんて美しい世界。

国中を満たす花の香りに、乱舞する美しい蝶の群れに、人々の心が塗り替えられていく。姫様、と誰かが叫んだ。それは罵声ではない。歓声だ。その一声を皮切りにして、誰もが姫様を大きく称え始める。


我らが生ける宝石、我らが誇り、我らが未来の女王陛下！


そう口々に姫様を褒め称え、ついでに勇者殿達に向けても歓声が飛ぶ。爆発的な歓声だ。現金な、と思わなくもないけれど、人間なんてそんなものだ。それでいい。これくらい現金だからこそ、人間は前を向いて歩いていけるのだろうから。

人々の歓声のその中に、あのハインリヒ青年こそ姫のお相手なのだろうという認識まで広がっていっているようなのが、私としては若干《じゃっかん》どころでなく不満はある。だが、あんな熱烈な愛の告白を見せつけられた挙句に、あんな姫様のご反応を見てしまっては、もう何も言えない。とっっっっても遺憾ではあるが、認めざるを得ないではないか。

それでも悔しさはぬぐい切れずに、ついついじっとりとハインリヒ青年の背中を睨《にら》み付けていると、彼は姫様と寄り添い合ったまま、ちらりとこちらを肩越しに振り返った。その口が動く。

——ありがとうございます。

音にはならなかったけれど、確かに彼はそう言った。

別にあなたのためではなく姫様のためですから、という気持ちを込めてにっこりと笑い返す。

そして私は、周りの歓声にはしゃぐエリオットとエルフェシアを抱き締め、長男坊にはその頭をそっと撫でさせてもらったのだった。そしてそれから最後に、立派に一仕事を終えてくれた夫には背伸びをして額に口付けを落とさせてもらった。

「流石《さすが》、わたくしの自慢の旦那様です」

「当然だ。俺はお前の自慢の夫なのだから」

顔を見合わせて笑い合う。そんな私達を見て、子供達もまた嬉しそうに笑ってくれた。かくして此度の大祭は、幕引きとなったのである。

9

改めて、結局のところ、今年の大祭は、前例のない事態を引き起こし、一歩間違えれば大惨事にすらなりかねないところだった。だが、それでも姫様の御力と、我が夫と長男坊の機転により、〝ヴァルゲントゥム聖王国の新たなる第一歩〟として、人々に受け入れられた。

もちろん全員に、という訳ではない。未《いま》だ女神に対して依存のような信仰心を持つ人は現状を非常に不満に思っているらしいし、女神がお眠りに就かれたという事実により、神殿の権威が失墜するのではないかと多くの神官は戦々恐々としているのだという。

それでも、世界は変わる。変わっていく。

姫様は女神の愛《いと》し子でも、巫女《みこ》でもなく、第一王位継承者であり、そしてそれ以前に一人の少女であるのだとして、今まで手を貸してくれなかった人々からも支えられるようになったのだという。ハインリヒ青年は、「姫の部下としてはありがたいですが、一人の男としては複雑ですね」なんてうそぶいていた。やかましいわ。

そして私はと言えば、まあ、うん、おおむね平穏な日々を送っていると言っていいだろう。大祭におけるプロジェクションマッピング（仮）により、私の魂が異世界のものであると、全国民に知られたようなものなのだ。おかげさまで、ある意味黒持ちだの加護持ちだのといった存在以上に、私は悪目立ちする立場になってしまった。

しかし、ここは持つべきものは友であり権力である。魔王討伐隊の皆々様からの厚い信頼と、他ならぬ我が夫の尽力により、なんとか今まで通り……とまではいかずとも、ある程度平穏な日々が過ごせているという訳である。

興味本位で私のことを暴き立てようとしてくる人がいる。あるいは、恐れ、怯《おび》えて、忌避《きひ》しようとしてくる人もいる。当たり前の反応だと解《わか》っているけれど、傷付かないと言えば嘘《うそ》になる。

でも、いいのだ。だって、私が大切に思っている人々は、誰一人として、私のことを否定しようとはしなかったのだから。だったらそれでいい。それがいい。大切な人々と今までと同じように接することができるのならば、これ以上幸運なことはない。とはいえ、「もっと早く言え!!」とほぼほぼ全員に叱《しか》られてしまった件については、申し訳ないと思うけれど。

――ああ、ほら。今日もとてもいい天気だ。もうすぐ夏がやってくる。

中庭でエリオットとエルフェシアが、エストレージャと一緒に駆け回っている。きゃらきゃらと響く愛らしい笑い声に、自然と私も笑みがこぼれた。幼い双子も、もうすぐ二歳になる。今年の誕生日には何を贈ろうかと、悩んでいる真っ最中だ。

そしてそんな私の隣の椅子には、魔導書を読んでいる夫がいる。誰よりも、世界よりも大切な、たった一人の私の夫。ああ、倖《しあわ》せだ。そうつくづく思うからこそ、余計に思うことがある。

――ねえ、あなた。

その美しい横顔を見ながら、そっと内心で囁《ささや》く。

あなたが私を倖せにしてくれるように、私もあなたを倖せにしたいと思っていることを、きっとあなたは解っていないのでしょう。それでも構わない。断られたって勝手に私はあなたを倖せにしてみせる。

だって私は、わたくしは、フィリミナ・フォン・ランセントだから。

『わたくし』でなくてはいけない理由なんてどこにもなかったと女神は言っていたけれど、だから何だと言うのだろう。あなたのいる世界が、私の生きる世界なの。私とあなたがそう決めたのだから、運命なんて知ったことじゃない。

でも、あなたに出会うきっかけをくれた女神には、ほんの少しだけ、感謝してもいいかもしれない。

だって、あなたと、エギエディルズ・フォン・ランセントと生きていくこの世界は、こんなにも美しいのだから。

――ねぇそうでしょう、わたくしのかわいいあなた。

――わたくしの、かわいいエディ。

「……どうした？」

私の視線に気付いた男が、魔導書から顔を上げてこちらを見た。正直に言うのは未だになんとも気恥ずかしかったから、私は笑ってかぶりを振る。

「いいえ、なんにも」

「本当にか？」

「はい、本当ですとも。ただ、あなたのことが、わたくしは本当にかわいくてならないのだと、そう思っていたのです」

「………………」

正直に言うのは～～なんて言いつつ、結局私がらしくもなく素直にすんなりと睦言《むつごと》を口にしたのが意外だったのか、男の朝焼け色の瞳が見開かれる。そんな仕草すら、その左目の下の傷が引きつれるさますら、どうしようもなく愛おしい。

だから私はふふふと笑ってから、身を乗り出して、男の唇に、自分の唇を重ねた。

「愛しています、わたくしのかわいいエディ」

「……ああ、俺も、お前を愛している。俺のうつくしいフィリミナ」

そうしてどちらからともなくもう一度口付けを交わすと、「あー！」とエリオットがこちらを指差してきて、エルフェシアが「ちゅーした！」と騒ぎ立てる。

あらあらあら、と笑う私と、穏やかに微笑《ほほえ》む男の元に、幼い双子は我先にと駆け寄ってきて、エリオットは私に、エルフェシアは男に、それぞれぐいぐいと服を引っ張って引き寄せたかと思うと、むちゅうっと頬に唇をくっつけてきた。

「えへー！」

「ちゅー！」

くふくふと嬉《うれ》しそうに笑う双子はそしてそのまま、自分達の後に続いてやってきたエストレージャへと向き直った。

「にいしゃまー！」

「にいしゃまもちゅーなのよ！」

「え、あ、うわあっ⁉」

幼子二人に飛び掛かられ押し倒されたかと思うと、そのままむちゅむちゅと唇を押し付けられまくるエストレージャが、悲鳴混じりの笑い声を上げた。エリオットもエルフェシアも、きゃあきゃあと嬉しそうに笑う。そして、私達も。

そうして我がランセント家別邸には、今日も今日とて、倖せな笑い声がこだまする。何よりも嬉しくなるそんな歓声を聞きながら、私と男は、そうしてもう一度、唇を重ねた。

その口付けの甘さが教えてくれるのだ。

あなたと、エディと、ともに生きていくこの世界は、こんなにも美しく、倖せに満ちているのだと。

あとがき

こんにちは。中村朱里です。このたびは『魔法使いの婚約者12　そして同じ空の下で』をお手に取ってくださり、誠にありがとうございます。

まさか12巻まで続けさせていただけるとは思ってもみなかった当シリーズ、11巻に引き続き、一つの転機を迎えることとなりました。

思い返してみればこの『魔法使いの婚約者』というシリーズ名自体が一巻の時点で完成されており、二巻以降はむしろ『魔法使いの妻』とでも銘打つべき物語では？　とは幾度となく頂戴したツッコミです。ですが今回改めて思い返してみるに、フィリミナにとってのすべての物語の起点はやはり『魔法使いの婚約者』、すなわち『エディの婚約者』というポジションであるため、やはりこの物語は『魔法使いの婚約者』なのだと個人的には思っております。

そんな今回12巻、その『婚約者』ポジションになるに至った原点に回帰することとなりました。という訳で、今度こそ久々に本編ネタバレ込みのあれそれを語らせていただきたく存じます。

今回の主人公は誰であったのか。そう問われると、いつもであれば「フィリミナです」と即答できるのですが、今回ばかりはそうとも言い切れない部分が多くあります。前世の自分と再び向き直ることになったフィリミナ。そんなフィリミナのために尽力するエディ。新たなる世界で奮闘することを余儀なくされた千夜春と朝日夏。自身の在り様を根底から覆されることになったクレメンティーネ。そして、そんな彼女を求めるハインリヒ。メインはフィリミナとエディではありましたが、今回は登場人物の誰もが主人公であったと、そう思っていただける物語になっていましたら、望外の喜びです。いつかいつか、と、ずっと考え続けた物語を、こうして形にすることができて、本当に嬉しく思っております。

ちなみに現在ゼロサムオンラインにて連載中の、はいいろ先生による新コミカライズ『魔法使いの婚約者　～Ｅｔｅｒｎａｌｌｙ Ｙｏｕｒｓ～』もぜひぜひご一緒に楽しんでいただけましたら幸いです。ダイマを失礼いたしました。本当に素敵ですよ！

12巻完成に至るまでに、応援してくれた家族、友人、最初から最後まで見守り支えてくださった編集さん、素晴らしく美麗な挿絵を寄せてくださったサカノ景子先生、素敵なデザインに仕上げてくださったデザイナーさん、出版に至るまでご協力くださった皆様、そして今日まで応援してくださった読者様に、心からの感謝を捧げつつ、結びとさせていただきます。

二〇二一年三月某日　中村朱里

魔法使《まほうつか》いの婚約者《こんやくしゃ》12
そして同《おな》じ空《そら》の下《した》で

2021年6月5日　初版発行

著者　中村朱里

イラスト　サカノ景子

発行者　野内雅宏

発行所　株式会社一迅社
〒160-0022 東京都新宿区新宿3-1-13 京王新宿追分ビル5F
電話　03-5312-7432（編集）
電話　03-5312-6150（販売）
発売元：株式会社講談社（講談社・一迅社）

印刷所・製本　大日本印刷株式会社
ＤＴＰ　株式会社三協美術

装幀　小菅ひとみ（CoCo.Design）

ISBN978-4-7580-9369-9

おたよりの宛て先
〒160-0022 東京都新宿区新宿3-1-13 京王新宿追分ビル5F
株式会社一迅社　ノベル編集部
中村朱里《なかむらしゅり》 先生・サカノ景子《けいこ》 先生